生死谷

鄭丰作品集

目錄

第二部■出谷

第三部■歸谷

第三十章 斷掌

卻說裴若然帶著天殺星和小虎子回往崖壁途中，隱約聽見身後傳來細微的腳步聲，懷疑有人在後頭跟蹤。她決定獨自出洞查看，沿著原路回去，施展輕功潛伏而進。行出數丈後，她伏在樹叢之中，靜靜觀察，四下寂靜無聲，毫無聲響。

她心想：「或許是我太多疑了。弟兄們向來不敢進入森林，即使想追查我們，大約也不敢來到森林深處。」正想回入山洞，忽然瞥見數丈外的草叢中有幾點銀光閃動。

她立即定住不動，心中一跳：「果眞有人追了上來！」

她當下不動聲色，仍舊伏在草叢中等候。等了許久，草叢並無其他動靜。她心想：「也許是我錯看了吧。」緩緩轉身，打算潛伏回往峭壁。

不料她才一移動身形，便聽勁風聲響，不知敵人從何方攻來，危急中只能立即趴倒在地閃避，但覺肩頭一痛，竟已被一柄飛刀射中。

她低聲咒罵，卻已聽清了飛刀來處，立即施展輕功躍出樹叢，往飛刀來處急撲而去，一掌擊出，勁風將枝葉震得颯颯作響。躲在樹叢中那人無法抵擋她凌厲的掌風，不得不躍出樹叢逃避。

裴若然一瞥之下，但見對手身形矮小，臉面奇醜，竟然便是曾跟她同屬玄武營的天異星！天異星手指間夾著一排亮晃晃的飛刀，低吼一聲，一排飛刀向裴若然疾射而來。

裴若然肩頭已然中刀，這時只能就地一滾，但聽突突突三聲響，三把飛刀插入她身旁土中，其中一把劃過她的耳際，鮮血迸流。

裴若然靈機一動，慘叫一聲，抱著肚子滾倒在地，假裝飛刀射入了自己腹中。她這麼做極爲冒險，明擺著將自己給對手當標靶；但她熟知天異星的性情脾氣，知道對手恨自己入骨，一見到自己受傷，定會大喜過望，若一時輕忽上前查看，便是她反攻傷敵的大好時機。

果然不出她所料，天異星見天微星滾倒在地，慘呼不絕，頓時喜出望外，大笑道：「天微星，想不到妳也有這一日！」快步搶到裴若然的身邊，冷笑道：「看妳還神氣得起來麼？哼，妳一定料想不到會死在我手中吧！」右手舉起一柄飛刀，便要往天微星的咽喉射出。

裴若然見她上當中計，知道機不可失，立時一躍而起，峨嵋刺急斬而下，銀光閃處，啪的一聲，天異星的一隻右手掌跌落在地。她飛刀未及出手，連著手掌一齊落在地上，斷腕的鮮血噴了裴若然一身。

裴若然知道自己生死一線，必得阻止她射出飛刀，因此直攻天異星的手腕；然而當見到自己當眞斬斷了她的手掌時，也不禁驚恐起來，面色一白，連著後退了好幾步。

天異星滿面不可置信，隨即轉爲慘白憤恨，左手緊握著右手斷腕，咬牙道：「天微星，妳……妳……我詛咒妳一世！」

裴若然收回峨嵋刺，守在身前，咬著嘴唇，胸口起伏不止。她從未想過自己下手竟能如此狠毒，但同時也感到一股難言的快意：「誰想傷我性命，我絕不輕饒！」

當小虎子和天殺星奔近前時，見到的便是這個景象，兩個女孩兒相對而立，裴若然左肩中了暗器，一身殷紅；天異星右腕被斬斷，鮮血狂噴。小虎子和天殺星都看得大驚失色了，站在當地，一時不敢上前。

小虎子急問道：「妳沒事麼？」

裴若然臉色蒼白，點了點頭，雙眼凝望著天異星，冷然說道：「回去告訴天空星，天微星、天殺星和天猛星三人都好好地活著。他若敢來招惹我們，便別怪我們不客氣！」

天異星低頭望望自己跌在地上的手掌，似乎在猶豫要不要彎腰撿起。

這時天殺星忽然衝上前來，匕首遞出，直刺天異星的咽喉，眼看便要穿喉而過。

裴若然早已警覺，揮峨嵋刺架開天殺星的匕首，喝道：「住手！」

天殺星道：「不可放！」

天異星知道天殺星意欲殺己滅口，連退幾步，臉色煞白。

裴若然橫了天殺星一眼，語氣嚴厲，說道：「不必殺她！」

天殺星望著天異星跌在地上的手掌，冷冷地道：「斬手，已殺！」

裴若然心中一跳，知道天殺星說得不錯，天異星一身暗器功夫全在雙手之上，斬了她的右手，等於廢了她一身的武功，也等於殺了她這個人。裴若然勉強鎮定，避而不答，說道：「她打算取我性命，我才斬她手掌，這是爲了自保。我說過了，不必殺她。」對天異星道：「妳走吧！」

天異星不等她改變心意，立即轉身飛一般地奔去，消失在樹林之中，跌在地上的斷掌畢竟未曾撿起。

天殺星顯得甚是惱怒，直瞪著裴若然，質問道：「天空星，帶人來。如何？」

裴若然自然知道其中危險，她在出手相救小虎子時便考慮到了這個後果，心中已有準備。她吸了一口氣，平靜地道：「我們得找個新的藏身處。」

天殺星怒道：「谷小，何去？」

裴若然望向小虎子，說道：「你之前都躲在哪兒？」

小虎子道：「瀑布後的山洞之中。」

裴若然問道：「能帶我們去麼？」

小虎子點點頭，說道：「但是那兒不如此地隱密，洞也不大，三個人躲藏其中，只怕太過擠迫。」

裴若然道：「不要緊，先去看看再說。天異星一時半刻還不會帶人來此，我們趕緊回去山洞，將剩下的糧食運走。」

天殺星見裴若然心意已決，轉身便走，雖然心中不平，也只得跟上前去。

小虎子和天殺星兩人攀回山洞，搬出僅剩的三袋糧食，裴若然乘機草草包紮了肩頭的刀傷。她接過其中一袋糧食，背在未受傷的肩頭，說道：「走吧！」

於是小虎子在前領路，往瀑布走去，裴若然跟在他身後。天殺星顯得極不情願，但仍默然跟在他們身後。

三人不敢在谷中空地上現身，於是在小虎子的帶領下，三人沿著沼澤邊緣行走，經過石牢和森林，來到山谷東方的瀑布之旁。這時雖已是寒冬，但瀑布並未結冰，水聲隆隆，震耳欲聾。

小虎子指著瀑布道：「我躲藏的洞穴便在瀑布之後，不知道的人很難找到。」他從瀑布旁的石縫中摸出一塊毫不起眼的草蓆，頂在頭上，當先穿過瀑布，鑽入瀑布後的山穴中，又將草蓆遞了出來。裴若然和天殺星這才明白，原來這張草蓆是用來擋水的，好讓他們穿過瀑布時不致全身溼透。

裴若然接過草蓆，和天殺星一起鑽了進去。但見瀑布後的洞穴果然甚是狹小，往內深入五六尺，才稍稍寬廣一些。即便如此，他們三人若靠著山壁抱膝而坐，腳尖都會抵在一起，而且這洞穴位在瀑布之後，頗爲潮溼，並不適合存放乾糧。

裴若然微微皺眉，說道：「糧食放在這兒，不幾日便要腐壞了。」

小虎子道：「糧食可以藏到附近的大樹上，那兒比較乾燥。」

當下三人又鑽出瀑布，探勘地形，找到一棵隱密的大樹，將三袋糧食藏在高處的樹洞之中。

三人回到瀑布後的洞穴，都感到疲累已極，各自倚著山壁歇息。

小虎子手臂小腿受傷，裴若然肩頭也被飛刀所傷，兩人都流了不少血，全身乏力，很快便沉入夢鄉。

裴若然臨睡之前，見到天殺星仍舊清醒，睜眼直望著面前的水簾，耳中聽著轟轟的水聲，心中不知在動著些什麼幽微隱密、不爲人知的念頭。

次日天明，裴若然醒來時，見到一個男孩兒縮在自己身邊，沉睡未醒。她揉揉眼睛，伸手推了推他的手臂，問道：「什麼時候了？」

那男孩兒呻吟一聲，顯得甚是疼痛，半睡半醒地道：「我不要起來，我還沒睡夠。」

裴若然聽這語音陌生，微微一驚，再看之下，才發現是小虎子，而不是天殺星。她這幾年來慣於與天殺星獨處，見到身邊有人，自然而然以爲是天殺星，全然忘了自己已邀小虎子入夥，並來到了他的藏身處。

裴若然立即清醒過來，低聲道：「對不住，碰到了你的傷處。你的傷口怎樣？還疼麼？」

小虎子睜開眼，坐起身來，甩了甩頭，說道：「我的傷？不礙事。倒是妳的傷如何了？」

裴若然的肩頭傷口十分疼痛，但她勉強忍耐，維持面色平靜，說道：「還好。」

小虎子轉頭四望，問道：「天殺星呢？」

裴若然也已注意到天殺星不在洞中，心中生起一股不祥感，只淡淡地道：「他起得早，大約先出去了吧。」她口中雖這麼說，卻立即爬起身，準備穿過水簾去尋找天殺星。

小虎子叫道：「慢來！」爬起身，從山洞角落取過之前那張草蓆，說道：「披上這個，莫要淋溼了。」

裴若然本想說自己並不在乎淋溼，不需如此小心，但又想起昨日受了傷，身體比平時虛弱，加上天候寒冷，此時此刻最怕病倒，當下便點了點頭。小虎子舉起草蓆，兩人擠在草蓆之下，一起穿過了水簾。

但見外面天濛濛亮，應是清晨時分。瀑布外便是一個深潭，水面黑沉沉地，仍舊結著冰。當日並未下雪，但晨風吹拂，寒意襲人。

裴若然吸入一胸口的涼氣，心想：「如此冷的天候，衣衫總是不乾爽，可當眞難受。也虧得小虎子一個月來都躲在這溼氣深重的山洞中，若非他內功深厚，只怕也不易抵禦這兒的溼氣寒氣。」

她四下望去，並未見到天殺星的身影，不由得更加擔心：「他莫不是惱了我，決定跟我們分道揚鑣，自求生存去了？」心中不禁感到一陣惶然無措。這幾年來她與天殺星朝夕相處，對於天殺星的怪異行徑已習以爲常，對他的細膩忠誠更是銘感於心。這時不見了他，她心中萬分焦急，卻又不願在小虎子面前表露出來。

小虎子跟在她身後出了山洞，將草蓆藏在一旁的石頭後，攀上藏放糧食的樹洞望了望，下來說道：「三袋糧食都還在樹洞中。他想必只是出去蹓躂蹓躂，不會走遠的，不必擔心。」

裴若然知道小虎子已猜知自己的心思，天殺星若要分道揚鑣，定會帶走糧食；即使不全數取走，也會取走三袋中的一袋。如今他未曾取走糧食，便表示他無心拆夥，人應當仍在左近。

她臉色微微一沉，並不回答。她不喜歡小虎子那麼輕易便猜中自己的心思，暗想：「我得做到喜怒不形於色，他才無法將我的心思看得一清二楚。我若要他聽我的話，便不能讓他輕易知道我在想什麼。」當下淡淡地道：「我並不擔心。他這麼早出去，想必是去勘查地形了。」

她轉身望向小虎子，說道：「小虎子，我倒有問題要問你。你待在這兒這些時日，一直未曾被人發現麼？」

小虎子點了點頭，說道：「我大多時候都躲在瀑布後的山洞中打坐練功，隔個幾日才出來一次，鑽入潭水中捉魚。」

裴若然點點頭，心想：「他應是住慣了那連身子都站不直的石牢，瀑布後的洞穴對他來說便不覺得狹小了。虧得他整日待在裡頭，竟不感到氣悶。」又問道：「你怎麼吃魚？生吃麼？」

小虎子道：「當然不是。我到二十丈外樹林邊緣的一個山坳裡，在那兒生火烤魚，烤完便帶回洞裡慢慢吃，可以吃上好幾日。」

裴若然問道：「你多次生火烤魚，都未曾被人發現麼？」

小虎子道：「烤魚的地方可能有弟兄去過，見到生火的痕跡，但從來沒有人撞見過我。他們應當不會知道生火烤魚的是誰。」

裴若然又問道：「你時時回去那兒，不怕有人守株待兔等著捉你？」

小虎子道：「我去之前，總會先在隱密處等候大半個時辰，確定附近沒有人才去。」

裴若然點點頭，又道：「然而你昨日去天空星那兒，給他們看了你捉到的魚。他們知道你往年時時來這瀑布下沖浴，很快便會想到來這深潭探人探食。」

小虎子聽了，不禁一呆，啞口無言，過了一會兒，才道：「這……這……我沒想到。」

裴若然道：「你心急救人，原也無可厚非。如今我們失去了峭壁上的藏身處，此地只怕很快也會失守。但是深潭中有魚可以捕捉來吃，我們能多守一陣便多守一陣。若去別的地方躲藏，也不知能找到什麼吃食。」

小虎子默然點了點頭。裴若然知道自己這番話嚇倒了他，心中微感得意，又道：「待我四下瞧瞧。」

她離開瀑布和潭水，在附近走了一圈。地上因積雪和地近潭水，許多地方都結起了厚厚的堅冰，十分滑溜。她探勘了一圈，眼睛一亮，轉身對小虎子道：「這地方好，適合設陷阱！」

小虎子奇道：「陷阱？」

裴若然點點頭，又道：「我知道天殺星去哪兒了。」

小虎子道：「是麼？他去哪兒了？」

她指向潭水，說道：「這兒沒有離開瀑布的腳印，他一定是入潭捉魚去了。」

話才說完，便聽水聲響動，一顆頭破冰而出，接著一個全身赤裸的男孩兒攀上岸邊，正是天殺星。

他雙手各握著一條銀色的魚，每條總有半尺長。他先將兩條魚扔給裴若然，才爬出潭水。

裴若然趕上前去伸手接住了魚，但見天殺星溼淋淋的頭髮黏在臉頰上，嘴唇都凍得發紫了。他伸手在石縫中掏摸一陣，取出自己藏起的衣褲，裴若然忙道：「快穿上了。」天殺星喘著息，快手快腳穿上了衣褲，說道：「不難捉。」又問道：「何處……烤魚？」

裴若然和小虎子不禁相視一笑，兩人才剛談論過這個話題，立即便派上用場了。天殺星見狀，面色一沉。

裴若然望了天殺星一眼，伸手握了握他的手，感到觸手冰冷，但猶有微溫，確定他沒有凍壞，才稍稍放下心。她伸手捏捏天殺星的臂膀，說道：「幹得好。」心想：「魚若是不難捉，他怎會入水這麼久才捉到兩條魚？我和小虎子出洞時，他便已在水中了；我們在潭邊談了好一會兒，他才出水，可見這潭水定然很深，魚想必不好捉。」

她往深潭望了一眼，心想：「我和小虎子都受了傷，至少須休息兩三日才能入水捉魚。這幾日全得靠天殺星替我們覓食了。等我傷好一些，定要自己學會入潭捉魚，看看究竟有多難。」

於是在小虎子的帶領下，三人小心翼翼地來到山坳，等候了好一陣子，確定左近沒有人，才生起火，用樹枝穿過魚身，在火上烤了起來。

三人圍火而坐，聞到烤魚的香味，都不禁垂涎欲滴。

裴若然見天殺星冷然瞪視著小虎子，心中忽然明白：「他不想分魚給小虎子吃。」心中轉著念頭，暗想：「我們三人成夥，應該一開頭便將話說清楚了，往後才好相處。」當下開口說道：「天殺星，天猛星，我有幾句話想說。你們若願意聽，我們三人才有希望活下去。」

小虎子和天殺星聽她語氣嚴肅認眞，都點了點頭。

裴若然續道：「我決定邀請天猛星入夥，爲的就是讓咱們三個都能活下去。昨日我帶天猛星回到峭壁時，未曾發現天異星在後跟蹤，暴露了我們的藏身處，這是我的過錯。我和天殺星失去了藏身處，如今來到天猛星的藏身處暫避，算是兩不相欠。此後我們要一起過活，三人必得分工合作，輪流覓食、守衛、休息，才能避免餓死，或被其他弟兄殺死。你們說如何？」

小虎子和天殺星都知道自己不可能整日整夜不休眠，打獵時也不可能兼顧防守；谷中天寒地凍，糧食缺乏，敵人圍繞，處處危機，能夠心無旁騖地辦好一件事便不容易了，有人在旁幫手，分工合作，不但大有好處，更是眼前必要的生存之道。

裴若然見兩人都沒有異議，便接下去道：「既然大家平分工作，那麼也得平分收穫。我們每個人睡眠的長短應當一樣，時段輪流；我們帶來的三袋糧食，雖然不多，此後應由三人平分，往後找到的任何食物，也由三人平分，不可藏私。」她這番話說得入情入理，天殺星和小虎子雖互不情願跟對方合作，卻也難以反駁，都點了點頭。

裴若然見他們並未反對，鬆了口氣，說道：「如此甚好。我們三人便在此立誓，此後有福同享，有難同當，互相幫助，絕不背叛。」想了想，又道：「我們跟天空星、天暴星他們不一樣。我們有本事靠自己的能耐覓食果腹，不殺人，不吃人！」

小虎子聽見「不殺人、不吃人」兩句，身子一顫，說道：「是！我們不殺人，也不……不吃人！」

天殺星對殺人似乎並不很介意，對吃人卻十分反感，點頭道：「不吃人！」

裴若然道：「好！既然大家一條心，我們就在此一起立誓。」

當下三人在山坳中，雪地裡，火堆旁，相對而跪，一起立了誓：「天微星、天殺星、天猛星在此對天地立誓，我三人齊心協力，互相幫助，度過難關，絕不背叛彼此。不殺人，不吃人！」

不多時，魚已烤好，裴若然將兩條魚從火上取下，用峨嵋刺將每條切成大小相同的三段，將兩個魚頭給了自己，魚身魚尾則分給天殺星和小虎子，兩人都無異議，各自大啖起來。

此後每回不管是誰找到食物，都交由裴若然來分配，而裴若然總是堅持公平，給天殺星和小虎子的分量一定一樣多。若有人分配得少些，那也總是給她自己。

第三十一章 陷阱

吃完魚後，三人合力滅了火，又挖了一個坑，將魚骨頭和火堆的灰燼一齊埋了。

裴若然說道：「瀑布下的潭水有魚可捉，別的弟兄很快會找來這兒，我們只怕不能久待。我想盡量多守一些時日，讓弟兄們無法靠近。」

小虎子問道：「如何多守一些時日？我們就只有三個人，就算輪流守衛，也防不勝防。」

裴若然道：「我剛才觀察過了，這裡的地勢甚佳，我們可以設個陷阱，不讓別人靠近。」當下將自己的計畫說了，天殺星滿面不可置信，小虎子則連連點頭，說道：「這計畫使得，就怕太費工夫。」

裴若然道：「不怕費工夫，只要能讓我們多撐得幾日，便値得了。」

當下由她指揮，三人合力在潭水周圍土軟之處挖了一個五尺深的溝塹，呈半圓形，剛好圍住了瀑布。挖完之後，在溝塹上鋪上枯樹枝，堆上積雪，看不出痕跡。裴若然怕自己人不留心跌了進去，又在上面灑了一層不同顏色的枯葉，做爲記號。

布置完陷阱，三人合力將附近雪地上的足跡都消滅了，回到瀑布後的洞中歇息。晚間三人分著吃了一些乾糧，靠在一起彼此取暖，沉沉睡去。

次日天氣晴朗，裴若然感到肩頭傷口已然開始癒合結疤，便決定入水試試捉魚。她問小虎子如何捉魚，小虎子指著潭水的一個角落，說道：「這兒下去七八丈深處，有個角落滿是石窟洞穴，那兒的魚最多。」

裴若然點點頭，說道：「我想下水去看看。」

小虎子甚是擔心，說道：「妳肩頭傷口未癒，不要緊麼？」

裴若然道：「已經結疤了，不要緊的。」

她四下望望，忽然心生一計，取過瀑布旁的那張草蓆，將三個角落綁在一起，好似一口袋子一般。接著她拎著草蓆做成的袋子，來到潭邊，脫下衣褲，全身赤裸。這時一陣寒風吹過，直冷得她渾身顫抖、肌膚刺痛。她勉強抵禦寒冷，爬上潭邊的石頭，用手肘敲敲潭面的冰層，發覺甚是結實。她運起金剛頂心法，使勁一敲，才敲裂了冰層，露出一個半尺方圓的洞。她低頭一望，冰下便是黑色的潭水，好似墨水凝結了一般。

她吸了一口氣，對小虎子和天殺星揮揮手，便湧身跳入水中。

一入潭水，她全身頓時被徹骨冰寒所包圍，她的手腳霎時凍僵麻木，肌膚有如千百根細針一齊刺入一般。她強忍著寒冷刺痛，閉住氣，潛入深水之中，依照小虎子的指示，往潭底的角落潛去。潭底幽暗陰森，但水質清澈，倒是清晰可見。

她潛到潭底深處，果然見到角落石窟處有不少白色的游魚，體型都有一尺大小。她緩緩游近，展開手中「魚網」，慢慢地往魚群撒去。那些魚從未見過魚網，只道飄來的是一片水草，有幾條游走避開，許多卻傻傻地被魚網圈住了。

她心中高興，雙手使勁，將魚網收緊，抓住了四個角落，攢成一把握在手中，讓魚再也無法游出。這時她感到氣息開始不足，連忙往上游去。

她雙手攢著魚網，無法快速划動，只能靠雙腳踢水上升，甚是緩慢。正當她感到胸口氣悶，幾乎窒息時，眼前的一圈光線愈來愈清晰，愈來愈靠近，終於嘩啦一聲，她的頭破水而出，趕緊吸了一大口氣，喘息連連。

小虎子和天殺星各自站在潭水東西兩邊的大石上等候，見到裴若然出來，一齊歡呼一聲，同時對她伸出手。裴若然噗哧一笑，不知該伸手去拉誰的手才是，當下將一袋子魚提出水面，對小虎子道：「快接過去！」

小虎子忙接過草蓆袋子，裴若然則拉著天殺星的手，攀出潭水，坐倒在石頭上，不斷喘息。

天殺星替她遞上衣褲，裴若然手腳發抖，笨手笨腳穿上，見到天殺星正關切地望著自己，便對他報以一笑，心想：「還是天殺星最關心我。」

小虎子低頭一看，見草蓆中活蹦亂跳地，竟有六條一尺長的魚！他拍手笑道：「妳是三頭六臂的怪物麼？一次便捉住這麼多條魚！」忽然抬頭盯著裴若然，驚道：「妳的肩頭！」

裴若然全身冰冷刺痛，而肩頭的傷口比別處還要更加疼痛一些。她原本不以爲意，聽見小虎子的驚呼，才低頭望去，發現自己肩上被天異星飛刀射出的傷口，不知何時再次迸裂，鮮血正汩汩湧出。

天殺星立即伸手按住了她的傷口，小虎子則奔回瀑布後的山洞，找出一條舊腰帶，回來替她包紮起來。

裴若然冷得牙齒打戰，低聲道：「不……不要緊。流……流點血罷了。」

小虎子笑道：「六條魚！真有妳的！我用這草蓆這麼久了，竟然沒想過可以將它當成魚網來使！」

天殺星也對裴若然點頭，臉上露出笑意。

裴若然笑了笑，知道自己這回入水捕得了這許多魚，在兩個伙伴心中的地位大大提升，贏得了他們的尊敬，即使肩頭傷口再次迸裂流血，也是值得的。她緩了口氣，說道：「兩條今日烤來吃了，其他的先冰起來，留待日後慢慢吃。」

小虎子笑道：「好主意。」拿起石頭對著魚頭敲去，將六條魚都打死了，四條埋藏在瀑布旁的冰雪裡，並在雪地裡做了個記號。

三人拿了兩條魚回到山坳處，興沖沖地剖腹去臟，生火烤魚，弄乾衣物。吃完了魚，雪又開始飄下。三人冷得受不了，早早回到瀑布後的山洞中休息。裴若然和小虎子身上帶傷，身子都有些發熱，靠著山壁閉目休息，由天殺星負責守衛。

便在這日下午，當裴若然睡得正熟時，忽然感到有人猛力搖晃自己。她一驚睜眼，面前出現了天殺星的臉孔，他低聲道：「天暴，人來！」

小虎子和裴若然同時驚醒，爬起身來，湊在瀑布後面往外望去。瀑布水聲甚大，但仍能隱約聽見外面傳來雜沓的腳步聲。遠遠見一群十多個弟兄正慢慢逼近，爲首的男孩兒身形矮壯，正是天暴星。他和手下弟兄似乎正爲了什麼事情爭執，不時伸手往瀑布和潭水這邊戳指，卻聽不見他們在說些什麼。

小虎子抓起破風刀，裴若然伸手按住他的肩膀，低聲道：「慢著。隔著瀑布，他們一定看不見我們的。」

小虎子遲疑道：「若被他們圍住，堵死在這洞中，就難以走脫了。」

裴若然勉強鎮定，說道：「別擔心，他們倘若逼近瀑布三尺內，我們便持著武器衝出，攻他們個措手不及。」

三人隔著水簾往外望去，但見天暴星指著一個弟兄，似乎要他去做什麼。那弟兄爭辯了幾句，終於放棄，垂頭喪氣地往瀑布這兒走來，一邊走一邊脫衣衫，看來是受了天暴星的命令，不得不進入潭水，試圖捉魚。

裴若然和天殺星、小虎子三人屏息而觀。那弟兄走出一步，兩步，三步，第四步正好踏在陷阱之上。他腳下一鬆，張口大叫一聲，身子快速下陷，隨即消失在雪地之中。天暴星等都看得呆了，伸手指向那弟兄消失之處，紛紛驚呼喊叫，卻沒有人敢上前探視。

裴若然原本猜想那弟兄定會大聲呼救，或是攀爬出坑，沒想到過了好一會兒，仍舊毫無動靜，他就如被雪地吞噬了一般，再也未曾出現。

裴若然和小虎子、天殺星對望一眼，眼神中都充滿了疑惑。三人側耳聽去，隱約聽見天暴星一夥中一個弟兄尖叫道：「雪怪！天敗星被雪怪吃掉了！」

其餘弟兄紛紛驚呼起來：「雪怪，眞的有雪怪！」他們看不見雪地中挖有壕溝，只道他被什麼怪物抓走了，都嚇得魂飛魄散，一齊驚呼尖叫，一哄而散。

等外面靜下來一陣子後，三人才出洞探視。這時天暴星等人都已走得不見影蹤，裴若然對小虎子道：「請你追出一段，確定對頭已然遠去。」小虎子點頭答應，躍過溝塹，快奔而去。

裴若然走到陷阱邊緣，低頭一望，但見一個男孩兒跌落溝中，雙眼圓睜，頭歪在一旁，竟已折斷頸子而亡。

她心中一驚：「我設下陷阱時，只想著要阻擋來人，並無心傷人性命，不然早在溝塹底下裝上一排尖刺了。怎料得到他竟如此不走運，一跌入溝中便折斷了頸子，就此喪命？」不由得打了個冷顫，沒想到自己的陷阱竟然如此有效，不但成功嚇退了天暴星和他的一群手下，甚至還奪去了一個弟兄的性命。

天殺星低頭見到那弟兄的屍身，面無表情，說道：「天敗星。」

裴若然看仔細了那男孩兒的臉龐，說道：「不錯，他跟天暴星同屬貔貅營。」

不多時，小虎子回到溝塹之旁，站在裴若然的對面，低頭望了望，驚道：「死了？」

裴若然點點頭，說道：「我沒料到這坑竟能跌死人。」她吸了一口氣，問道：「天暴星他們都去遠了？」

小虎子道：「都去遠了。」

裴若然鎮定下來，說道：「我們另掘個坑，將他埋了起來吧。」

小虎子和天殺星點點頭，便在數丈外開始掘坑。

裴若然過去幫忙，小虎子阻止道：「妳肩頭傷口才剛破裂流血，不宜多動，讓我們來便是。」

裴若然確實感到肩頭劇痛難忍，只好罷手，低聲道：「天猛星，天殺星，請你們將坑挖深一點兒。」

小虎子明白她的意思，她不希望天敗星的身子被天暴星或天空星等人找到，挖出來吃掉。因此即使他雙手凍得厲害，右手臂上的傷口隱隱作痛，仍舊奮力挖深了數尺。天殺星冷著臉，默然在旁幫忙挖土，一聲不吭，直到裴若然說：「夠了。」兩人才將天敗星的身子放入穴中，將土推入，踩平土地，盡量不露出痕跡。

裴若然點點頭，說道：「多謝了。」小虎子擺手不答，天殺星則轉過臉去。

三人回到瀑布後的洞穴中，略事休息。

小虎子問道：「我們現在卻該如何？」

裴若然原已在思考此事，沉吟道：「天暴星並不蠢，即使害怕雪怪，但爲了塡飽肚子，定會帶著手下再次來此捉魚。我們得趕緊離開這兒。」

天殺星道：「何去？」

三人都知道，峭壁上藤蔓後的山洞被天空星的黨羽發現，瀑布這兒藏身處很快也會被天暴星找著，他們已無可躲藏之處，都不禁心中一沉。天殺星臉色極爲難看，難掩憤恨惱怒之色，直瞪著小虎子。

裴若然故意忽視天殺星的臉色，裝做未曾看見。方才天殺星和小虎子合力掩埋天敗星時，她已擬出了下一步，說道：「我們先去樹林中，找棵樹攀到高處，度過今夜再說。明日一早，我們便去東南方山崖邊上，尋找新的藏身處。」

小虎子和天殺星都沒有更好的辦法，於是三人背起糧食袋和那四條魚，緩緩往森林走去。

裴若然感到身子虛弱已極，肩頭傷口熱辣辣地疼痛，但她知道自己必得奮力撐著，不能露出半絲軟弱之態。身邊這兩人雖是她的好友，彼此卻是死敵；她知道自己只要一鬆懈，這兩人便會大打出手，拚個你死我活。她的武功不足以阻止兩人相鬥，只能靠著自己的威信，令兩人暫時和平相處。而她的威信完全建立在她能否帶領三人脫離困境、度過難關的能耐之上。

走出不到一里，三人來到森林邊緣，旁邊便是一片空地。他們正要往峭壁方向轉去，卻見迎面走來一群十多名弟兄，身上穿著厚厚的好幾層棉衣，看來十分骯髒破爛。

那群弟兄見到他們三人，立時停步，其中一人驚喊道：「天猛星，天殺星，天微星！三個叛徒都在這兒！」

裴若然心中暗暗叫苦，但見天速星和天異星都在其中，知道這一夥乃是天空星的黨羽，人數眾多，己方逃脫不易。她念頭急轉，低聲對身邊二人道：「取兵刃，聽我號令，我攻前，天殺防右，天猛守左，一起往前衝去，直闖入樹林，不要回頭，不要戀戰！」

她的話才說完，便見一個高大的男孩從人叢中走出，正是天空星。天空星容貌仍舊俊秀，只是眉目間多了幾分煞氣。他身上披掛著好幾層的棉衣，頭上包著棉布，看起來都是弟兄們的黑布衫拼湊而成的。裴若然看了一眼，便知道他如此穿著並非爲了保暖，而是爲了彰顯他頭目的身分地位。

天空星大步走上前，神態甚是驕狂，冷笑道：「三隻縮頭烏龜，終於從爛泥中夾著尾巴逃出來啦？」

裴若然神色自若，微微一笑，說道：「是啊，我們活得太舒服了，看你們過得苦哈哈的，又冷又餓，瞧著多可憐！因此決定出來助你們一臂之力。」

天空星斜眼向她瞪視，說道：「你們自身難保，有如蛇鼠般到處逃竄，還說什麼助我等一臂之力？眞是笑話！若要助我等一臂之力，那也並無不可。我們肚子正餓著呢！」

這話一說，他身後的弟兄都大叫大笑起來，群情沸騰。

裴若然皺起眉頭，說道：「天空星，我可是眞的擔心你們。你可知道，人肉吃多了，腸子會從中間慢慢爛掉？爛掉之後，你吃什麼進去，都沒法解出來，最後腹脹如鼓，肚子撐裂而死。那死狀可難看得很哪！」

天空星臉色一變，喝道：「妖女胡說八道！」

裴若然搖頭道：「我哪有胡說八道？這是金婆婆親口告訴我的。她說中藥材中有一味人肉，劇毒非常，下藥時得萬分小心，只要半兩，就足夠讓腸子開始腐爛。似你們這般整日吃人肉的，腸子只怕已爛了一半不只吧？」

天空星臉色發青，暴喝道：「弟兄們，拿下這三個叛徒！」

然而他身後的弟兄卻被裴若然這番話嚇住了，一個個不禁伸手摸著自己的肚子，一時竟無人上前。

就在此時，裴若然喊了一聲：「動手！」手中峨嵋刺快速轉動，閃出一片刺眼的銀光，施展輕功往前衝去。天殺星和她默契極佳，立即抽出雙匕首，緊隨在後；小虎子也只遲了半刻，便拔出破風刀，跟在他們身後，三人直向天空星衝去。

天空星還未回過神來，裴若然的峨嵋刺已刺到他的咽喉之前。便在此時，天殺星的匕首卻已一左一右，攻向他的兩脅。天空星就算舉刀擋架，也擋不住三柄兵刃的攻擊。他臨危不亂，危急時伸手抓過身旁一個弟兄擋在身前，若非裴若然和天殺星及時收手，這弟兄的咽喉兩脅立時便要中刃，當場斃命。

裴若然看清楚了，那弟兄身形矮小肥胖，正是玄武營的天究星。裴若然暗叫一聲：「好狠毒！」又想：「天空星連殺人食肉的事都幹得出，還有什麼幹不出的？」心中甚怒，立即回轉手臂，峨嵋刺再次攻向天空星的胸口。天空星舉狼牙刀擋架，勢道勁猛，將她逼得往後退出數步。然而一旁的天殺星和小虎子反應極快，一齊舉起兵刃向天空星夾擊攻去。

天空星武功原本不及三人，又怎擋得住三人聯手夾攻？只得趕緊後退閃避，手中仍抓著天究星不放，繼續當自己的擋箭牌。

天究星只嚇得高聲尖叫：「放開我！放開我！」

天殺星和小虎子不願殺傷天究星，不得不收回兵刃。裴若然乘機從旁搶上，左手峨嵋刺刺向天空星的面門，右手刺卻刺向天空星抓著天究星的左手手腕，逼他鬆手。天空星無法避開，不得不鬆手放開天究星，舉起狼牙刀架開刺向自己臉面的峨嵋刺，接著使勁從上劈下，攻向裴若然。

天究星陡然被天空星放脫，搞不清東南西北，盲目往前一衝，險些撞到裴若然身上。裴若然只能趕緊收手後退，天究星便正好直衝到了天空星的身前，天空星這刀就這麼砍上了天究星的肩頭，刀身深入，直砍至背心。天究星慘叫一聲，定在當地，鮮血從傷口中狂噴而出，接著身子軟倒在地，再也不動了。

裴若然見狀也呆了，她出手逼天空星放開天究星，卻沒想到天空星會意外將天究星砍死。

她勉強壓抑心中震驚，瞪著天空星，叫道：「你抓天究星當擋箭牌，還親手殺了他，這算什麼？你肚子餓了，便隨手殺一個弟兄來吃。弟兄都吃完之後，又該如何？」

天空星原本無心殺死天究星，這時雙眼發紅，舉刀亂砍，喝道：「先殺了你們，吃掉再說！」

裴若然不與他正面對敵，低聲對小虎子和天殺星道：「走！衝入樹林！」舉起峨嵋刺往旁衝去，從弟兄之中闖出一條路。

小虎子和天殺星跟在她身後，擊退幾個搶上攻擊的弟兄，但聽呼呼聲響，幾柄飛刀破空而來，卻是天異星射來的飛刀。

裴若然心中一動：「她左手也能發飛刀！」幸而天異星左手準頭較差，飛刀未能射中三人，三人乘機鑽入樹林之中。天空星等人在樹林外呼喊，卻並未入林追擊，顯然仍對樹林滿懷戒懼，不敢輕易深入。

第三十二章 離間

三人奔出數里之後，才停下喘息。裴若然回頭問道：「受傷了麼？」小虎子和天殺星都搖了搖頭。

裴若然道：「甚好。我們沒有醫藥，倘若受傷太重，很可能便會喪命，得極爲小心，千萬別受重傷。」

小虎子問道：「妳呢？沒受傷吧？」

裴若然搖搖頭，說道：「沒有新傷。」又道：「天色將黑，我們快找個地方落腳。」

當下三人一起抬頭，尋找適合棲息的大樹，這時已入冬季，枝葉零落，只有幾棵松樹、柏樹仍有枝葉，但都蓋滿了白雪。他們好不容易才找到一棵鄰近崖壁的柏樹，枝葉積雪不多，樹幹堅實。三人爬到樹杈之上，蜷曲著睡了。

當夜裴若然坐在柏樹杈上，難以闔眼。她無法甩脫枉死在陷阱中的天敗星和被天空星砍死的天究星的面孔，心想：「我們發誓不殺人，卻仍令兩個弟兄喪命了。」

經過今日的一場激戰格鬥，她清楚知道己方人數雖少，實力卻足以與人數較多的兩股弟兄相抗。他們三人武功皆高，體力過人，加上預先藏起的糧食和捉到的魚，暫時仍能填飽肚子，保持神志清明，未曾淪落到如天暴星、天空星那般公然啖食人肉的地步。加上她時時保持警醒，危急時總能拿出對策，化險爲夷，比起其他勢力略占上風。

但她也不禁憂心忡忡：「如此情況，又能撐持多久？我們三人之中已有兩人負傷；如果誰再受了什麼重傷，隨時能被對手擊倒殺死。」又想：「人不犯我，我不犯人。他們要來搶我們的地盤，殺了我們果腹，我們豈能坐以待斃？即使不主動出手殺人，我們也得保護自己。而保護自己最好的方法，首先便是讓敵人知道我們的實力，嚇得他們不敢輕易侵犯，這點我們已做到了。其次是減低敵人的實力。天空星今日隨手抓弟兄當替死鬼，殘暴無道，頭目之位絕對無法持久。我只需稍稍挑撥一下，他手下立即便會有人起而反抗。一旦他們自己窩裡反，那夥人的實力就會大大削弱了。」

裴若然吸了一口氣，心中的計畫慢慢浮現。她不想殺人，更加不想殺這些跟自己無冤無仇的弟兄。但是她也下定決心要活下去，不只是她自己，她要讓天殺星和小虎子和自己一起活下去。她知道他們都必須保持堅定超絕的意志，才能在飢餓寒冷、瘋狂弟兄圍繞下撐過去，堅持不殺人，不吃人，度過這個冬天，通過第二關。

第二日，裴若然便開始實行她的計策。她之前曾在天空星等聚居的四聖洞左近偷聽到不少消息，了解天空星一夥的情況，知道要挑撥他們，讓他們起內鬨再容易不過。天空星之所以能夠聚集這一群黨羽手下，全靠他的武功威勢和恐怖手段；如今他們並無覓食之道，只能不時找藉口挑出一個「叛徒」殺死吃掉，好養活其餘弟兄。但是他們一群也不過十多人，慢慢吃著吃著，總有吃完的一日。因此弟兄們想必人人慄慄自危，不知道下一個被稱作「叛徒」而吃掉的會不會是自己。

裴若然向小虎子和天殺星說了這個計策，天殺星只點了點頭，小虎子卻十分興奮，說道：「這主意好！我們這便去做！」

三人中天殺星不善言詞，自然由裴若然和小虎子出馬。這日清晨，兩人潛伏來到四聖洞外，遠遠站定，看好了退路，互相望了一眼，點點頭，裴若然便高聲叫道：「天空星三日前殺了叛徒天勇星，昨日又抓了天究星做替死鬼，不知明日要殺誰啊？」

小虎子接著叫道：「天空星不懂得捉魚覓食，只知道抓弟兄出來殺死吃掉，很快大夥兒就要一個一個地被吃光啦！」

裴若然叫道：「若不阻止天空星殺人吃人，誰都無法保命！只有跟天微星、天猛星、天殺星做一夥，才能有東西吃，有命活下去！」

小虎子跟著叫道：「有意投靠我們的弟兄，隨時歡迎來森林中找我們！我們不殺人，不吃人，同心協力捕魚，度過這個冬天！」

兩人輪流叫完這一番話後，便鑽回森林去了。

小虎子在路上問道：「妳瞧會有弟兄決定脫離天空星，投靠我們麼？」

裴若然抿起嘴，想了一陣，最後搖搖頭，說道：「我希望他們來投靠，但是又不希望他們來。」

小虎子問道：「卻是為何？」

裴若然道：「要鼓動他們反抗天空星，得給他們另一條生路，他們才敢動手。弟兄們雖懼怕天空星的淫威，我猜只有少數人有膽量反抗，大多數還是寧可活在天空星的魔爪之下，以求自保。如果他們如此害怕天空星，定會認爲投靠我們更加危險；天空星絕不會容忍叛徒，他捉不住、殺不了我們，卻能夠捉住、殺掉叛逃的弟兄。」

小虎子點了點頭。

裴若然又道：「其實我並不希望有弟兄前來投靠。此刻我們三人合作無間，若有新人到來，我們不知他是眞心投靠還是前來臥底，無法完全信任，又多了一張嘴得餵飽，要大夥兒都活下去便更加不容易了。」

小虎子又點了點頭，說道：「妳考慮得是。」

裴若然微微一笑，說道：「你心中定然在想，我口中邀請他們來入夥，其實心裡並不希望他們來，這不是口是心非，存心騙人麼？」

小虎子微微搖頭，說道：「我知道妳並非存心騙人。我們商量過了，這麼做只是爲了自保。」

裴若然轉頭望向他，緩緩說道：「我知道自己不是什麼好人，做事往往不擇手段。老實說，我爲人再自私不過，其他弟兄的死活，我可管不了這許多。我只希望你、我和天殺星三人能夠活下去，度過這個冬天。」

小虎子此時對她已是萬分心服，聽她這麼說，心中甚覺踏實，暗想：「六兒一心讓我活下去，我也絕對不能放棄！」低聲道：「多謝妳，六兒。我相信妳。」

裴若然對他一笑，心想：「只要他相信在我的帶領之下，我們能夠活下去，那就夠了。」伸出手去，握住了小虎子的手。

小虎子感到她的手掌細小柔軟，清瘦得弱不禁風，實在難以想像她武功高強，一對峨嵋刺使得出神入化，也委實看不出她機智勇敢，心計深沉，絕不輸給谷中任何一個男孩兒。

從那日之後，裴若然和小虎子每日便不定時一起來到四聖洞外呼叫，鼓動天空星手下弟兄叛變。

五日之後，這計策終於奏效了；天空星聽他們不時在洞外大呼小叫，自然大爲惱怒，一心要捉住他們，於是便派了手下日夜守衛在四聖洞外。但是小虎子和裴若然保持警覺，輕功又高，守衛的弟兄始終捉不住他們。天空星一怒之下，便揚言要殺死負責守衛的一個弟兄以示懲罰。當時負責守衛的共有三人，他若決定全都殺了也罷，只殺其中一人，顯然又是在找藉口，打算殺人果腹。

其餘弟兄看在眼中，終於忍耐不住，鼓譟起來，叫道：「我們不要吃自己的弟兄！」也有弟兄叫道：「爲何不去跟天暴星決鬥，將潭水地盤搶了過來，想法捉魚吃？」

天空星雙眼布滿血絲，長期飢餓已讓他無法思考，眼見弟兄們不服自己的命令，立即怒氣勃發，揮動狼牙刀狂吼道：「我要將你們這些叛徒全都殺光！全都殺光！」

之後天空星一夥究竟發生了什麼事，裴若然等並未親睹，只知道最後一共死了五個弟兄，而四聖洞也空了出來。天空星帶著剩餘的手下搬離了四聖洞，不知去哪兒落腳了。

小虎子對裴若然佩服不已，認爲她不只武功高強，聰明智計更是無人能及。自從她從天空星手中將自己救出，邀他入夥後，她的沉著冷靜便令小虎子無比信賴，打從心底服氣。她的機智勇敢、深思熟慮，令小虎子開始相信不管境況有多麼艱難困苦，只要跟著她，便能度過一切危難，生存下去。

在認識六兒之前，小虎子絕對想不到自己會對一個小女孩兒如此尊崇信服；如今他深感自己能被她邀請入夥，可說是他一生中最大的幸事。初見面時，她曾對他說道：「你是我見過心地最好的人。」起初他大大地不以爲然，暗想：「嘿，我也算好人，那天下就沒有壞人了！」然而這句話卻在他心中不斷迴響，令他深受震動；加上他見識到天空星的凶狠奸險，漸漸相信自己確實不壞，確實可以說得上是個「好人」，跟隨六兒的心意也越發堅定。他暗暗下定決心：「往後不論遇上何等的艱難危險，我都將與六兒同進退，共生死。」

正如裴若然所料，天空星一夥發生內鬨之後，並沒有弟兄來投靠他們。他們觀察了三四日，不見天空星等人回來，便住進了四聖洞，以大石頭封住洞口，並在周圍設下陷阱。從此三人有了寬廣的地方儲存糧食和安睡休息，不怕風雪，日子過得舒適安穩多了。

缺乏糧食仍舊是他們面臨的最大問題。三人每日除了探索敵蹤、守衛四聖洞以外，大部分的時候都花在覓食之上。爲了塡飽肚子這件大事，裴若然與天殺星和小虎子商議，決定如何分工覓食。

他們觀察了數日，得知天暴星一夥人占領了瀑布一帶，派手下日夜守在瀑布下的潭水旁，不讓天空星的手下或其他弟兄前去捉魚。然而天暴星的手下水性不佳，雖時時入潭捉魚，卻並非日日都捉得到，有時隔個兩三日才捉到一兩條。捉到之後，他們便興高采烈地飛奔去向天暴星報告，大夥聚在一起生火烤魚吃，那時便總有一兩個時辰無人守衛潭水。

小虎子熟悉瀑布附近的地形，便負責藏身在瀑布左近，耐心等候。一見到天暴星的手下捉到魚離去，就趕緊跳落潭水，用草蓆製成的「魚網」撈魚，一次總能捕上四五條，之後便匆匆離去，將魚藏在四聖洞旁的冰雪之中，慢慢烤來吃，如此稍稍塡飽三人的肚子。

裴若然又發現沼澤地雖滿地泥濘、冰雪覆蓋，底下卻藏有不少可吃的動物，如蠑螈、蛤蟆和蛇類等。此時正值嚴冬，這些小動物都藏在地底或石頭縫隙中冬眠，得挖開積雪，在沼澤地中細心翻找，才能將牠們挖出來。這活兒極爲艱辛困難，不但得挖掘冰冷的積雪，還得翻開黏稠的泥濘和沉重的石塊。但是天殺星似乎有種天生的本領，能夠察覺小動物在何處冬眠；裴若然和小虎子花上大半日也找不到半隻，天殺星在沼澤中翻找半日，便能捉到兩三隻。這些小動物即使肉少骨多，烤起來卻也十分可口，不似游魚那般腥味太重。偶爾捉到這類蟲物，他們總吃得津津有味。

三人找到食物後，一律交給裴若然收藏分配。小虎子和天殺星之間仍然充滿了敵意，往往互不相讓，若非必要，從不正面相對，也不彼此交談。若非裴若然盡力居中調解，他們早早便要大打出手，鬧翻散夥，各走各路了。

裴若然整日絞盡腦汁，想辦法在這荒谷找到其他可食之物，但是除了土石和樹皮之外，嚴冬之中的山谷實在沒有什麼可吃的。每回去瀑布捉魚時，她總抽空抬頭望向瀑布旁乾枯的桃樹，口中喃喃說道：「離冬天結束還遠得很，遠得很哪！」

這一日，她實在受不了飢餓之苦，下定決心，對小虎子和天殺星道：「其他人不懂得從沼澤中找蛙蛇來吃，這是我們的一大祕密。瀑布潭水中有魚卻是大家都知道的，如今天暴星占領了瀑布，不讓別人靠近，自己卻又常常捉不到魚，豈不浪費？我們該去把給瀑布給搶了回來。」

小虎子聽了，遲疑道：「天暴星那夥仍有十多人，日夜輪流守衛，該如何搶奪他們的地盤？」

裴若然想了想，忽然露出詭異的笑容，說道：「天暴星最怕鬼了，我們可以扮鬼將他們嚇走。」

小虎子立即拍手叫好。當下三人找出那三個空了的糧食麻袋，打算縫成一件長長的鬼袍。但谷中自然沒有針線，裴若然靈機一動，找出吃剩的魚骨頭，用峨嵋刺在一頭鑽了個孔，充當爲針；線便從麻袋中抽起幾條，穿入針孔。她笑道：「我們當眞成了野人了，竟然得用魚骨做針！」三人合力將幾個麻袋兜在一塊兒，裴若然用骨針將麻袋的邊緣縫起，過長的線便隨意散在兩旁，製成了一件長長的「鬼袍」。小虎子心血來潮，找來黑黏土和魚血，在「鬼」的頭部畫上一雙空洞的眼睛，加上一條長長的血紅色的舌頭，黑暗中看上去，果然像極了一個吐著長舌的鬼怪。

三人望著這件「鬼袍」傑作，都不禁十分好笑。小虎子和裴若然抱在一起大笑了一回，笑得眼淚都出來了，連一旁天殺星都忍俊不住，露齒微笑。他們在這山谷中飢寒交迫，危機四伏，活了一日不知能不能活過第二日，難得有機會苦中作樂，歡笑一番。

小虎子見裴若然笑得前俯後仰，心想：「六兒平日臉上毫無表情，似乎無悲無歡，無喜無怒，這是我第一次見到六兒開懷大笑。她笑起來真是好看！」又想：「我們若能離開這見鬼的石樓谷，我眞希望能時時見到她如此歡笑。」

當晚入夜之後，小虎子便和裴若然依照計畫，帶著鬼袍來到瀑布旁。兩人找了個枝葉稀疏之處，小虎子讓裴若然站在肩頭，裴若然將鬼袍從自己頭上罩下，蓋住了兩個人的身子。準備停當後，裴若然便道：「動手吧！」

小虎子穩住兩人平衡，一個湧身跳出樹叢，裴若然口中吹著尖哨，高聲叫道：「誰敢來瀑布偷我的魚吃！」

當時天暴星派了七個手下守在潭水邊，他們之前曾親眼見到天敗星走近瀑布，忽然消失在雪地中；之後雖發現了地上的溝塹，卻不知道那是裴若然等人挖掘的，只道是什麼巨大怪物挖掘出的地道，「雪怪」之說不脛而走。

此時那七個弟兄見到叢林中跳出一隻兩人高的鬼怪，睜著漆黑的眼睛，吐著長長的舌頭，立即便想：「雪怪回來了！」只嚇得魂飛魄散，尖聲怪叫，四散逃去。

裴若然甚有耐心，嚇了他們一回之後，並不立即入潭捉魚，隔日晚間改成和天殺星前來，依樣扮成「雪怪」，又嚇跑了一群天暴星的手下。

天暴星自己當然不會在寒天凍地之中親自來瀑布旁守衛，平日都住在山谷西側的藏糧洞中。他聽手下報告「雪怪」連續出現兩日，惴惴不安，終於硬著頭皮，跟著手下來瀑布旁探視。

裴若然已料到天暴星將親自出馬，對小虎子和天殺星道：「天暴星外表粗暴勇猛，其實弟兄中膽子最小、最怕鬼的就是他。我們來到谷中多年，他一次也沒踏入過森林，只是因爲老大曾嚇唬我們說森林中住著鬼怪。這回我們裝鬼嚇跑他的手下弟兄，他自然更是怕得要命，極不情願親自出馬。但守住瀑布對天暴星極爲重要，是他維繫威信的關鍵，他最後一定不得不親自來望一眼。我猜他一定會速去速回，在瀑布旁停留半刻，沒見到鬼就趕緊離去。因此我們須得在瀑布那兒等他到來，等上一整天都得等。」

小虎子點頭道：「等到他之後，我們便得抓緊機會，把他嚇得屁滾尿流，讓他在手下面前丟盡面子。」

裴若然拍手笑道：「正是。天空星就是因爲太過暴虐，隨意殺人，才失去手下弟兄的信任。天暴星自以爲勇武剛強，其實也是外強中乾，最怕被手下看穿他的弱點。誰會尊敬一個怕鬼的膽小鬼？」

她這話一說，連天殺星冷酷的臉上都露出一絲笑意。

三人當日便來到瀑布旁，隱身在森林之中等候。將近傍晚，天色尚未全黑，遠遠便聽見咚咚聲響，一夥人慢慢向著瀑布走來。走到近處，才發現幾個弟兄手持鍋子鑵子，邊走邊敲，看來是想藉著聲響嚇走鬼怪。

天暴星在十多個弟兄簇擁之下，走到潭水旁十多丈，便舉手命令大夥兒停下。他皺起眉頭，習慣地伸手摸摸後腦杓，粗聲道：「哪有什麼雪怪？」

一個弟兄往樹叢指去，說道：「上回就是從那兒……從那兒跳出來的。」

天暴星往樹叢望去，顯然正努力壓抑心中恐懼，大聲道：「世間哪有什麼雪怪？明明什麼也沒有啊！」

另一個弟兄道：「那是因爲現在還沒有天黑，雪怪都是等天全黑了，才會出來。」

天暴星哼了一聲，他蓄意在天黑之前來此檢視，就是不要碰到鬼怪的打算。這時他略略放心，揮手道：「你們繼續敲，在潭水邊走一圈，不管什麼鬼怪都會被嚇跑的。我先回去啦。」轉身正要離去，忽然停下腳步，睜大雙眼，盯著面前一個身高十尺的怪物。

那怪物好似一團霧氣一般，在空中浮動，一頭棕色長髮披散飛揚，兩隻眼睛又黑又大，直直地瞪著他，長長的紅舌掛在身前，微微擺動。

天暴星大叫一聲，轉身拔腿便跑。那怪物卻伸出一隻長長的爪子抓住了他的肩頭，天暴星感到肩頭上的爪子有如鐵鉤一般堅硬，直嚇得雙腿發軟，跪倒在地，再也跑不動了。

但聽那怪物開口道：「誰闖入我的地盤，誰就死！」

眾弟兄見雪怪現身，又是嚇得一哄而散，轉眼不見影蹤。

天暴星肩頭被雪怪抓住，逃跑不得，驚嚇得軟倒在地，渾身抖得如同篩糠一般。

裴若然忍住笑，沉聲說道：「瀑布是我的地盤，誰也不准靠近此地！違者有如此心！」說著將一團血淋淋的肉塊扔在天暴星面前。那是她早先準備好的魚腸內臟，故意沾上新鮮魚血，看來果然噁心得很。

天暴星慘叫起來，趴倒在地，叫道：「雪怪饒命，雪怪饒命！」

裴若然冷冷地道：「下回再有人來此，我便一口吃掉！別怪我沒警告你們！」

天暴星驚恐莫名，聽說雪怪這回暫且不吃自己，又略略放心，連忙叫道：「再也不敢來了，再也不敢來了！」

他感到肩膀上的鐵爪略略鬆了一些，趕緊跳起身，狼狽萬狀，跌跌撞撞地跟著手下弟兄逃去了。

等到他們去遠了，裴若然才從小虎子的肩頭跳下，兩人都笑彎了腰。天殺星這回也一起來了，嘴角也不禁露出笑意，在旁說道：「天黑，捉魚！」

裴若然和小虎子想起肚子正餓，才止住笑，這回輪到裴若然去捉魚，她手持草蓆魚網，跳入冰冷的潭水中深處。她下水兩次，一共撈到了五條魚，三人興高采烈，拿著魚回去四聖洞中。

天暴星等人逃離瀑布之後，似乎起了一場內鬨，一部分的弟兄起來反抗，脫離天暴星，兩邊廝殺起來，不知死了多少弟兄。天暴星仍舊領著一群手下，人數卻愈來愈少，漸漸地只剩下不到十人了。

之後天空星和天暴星兩股人爲了搶奪食物，展開一場大戰，彼此又各有死傷。裴若然懷疑天空星和天暴星兩人是蓄意發起這場戰鬥的；因爲只要有戰鬥就有傷亡，有傷亡就有食物。這場大戰之後，兩邊各有死傷，也各自靠著死去的弟兄過了一段日子，維持了短暫的和平。

此後一段時日，小虎子和裴若然、天殺星便住在四聖洞中，有地方避風避雪，又可以隨時去瀑布捉魚，食物雖仍不大足夠，但是至少不必受凍挨餓，擔驚受怕。天空星、天暴星兩股人馬又忙著互鬥，無暇來找他們的麻煩，可說是他們第二關開始以來最愜意的一段時日。

裴若然肩頭和小虎子手臂及腿上的傷口都慢慢癒合，精神也好了許多。他們有空便盤膝練習內功，一來可以減少活動，延緩肚餓；二來體內眞氣流動，也能幫助抵禦寒氣。

第三十三章 絕境

一群弟兄在山谷中待了兩個多月，天氣時而晴朗無雲，時而大雪紛飛，但每日都千篇一律地寒冷無比，而且似乎愈來愈冷。

裴若然和小虎子、天殺星三人從六營的洞穴尋找蒐羅弟兄們留下的棉被衣褲，又從洞中找到一些多出的棉衣和皮靴，盡量穿上保暖。

晚間他們除了烤魚蛙來吃之外，不敢生火，以免招引敵人及浪費柴枝。夜間為了抵抗寒氣，他們睡前一定得打坐練氣，好讓身子暖和起來。小虎子練「金剛袖」，裴若然和天殺星則練「金剛頂」。三人曾簡單討論過兩種神功的異同，但後來忙於覓食守衛，始終未有機會將兩種神功逐字默背出來，詳加比較。

這日裴若然走出四聖洞，見雪停了，心中甚覺開朗舒爽，伸個懶腰，深深吸入一胸清新的空氣，說道：「天放晴了，冬日或許就快結束了吧！」

天殺星望著洞外，神色陰沉，面上更無半分欣喜之色，並不言語。

小虎子跟著她來到洞外，也感到精神一振，說道：「到了春日，氣候一暖，情勢就會好轉許多啦。」

裴若然點點頭，說道：「不錯，等雪融了之後，一切就容易多了。我們可以摘桃子李子，打鳥捉魚、捕獵小獸來吃，塡飽肚子便不會那麼困難。」

小虎子吸了口氣，忍不住道：「倘若眞的到了春日，那又如何？他們……他們會來帶我們出谷麼？」

裴若然明白他口中的「他們」，指的是大首領和老大等人。她已很久未曾想起大首領那些人了，聽了小虎子的話，心中猛然一震，勉強鎮定，搖了搖頭，說道：「誰知道？他們花了這許多心血教我們武功兵器，總不會讓我們一輩子困在這谷中，自生自滅吧？」

小虎子沉吟道：「他們若不進谷來找我們，我們便得想法子覓路攀出谷去。這山谷雖深廣，總能找到一條出路。」

裴若然不願意掃他的興，只能強逼自己懷抱希望，點頭道：「你說得是。等雪融化了，我們便開始找路出谷。」

便在這時，但聽天殺星在洞中冷冷地道：「無路。」

裴若然聽見了，回頭望向天殺星，說道：「你說什麼？」

小虎子自然也聽到了，心頭不禁一沉，說道：「他說『無路』。倘若當眞無路可以出谷，我們也只能等候他們入谷，救我們出去。」

天殺星抬眼望向他們，說道：「過冬，生存。過關，出谷。」

裴若然望向天殺星，說道：「你是說，我們得活著度過這個冬天，才算過關，才能出谷，是麼？」

天殺星默然點了點頭。

裴若然吸了一口氣，即使她心中知道實情應該就是如此，仍盡力不陷入失望頹喪，點頭道：「好！冬天總會過去的。我們定能活下去，過關出谷！」

然而他們都未曾料到，便在這日傍晚，情勢竟急轉直下。

那夜三人各自吃了半條魚，正準備休息。裴若然極爲謹慎，儘管許多日來敵人都沒有動靜，她仍舊安排輪流守夜，不敢放鬆戒備。

當晚第一個守夜的是小虎子。他在洞口坐下，心中想著種種不堪回首的往事，以及渾沌不明的未來。

這夜雪停了，夜色清朗，遙遠的天空閃爍著一片星星。他抬頭望著星星，心想：「我們進入這山谷，已有多少年了？到了春天，就滿三年了吧！我們已有三年未曾離開這山谷了，能有出去的一日麼？記得山谷中的春天十分溫暖舒適，冬天何時才會過去？」

正感到昏昏欲睡時，忽然聽見遠處傳來隱約的腳步聲。

他心中一驚，立即探頭去看，但見眼前亮晃晃地都是火把，竟然有十多人從遠處快速接近。

小虎子不禁一呆：「怎會有這麼多弟兄？依六兒估算，天空星和天暴星都只剩不到十個手下，已不成氣候。這一群怎會有十多人？」隨即明白：「天空星和天暴星兩股弟兄在飢寒交迫下，終於決定聯手來攻打我們了！」

他立即翻跳起身，叫醒了裴若然和天殺星，急急說道：「天空星和天暴星聯手一起來攻打我們了！」

自從他們成夥以來，裴若然一直便是三人中的領袖。這時她立即清醒過來，下令道：「一人拿起一袋食物，立即出洞，絕不能被困在洞裡！」

她老早思量過，這四聖洞雖能躲避風雪，但沒有退路，倘若出口被堵住了，情勢便十分危險。因此她已有準備，與小虎子和天殺星合力在洞口外堆起一道半人高的石牆，石牆逐漸高起，一直連到數丈外的山壁之上。那石牆看來只是一道額外的防禦牆，其實卻是一條重要的逃命通道。

此時他們見到四聖洞口被圍，立即一人抓起一袋凍魚凍蛙，衝出洞口，攀上石牆，沿著隱蔽的石道奔去，很快便來到數丈外的山壁之上。

三人低頭望去，但見天空星和天暴星率領著一群十多名弟兄慢慢靠近四聖洞，天空星一聲令下，弟兄們紛紛將燃燒的枯枝扔入石牆，石牆內和洞口外一片火光，烈火熊熊燃燒起來。

小虎子心中怦怦亂跳，心想：「如果我們遲了一步，這時定已被火封在洞中，活活嗆死或燒死了。」他側眼望去，見到裴若然臉色也十分蒼白。

那群弟兄原本還有些顧忌，但見洞中毫無動靜，便又靠近了幾步。

天暴星叫道：「三個小鬼想必在睡夢中，此刻定然全被燒死了！」

天空星道：「就算沒燒死，也給嗆死了。弟兄們，熄滅柴火，我們衝進去！」弟兄當即合力撲滅柴火，舉起兵刃，一齊衝入四聖洞。

天空星和天暴星等人找不到裴若然三人，卻找到他們未能帶走的七八條凍魚、凍蛇、凍蛙等。

裴若然等伏在山壁之上，聽見天空星等人歡喜叫道：「有東西吃了！」「有魚！還有蛇！」「青蛙！青蛙！」

弟兄們群情激動，立即在洞外雪地裡生起火，將搶得的食物全都烤了起來。這些存糧原本足夠裴若然他們三人吃上五六日，如今被這十多個弟兄一分，每人都只能吃到一兩口，遠遠不夠，但想必已是他們多日來唯一能吃到的食物了。

裴若然眼見辛苦存下的食物被天空星和天暴星搶走，大感不平，暗想：「你們又不是沒手沒腳，不能自己覓食，卻要來搶我們的辛辛苦苦存下的糧食？我們努力積累了許多日子，才存下這些食物，現在全都沒了！」

天殺星眼望著他們大口吃下自己好不容易才在沼澤中翻挖捉得的蛤蟆、蛇和蜥蜴，心頭憤怒至極，緊緊握著拳頭。裴若然平時總會留心天殺星的情狀，但此時她也同樣感到憤怒不平，未曾留意天殺星神情有異。等她注意到時，已然太遲了。天殺星忽然大叫一聲，從山壁上躍下，衝入人群，匕首揮出，砍傷了兩個弟兄，鮮血四濺。

在場的十多名弟兄見天殺星突然出現，都是一驚，趕緊扔下食物、拔出兵器，口中高喊：「是天殺星！」「他沒死！」也有人高喊：「殺了他，別讓他搶走我們的食物！」

天殺星紅著眼，一邊吼叫，一邊往天空星的方向砍殺過去。

天空星見他單獨一人，自不懼怕，高舉狼牙刀，獰笑道：「天殺星，你自己來送死，那是最好！上來吧！」高聲指揮弟兄上前包圍，自己也加入戰團，天殺星寡不敵眾，立即居於劣勢。

裴若然見天殺星竟擅自衝了出去，不禁大驚失色，心中極為自責：「我怎未看好天殺星，讓他這麼衝了出去！」

她知道必須立即做出決定，是跟著出去幫他，一起送死，還是自保其身，眼看著他死在亂刀之下？她只有一瞬間能做決定，雙手握緊峨嵋刺，眼見天殺星就將被他們圍攻斬死，知道自己別無選擇，一定得衝出去相救。她一咬牙，心中已有決斷：「要死就死在一起！」

就在這時，她聽見小虎子在身旁說道：「一起去！」

裴若然飛快地望了小虎子一眼，沒想到當此緊急關頭，他竟願意冒險相救天殺星！她並不知道小虎子早已下定決心，不論遇上何等危險的情況，他都將與她同進退，共生死。

裴若然心中一定，對小虎子點了點頭，說道：「聽我指令，往沼澤方向脫身。」

兩人同時從山壁上躍下，衝入人群，各舉兵刃，直往天殺星的方向衝去。

弟兄們見他們兩人現身，紛紛驚呼，有的躲避，有的搶上攻擊，卻被裴若然的峨嵋刺和小虎子的破風刀殺退。裴若然氣憤加上心急，出手比平時更重，近身的弟兄大多受傷濺血，驚呼退去。

她舉目望去，見到天殺星正與天空星交手，旁邊圍著七八個弟兄，輪番上前搶攻偷襲，天殺星以一敵多，只能勉強自保。

裴若然心急如焚，心中默禱：「天殺星，你要撐著！別死，別受傷，我們就來幫你了！」

她和小虎子一路往天殺星衝去，旁邊圍繞的弟兄愈來愈多，狀若瘋狂，完全不怕死傷在他們手下。

裴若然心想：「他們好不容易找到吃食，生怕我們搶了回去，因此拚命抵抗。不下重手，他們絕不肯罷休！」

她望向小虎子，見他似乎也動著同樣的念頭，但仍猶疑不決，不願出手傷人。便在此時，天空星大叫道：「弟兄們誰想填飽肚子的，便出盡全力，殺了這三人！未來十日的食物便有著落了！」

裴若然聽了，不禁頭皮發麻，心想：「我可不要被他們吃掉！不，我們絕對不能落入他們手中！」

裴若然和小虎子清楚敵人打算吃掉自己的意圖後，都不得不下定決心，知道是狠下殺手的時候了。兩人對望一眼，同時催動內力，出手時勁風逼人，數招過後，兩個中刺中刀的弟兄斷聲慘叫，身子遠遠飛了出去，一個被破風刀砍中胸腹要害，另一個右臂被峨嵋刺斬斷飛出，鮮血迸流，眼看是不活了。這時夜色深沉，裴若然連他們的臉面都未能看清楚。

裴若然咬緊牙關，心中一陣恐懼，又夾雜著一股篤定，心想：「我們說不殺人，畢竟難以守住諾言！但是他們想殺了我們，將我們吃掉，我們又怎能束手待斃！」

她見天殺星仍遭多名弟兄圍攻，身上臉上已沾滿了血跡，好幾回兵刃都險些砍到他的要害，情勢危急。她知道自己若遲了一步，不及趕到天殺星身邊相助，他很可能便會當場死於亂刀之下，心中更加焦急，出手更加狠辣，又有一個弟兄被她的峨嵋刺刺中咽喉，當場斃命。

她和小虎子並肩殺出一條血路，終於來到天殺星身旁。然而這時天殺星已全身浴血，臉色蒼白如紙，也不知他究竟傷在何處。

裴若然伸手抓住天殺星的手臂，叫道：「天殺星，跟我走！」

小虎子揮動破風刀，接過天空星的狼牙刀攻勢，兩人雙刀交了數招，一時不相上下。裴若然一手扶著天殺星，一手揮動峨嵋刺逼退敵人，叫道：「是時候了！」

小虎子明白六兒要他不必戀戰，趕緊脫身，然而他的破風刀被天空星的狼牙刀纏住，一時無法脫出戰局。

便在此時，破風聲響，幾柄飛刀直向著裴若然飛來。她即時警覺，趕緊拉著天殺星縮身後退，避開了這兩刀，飛刀飛處，射入了後面一個弟兄的胸口，眼看是不活的了。

裴若然回頭望去，但見發刀的正是天異星。她雖失去了一隻右手，左手仍能發射飛刀，勁道竟絲毫不遜右手。裴若然見到她臉上憤恨陰險的神色，不禁背脊發涼，危急中心生一計，抱著天殺星直往小虎子和天空星縱去。人還沒落地，又是兩柄飛刀射來。她知道天異星定會跟著自己射出飛刀，直到殺死自己爲止，這時只能使出計謀，故意鑽入天空星和小虎子的戰局，引導飛刀射向天空星。

這一招果然奏效，飛刀射處，逼得天空星不得不後退閃避，小虎子也脫離了天空星的狼牙刀，立即辨別方向，往沼澤奔去。裴若然拉著天殺星的手臂，緊緊跟在其後。

但聽身後又是風聲響動，數柄飛刀如影隨形地追上。裴若然施展輕功，快速往旁一讓，勉強避開了這兩刀，只感到刀鋒削過臉龐，一陣冰涼，顧不得伸手去摸傷處，只顧著往前快奔，心中暗罵：「可恨！我當時怎地沒將她兩隻手掌都斬了下來！」

三人好不容易奔出了數十丈，後面的飛刀仍不斷射來，但已無法射到如此遠處，他們不必再閃避飛刀，得以專心奔逃。天殺星顯然受傷甚重，無法快奔，在裴若然半拉半抬之下，勉強跟上。但身後叫囂之聲仍隱隱傳來，天空星一夥人顯然無心放棄追逐，決心要斬草除根，殺死三人。

裴若然心念急轉：「如何才能甩脫他們？」忽然想起天殺星熟悉沼澤地形，心想：「如今只能往沼澤逃去，一旦跨入沼澤，他們便無法跟上了。」想到此處，當即辨別方向，轉往沼澤奔去。

三人離火光愈來愈遠，漸漸眼前只剩下一片黑暗，裴若然只能靠著微暗的星光勉強辨別方向，往沼澤奔去。她感到腳下土地越漸泥濘潮溼，心中一跳，倏然停步，知道他們已來到了沼澤邊緣。之前她去石牢偷看小虎子時，走的都是森林中的小徑，從未穿過沼澤；唯一一次穿過沼澤，是由天殺星帶的路，她可不知道該如何穿過這吃人不吐骨頭的沼澤。

裴若然吸了一口氣，對天殺星道：「天殺星，前面就是沼澤了，我們需要你帶路。」天殺星喘息不止，抬頭望了望，說道：「不……我不……能走。」

裴若然道：「我背著你，你指路。」俯身背起他，只感到背後一片火熱，心想：「他傷得竟如此重！」

天殺星伏在她背後，低聲道：「往左……左……三步。」

裴若然依言走去，在他的指點下，小心翼翼地在黑暗的沼澤中穿梭。小虎子緊緊跟在她身後，一聲不出，靜夜之中，三人幾乎能聽見彼此的心跳。

天殺星勉力保持清醒，替裴若然指路；裴若然專心聆聽，依照天殺星的指示，終於一步步穿過了沼澤。身後叫囂喊殺之聲漸漸隱沒，弟兄們果然不敢追入沼澤，自尋死路。

當裴若然踏上實地之後，才終於吁出一口氣，感到雙腿發軟，險些軟倒在地。小虎子連忙伸手扶住了她。

三人休息一陣後，又行出一段，來到了一片峭壁下。裴若然抬頭望去，眼前出現一個狹小的洞穴，洞外一排鐵柵欄，正是小虎子曾被關了六個月的石牢。

但聽小虎子自言自語道：「石牢，石牢，我又回到你這兒啦。」

裴若然喘了口氣，將天殺星放在地上，感到背後仍舊一片腥熱，自己的棉衣似乎已被鮮血浸透。她大驚失色，立即去檢視天殺星的傷勢，但見他胸口有個半尺長的刀傷，鮮血仍汩汩流出，傷口參差不齊，正是被天空星的狼牙刀砍出的。

裴若然想起小虎子手臂上被天空星狼牙刀砍出的傷口，過了將近一個月才得癒合，之後仍留下一條猙獰突出的疤痕，心中又驚又急，暗想：「手臂受傷還不致命，這一刀砍在天殺星胸口，若不趕緊止血，只怕他轉眼就會沒命！」

她立即脫下外衣，捲成一團，按在天殺星的傷口上，但見衣上的血跡慢慢擴大，心中慌急，趕緊深深地吸了數口氣，盡量鎮定下來，隨即扯下自己的腰帶，緊緊地綁在天殺星的胸口。

裴若然抬頭一看，沒見到小虎子，心想：「小虎子呢？他在哪兒，怎地不來幫忙？」正想開口叫喚小虎子，卻見他不在左近，全不見人影。她甚感奇怪，暗想：「深夜之中，他去哪兒了？」

過了一會兒，但聽腳步聲響，小虎子從黑暗中奔了回來，說道：「我去石牢那兒查看了，那兒沒有雪。我們將他搬去石牢裡躺著。」

裴若然點點頭，兩人合力將天殺星搬入石牢。那石牢狹小之極，天殺星躺下後便再無空位，小虎子和裴若然只能退了出來。

小虎子問道：「傷勢如何？」

裴若然搖搖頭，說道：「狼牙刀砍上胸口，傷口很長，還在流血。」

小虎子皺起眉頭，忽然站起身，從石牢旁的山壁上抓下一團苔蘚，說道：「用這個止血。」

裴若然遲疑道：「苔蘚？這有用麼？」

小虎子道：「我被關在這兒時，曾見到金婆婆來這兒刮取苔蘚，她說這苔蘚能夠止血治傷，也不知是否有效？」

裴若然眼見天殺星命在旦夕，此時也只能死馬當活馬醫，便接過苔蘚，鑽回石牢，解開天殺星身上的腰帶和衣服，露出那個猙獰的傷口。她將苔蘚塞在傷口中，再次用棉衣和腰帶包起。但見天殺星臉色蒼白，口唇乾燥，心知他口渴，回頭說道：「小虎子，這附近有淨水麼？他需要喝水。」

小虎子點頭道：「附近有一池潭水。我去取水。」奔了開去，不多時便又奔回，用外衣浸滿了水，遞去給她。

裴若然將外衣放在天殺星嘴巴之上，使勁擠出水來，餵入天殺星口中。天殺星大口吞下，喘息略緩，雙眼緊閉。

裴若然見衣上的血跡並未擴大，微微放心，說道：「血好像止了。」她用溼的衣衫替天殺星擦拭額頭汗水，又餵他多喝了一些水，才退出石牢。

第三十四章 夜談

小虎子見天殺星傷勢雖重，但血已止住，應當並不致命，也鬆了口氣，忽然望向裴若然，說道：「妳背後……都是血。」

裴若然這才留意自己的背後仍舊溼溼黏黏地，剛才背負天殺星時，他的血全流到了她背上。冬夜之際，寒風吹來，此時她的背心已變得一片冰涼。她心想：「得快點脫下衣衫，不然一旦這血衣凍在身上，可就脫不下來了。」當下也顧不得在寒風冷夜之中，當著小虎子的面便開始脫衣服，脫到一件不剩。

小虎子也不顧忌，直直望著她的身子，忽道：「六兒，妳好瘦！」

過去兩三年中，他們三十多個「弟兄」在谷中練功比試、同吃同睡，大家老早忘了其中有十多個「弟兄」其實是女孩兒。弟兄們一起脫光了衣服去泉水沖浴是常見的事，誰也不覺得有何奇怪。

這時裴若然低頭望了望自己的身子，果然見到自己肌膚蒼白，瘦骨嶙峋，說道：「餓了兩個多月，哪能不瘦？」指著自己雙腿和臂膀上堅實的肌肉，說道：「所幸還有力氣跟人打殺，也有力氣逃跑。」

小虎子笑了，說道：「要是餓到沒力氣打架逃跑，咱們就完蛋啦。」脫下身上第二層棉衣，遞過去給她，說道：「先穿著，明日把妳的棉衣拿去潭水沖洗一下，烤乾了再穿吧。」他原本已脫了一件外衣沾水給天殺星喝，這時又脫一件，只剩下一件單衣。

裴若然接過了，披在身上，冷風吹過，凍得她渾身汗毛直豎。她見小虎子也冷得發抖，便過去挨著小虎子坐下，兩人縮在僅剩的兩件衣裳之下，抱在一起取暖。

裴若然冷得牙齒格格作響，說道：「我們今夜……今夜露宿雪地，只怕明日……明日天殺星活了下來，我們卻凍死了。」

小虎子哈哈一笑，說道：「我們被那群窮凶惡極的弟兄圍攻，也沒被殺死；斷糧兩個月，也沒給餓死，哪有這麼容易就凍死的？」

裴若然聽著他爽朗的笑聲，心中一暖，暗想：「好久沒聽見人發笑了，我幾乎已忘記人是會笑的！」又不禁感慨：「這谷中從來沒有什麼人發笑，只有小虎子不知天高地厚，單純爽朗，始終保持著一派天眞，才能發出如此開朗的笑聲。」

裴若然和小虎子互相摟抱，身子漸漸暖和起來。忽聽一陣咕咕聲響，卻是兩人的肚子都餓得很了。方才他們倉皇逃出四聖洞，一人抓了一袋凍魚凍蛙，然而洞外一場驚險混戰，那幾袋糧食不知何時已被他們扔下，或許已被其他弟兄奪走，總之全都不知去向。

裴若然知道深夜之中，絕不可能找到什麼可吃的東西，只能盡量轉移心思，不去想肚餓這回事，於是問道：「小虎子，你究竟是哪一家的？」

小虎子微微一怔，說道：「哪一家的，什麼意思？」

裴若然道：「我們當年在長安城空地上蹴鞠，大夥兒只知道白虎營的孩子都住在空地的西邊。他們說你住在武相國府附近，或許是再往南邊去的哪戶人家的孩子，卻不知道是哪一家的。」

小虎子心頭一酸，提起家鄉往事總讓他心痛如刺。他低聲道：「我家就是親仁坊的武相國府。」

裴若然恍然道：「原來你是武家的小廝。」

小虎子苦澀一笑，說道：「老實跟妳說也不妨，我不是武家的小廝，我是相國的庶出兒子。」

裴若然睜大眼睛，滿面驚訝，說道：「當眞？」

小虎子點頭道：「我騙妳做什麼？我叫武小虎，阿爺曾赴蜀地做官，一去好多年，在那兒結識了我娘親。我娘親是一位詩人，名叫薛濤。我出生後，我爺娘怕蜀地偏僻，地多瘟疫，便將我送回長安住下。相國府的主母多年來始終厭惡我得緊，我在家中待不住，因此整日跟楞子在外邊晃蕩，蹴鞠玩耍。」說起楞子，他不禁又是一陣心痛，再也忍耐不住，撲簌簌掉下眼淚。

裴若然明白楞子之死對他是多大的打擊，伸手輕拍他的手臂，卻不知該如何出言安慰，靜默一陣，才道：「我明白你心裡難過。我在這山谷中最好的朋友阿三，在過第一關時跌下山壁死去了。」卻沒提起阿三是因楞子而死之事。

小虎子點了點頭，勉強收淚。

裴若然等他止了淚，才問道：「那你怎會來到這谷中？」

小虎子便將那日蹴鞠競賽之後，自己和白虎營的伙伴一起去東市閒晃，見到官差在市場上亂抓乞丐小童，目睹楞子被抓走的情形說了，又說了自己在大車中醒來，卻叫不醒楞子，因此未曾單獨逃走的經過。說完之後，他反問道：「妳又怎會來到這山谷？」這個問題已在他心中盤桓了好幾年，這時終於有機會問了出來。

裴若然神色茫然，搖頭道：「我連自己是怎麼入谷的都不知道。有一晚我在自己房中看書，忽然便昏厥了過去，醒來後便在這山谷中了。如今回想，我當時應是被金婆婆的迷藥迷倒的吧。」想了想，又問道：「你和其他長安城的乞丐小童一塊兒被捉走，因此大首領並不知道你是武相國的兒子？」

小虎子搖頭道：「我想他應當不知道。」

裴若然道：「我原本懷疑你怎會識得字，原來你竟是武家的郎君，因此讀過書。」

小虎子苦笑道：「我其實並未眞正讀過書，只看過我爺娘寫的幾本詩集，略略識得幾個字。」反問道：「妳又怎會識得字？妳是哪一家的？」

裴若然靜了一陣，才道：「也告訴你不妨。我名叫裴若然，住在靖恭坊，我阿爺便是裴度裴進士。」

小虎子好生驚詫，坐直了身子，叫道：「原來妳也出身官家！難怪我一直覺得妳的氣質和其他孩童大大不同。我知道裴進士宅在哪兒，還跟你們家馬廄管事的兒子打過架哩。妳既是官家之女，又怎會穿著男裝，跑來空地蹴鞠？」

裴若然微微一笑，說道：「我生性粗野，自幼頑皮，不聽管訓，上頭有五個阿兄，就喜歡穿了阿兄的舊衣褲，偷偷溜去空地蹴鞠玩兒，弄得一身塵土，回家老挨我阿娘的罵。我阿娘總說，我入選采女了，應當乖乖待在家中，修身養性，準備入宮。嘿，什麼入宮不入宮，這一切都像是上輩子的事啦。」

小虎子問道：「什麼是『入選采女』？」

裴若然聳聳肩，說道：「我也不是很清楚，大概是說等我長大以後，便要進入後宮服侍皇帝。我阿娘說，這是很光榮的事。」

小虎子心中一動，問道：「大首領知道妳的出身麼？」

裴若然點了點頭，說道：「他知道。我剛入谷中時，他還假造了一封我阿娘寫的信，說是我阿娘送我來谷中受訓的。他將我從家中擄走，自然知道我的出身家世。」

小虎子睜大眼凝望著她，說道：「因此大首領是蓄意將妳擄來此地的！」

裴若然聽了，微微一怔，點頭道：「不錯。」

小虎子沉吟道：「據我所知，這谷中其他弟兄大都是藩鎮子弟，有的自願來此，有的是被強迫送來的，還有一些是跟我和楞子一般，從市上捉來的乞丐小童。然而妳卻不同，大首領大費周章將妳從家中擄來，顯然……顯然企圖利用妳的家世？」

裴若然澀然一笑，說道：「這念頭我自也曾想過。我本想自己出身不同，對大首領可能較為有用，他應當不會輕易讓我死去。然而在經過拳腳大比試後，我便再也不敢心存幻想了。你記得麼？那回我險些被天暴星打死，也不見有人出手救我。之後天空星多次伺機偷襲，我時常幾乎難逃一劫。再看看眼下吧，咱們被困在這冰天雪地的山谷中，隨時能凍死餓死。若說大首領有心保住我的性命，加以利用，那是打死我也不信的。」

她一番話說得小虎子也不得不同意，說道：「無論如何，我們也只能盡力活下去。」

兩人都冷得受不了，經過今日一場驚險激戰，都毫無睡意，便談了開來。以往他們和天殺星三人同處一洞，天殺星沉靜寡言，裴若然也甚少開口；這時天殺星重傷昏迷，兩人反倒有機會暢所欲言。

小虎子問道：「妳想大首領爲什麼要將我們留在這山谷中，讓我們挨餓受凍？」

裴若然搖頭道：「我不知道。依我猜想，他是想讓我們互相殘殺，直到只剩下幾個弟兄爲止。」

小虎子嘿了一聲，說道：「妳是說……妳是說大首領蓄意讓我們留在谷中，互相殘殺？」

裴若然點頭道：「不錯。他們故意不留下任何食物，就是想看我們什麼時候開始殺人吃人。」

小虎子聽見「吃人」兩個字，不禁打了個冷顫，說道：「他們教我們武功，說是出谷之後，便可以成爲成爲藩鎭主或大將軍身邊的護衛。如今他們讓我們彼此殘殺，甚至……甚至吃人，又是爲何？」

裴若然吁出一口氣，說道：「我不知道。過完第一關後，谷中原本有三十六個弟兄，如今大約已死去大半了。不曉得要死多少人他們才滿意？」

小虎子忽道：「大首領不是說過，只有八個人可以過第二關麼？」

裴若然眼睛一亮，說道：「不錯，或許當谷中只剩下八個弟兄的時候，他們便會進入谷中了！」

小虎子搖搖頭，說道：「但是他們人又不在谷中，怎麼知道誰死了，誰還活著？連我們都算不清還有多少弟兄活著，他們又怎會知道？」

裴若然沉吟道：「依我估計，如今除了我們三人之外，至少還有天空星和天暴星兩個。今夜我見到他們各有六七個手下，加起來共有十五六人；今夜死了總有六七個，他們那夥應該只剩下八九個。連我們三個在內，算算應當還有十一二人。我以為春天就快到來了，哼，看來還早得很哩！」

小虎子聽她言下之意，似乎應該讓更多弟兄早些死去，他們好早日出谷，忍不住道：「別這麼說。最好大家都別死，大家都活下去。」

裴若然冷然道：「小虎子，我可沒有你那麼仁慈。我只能顧著讓你、我和天殺星三人活下去，其他人的死活，我可管不了這麼多。」

小虎子無言以對，沉默了一陣，才道：「依我猜想，大首領未必想讓大部分的弟兄全都死在這兒，不然之前兩三年訓練我們的工夫不全都白費了麼？他或許是想知道，在極度艱難的情境之下，誰能生存下去，誰又能冒出頭來。」

裴若然哼了一聲，說道：「冒出頭來！天空星和天暴星兩個傢伙絕對算是冒出頭來了。谷中成人都走光之後，最得意張狂的，便是這等人面獸心的小人！」

小虎子聽見天空星的名字，臉色一沉，說道：「天空星，哼，我恨死他了！帶頭打死楞子的就是他！設計陷害我的也是他！」

裴若然嘆息道：「我和天空星同爲玄武營。初見面時，我見他長得英挺，言語有禮，還以爲他是好人呢。之後他便逐漸露出眞面目，蓄意欺侮天殺星，對他拳打腳踢，百般虐待，好不殘忍。」

小虎子問道：「妳和天殺星作伴，就是爲了保護他麼？」

裴若然苦笑道：「我沒有那麼了不起。我眼看著天殺星受天空星欺負了好幾個月，都未能鼓起勇氣出手幫他。後來我在小比試中取得首位，天空星嫉恨得要命，帶著手下準備對付我，反倒是天殺星出頭保護了我。在那之後，我們才結伴同行，互相保護。」

小虎子道：「原來如此。」心想：「他們兩人在患難中建立起交情，友誼想必十分穩固。我和六兒出身雖相似，但交情畢竟甚淺，而且還是她幫助我的時候比較多。她爲何要對我這麼好？不但出手救我性命，還盡力讓我活下去？」

正想時，但聽裴若然道：「天暴星雖殘暴，但頭腦簡單，不似天空星那般狡詐陰險。兩人相比，我認爲天空星要更加可惡些。」

小虎子接口道：「那天暴星完全是個瘋子！我見他大比試時打妳打得那麼狠，心裡憤怒極了，跟他比試時出手才狠了些。」

裴若然笑道：「你出手狠？那可眞是天方夜譚了。我從未見你狠下殺手。老實說，你出手眞是太過自制，太過慈悲啦。」

小虎子道：「我和弟兄們又沒有深仇大恨，何必傷人？」

裴若然望了他一眼，低聲道：「即使是天暴星那種殺人怪物，你也不願意傷他性命，才白白在那石牢裡蹲了六個月。」

小虎子吸了一口氣，說道：「也因爲蹲了石牢，我才得練『金剛袖』神功，也未必不是因禍得福。」

裴若然沉吟道：「在這谷中識得字的弟兄，想來也只有我們兩人。也幸得我們認得字，才能夠練『金剛頂』和『金剛袖』內功。」

小虎子點了點頭，說道：「可不是？這兩門功夫十分高明，大首領指點我去練，不知是何用意？」

裴若然搖頭道：「不，指點你去看頂壁文字的是我。」當下將自己偷看大首領在石牢外的山壁上留言，自己偷偷加上一句的前後都說了。

小虎子仔細聆聽，聽完後吁出一口氣，點頭道：「聽妳這麼說，我心中好過多了。」

裴若然奇道：「這話怎麼說？」

小虎子道：「我原本以爲給我留言的只有大首領一人，他對我自然不懷好意。如今我知道妳也曾來石牢探望我，給我留言，我知道世間畢竟還是有一個眞正關心我的人，心裡自然好過多了！」

裴若然聽他說得坦率直白，不禁微微一笑，說道：「我說過了，我關心你，是因爲我知道你是個好人。而且我記得當年曾和你一塊兒在長安空地上蹴鞠競賽，也算是舊識。」

小虎子嘆了口氣，說道：「就是舊識才珍貴。我出身武家，妳出身裴家，我可當眞料想不到，來到這石樓谷中，竟能遇見另一個跟我出身相似的孩子！」

裴若然嘆息道：「今夜我們遭弟兄圍攻，險些沒命。我若不說出自己的身世，以後也不會有人知道啦。」

小虎子回想起今夜發生的事，也不禁心有餘悸。

裴若然卻愈想愈惱怒，說道：「天空星他們仗著人多勢眾，公然搶掠我們的食物，我們就算不眠不休地捕捉魚蛇青蛙，又怎麼擋得住他們不斷搶奪！而且他們什麼都做得出來，絕不會放棄追殺我們。不除去他們，我們便活不下去！」

小虎子默然點頭，沒有接口。

裴若然自顧說了下去：「我們要想活下去，便得徹底除去他們。他們能用火，我們也能。我想到一個計策：找個地方設下陷阱，以柴堆包圍，在中間燒烤剩下的幾條魚，引誘他們過來，之後便點起火，將他們全都困在火圈之中，一個也逃不出來。」

小虎子聽了，皺起眉頭，說道：「妳打算將他們全數……全數燒死？這不是……不是太狠了麼？」又道：「我們今夜……今夜只怕已殺了好幾個弟兄。」

裴若然神色肅然，靜了一陣，才道：「不錯，今夜我們下手很重，想必有不少弟兄死去，可說已開了殺戒。但當時若存著一念仁心，不肯殺人，今晚我們三個就不會還活著坐在這兒，想必已被他們亂刀分屍，架在火上燒烤分食了。」

小虎子打了個冷顫，不敢想像那情景有多麼恐怖。

裴若然又道：「我們並非存心殺人，只是想活下去，然而他們絕不會放過我們。他們若繼續聯手攻擊我們，我們忙於應付，無暇尋找食物，也只會餓死在這兒，屍體被他們拖去，一塊一塊地吃掉。你甘願被他們吃掉，我可不甘願！」

便在這時，天殺星呻吟了一聲。兩人同時轉頭望向石牢中的天殺星。天殺星已昏迷了一兩個時辰，這時似乎略微清醒過來，低聲呻吟，不斷喘息，額頭冒出豆大的汗珠，顯然胸口傷處疼痛非常。

裴若然鑽入石牢，擔心地望著天殺星，用袖子替他抹去額頭上的汗珠，低聲說道：「天殺星，你要撐著！我們已擊退敵人，躲到安全的地方了。我們一定能活下去！」

天殺星並未睜開眼睛，只皺起眉頭，薄唇緊閉。

裴若然與他相處這麼久了，早知他外表冰涼冷酷，其實內心最需要溫柔慰藉，便伸手攬住他的頸子，在他耳邊低聲道：「天殺星，別忘了，你的家就是我。我永遠都是你的家，你在我身邊，便是回到家了。知道麼？」

天殺星聽了，微微點了點頭，將頭靠在裴若然的肩上。裴若然一手攬著他的頭，一手抱著他的身子，感到他全身發熱，心中擔憂，不自禁皺起了眉頭，只能在心中暗暗祈禱：「老天保佑，菩薩保佑，千萬別讓天殺星死了！」

小虎子見此情景，心中一陣黯然，說不清是什麼滋味。

當天夜裡，天殺星發著高熱，裴若然一夜都縮在狹小的石牢中，伸臂抱著他，不斷以溼布替他擦拭額頭和身子，助他降低體熱。

小虎子看在眼中，不知為何感到陣陣鼻酸，即使他對天殺星滿心厭惡，卻也不禁為裴若然和天殺星之間的情誼所感動。

小虎子心想：「我和他們一樣，也在谷中住了三年，卻從未與任何弟兄建立起這等深厚的交情。我之前便常常見到六兒和天殺星形影不離，總覺得他們有些古怪可笑。現在我才知道，身邊能有一個知心的朋友相伴，很可能便是生死存亡的關鍵。」又想：「六兒說我是好人，因而邀我入夥。她和天殺星的交情不但建立在我之前，而且更為深厚。她為何會與天殺星成為好友？僅只是患難之交，還是因為他也是好人？我可看不出天殺星有什麼好。這人連話都不太會說，眼神冷酷，一身寒氣，全無情感。然而六兒卻對他如此親近關懷，究竟是為了什麼？」

他想不出個頭緒，忽然又想到：「天殺星倘若真的死了，六兒定會悲痛逾恆，難以承受。她絕不肯坐在這兒看著他死去，因此她一定得做些什麼。她方才說的陷阱倘若成功，或許眞能將其餘弟兄全都除去也說不定。我們曾立誓不殺人、不吃人，如今不殺人的誓言已然破了，難道我們也將墮落到如天空星、天暴星那般，將燒死的弟兄都分來吃了？」

小虎子想到此處，不禁毛骨悚然。即使他知道自己今夜險些落入了同樣的命運，卻仍不敢想像自己成為吃人的那一方。他忽然感到肚子極餓，但當此情境，也無可奈何。

小虎子甩甩頭，盡量不去想明日將發生什麼事，或是下一步該如何走。他轉頭望向石牢，見裴若然仍摟抱著天殺星，頭靠著他的頭，兩人似乎都睡著了。

小虎子心想：「我既已打定主意跟隨她，就不該懷疑她的決定。我生性蠢笨，常為了救別人而置自己於險地。救楞子時是如此，救天勇星時也如此，兩回都險些賠上自己一條小命。若依著我的意思，我們三人絕對活不過這個冬天。若要活下去，就得依著六兒的主意去做。她能夠判斷形勢，衡量輕重，然後做出決定。一旦決定了，她便絕不猶疑，絕不心軟，行事果敢，不達目的絕不罷休。」

小虎子知道自己對六兒百般信任，萬分依賴，幾乎將她當成個成人看待了。然而在他內心深處，卻知道她仍是個小女孩兒，跟自己同樣年齡，甚至可能比自己還小一些。他如此信任依賴她是對的麼？天殺星想必跟自己一般，對裴若然滿懷依戀信賴。他們信對了人麼？

小虎子獨自坐在石牢之外，內心極不安穩，遲遲無法入睡，直到天明。

第三十五章 反攻

次日清晨，裴若然安頓好了天殺星，便帶著小虎子一起去布置陷阱。她精神奕奕，神色堅決，臉上的線條似乎比往日剛硬了一些。

小虎子默然跟在她身後，一言不發。

兩人在沼澤旁探勘了一陣，見到一處地勢絕佳之處。那裡後方和左方是冰雪遮蓋的沼澤，一走進去就再也出不來了；右方是筆直的峭壁，只有前方一條通道。由於滿地積雪，不容易見到沼澤的邊緣，因此此地雖是三面包圍，看起來卻只是右方鄰近峭壁而已。而通道旁原已生著一圈矮樹叢，已被冰雪遮蓋著。

裴若然觀察了一陣，說道：「就是這兒了！」

小虎子見此處地勢果然極險，再也無法壓抑心中疑惑，脫口說道：「妳眞的要做？」

裴若然堅定地點點頭，說道：「天殺星命在旦夕，我不能眼睜睜地看著他死去。若不除去敵人，天殺星只有死路一條。」

小虎子忍不住道：「妳設下這個陷阱，倘若成功，天空星、天暴星他們全都會燒死在此。我們不是立誓不殺人麼？」

裴若然望向小虎子，神色冷靜平和，眼中並無任何瘋狂殘忍或指責怨怪之色。她緩緩說道：「我並不想殺人。他們若不來侵犯我，我也不會出手反擊。如今他們來搶奪我們的食物，又將天殺星砍成重傷。我們處於今日這等絕境，再不反擊，下一步便會被他們逼上絕路。你我或許還可以繼續抵抗逃避，天殺星卻絕對撐不下去。」

小虎子無言以對。

裴若然又道：「小虎子，如果身受重傷的是你，我也會做出同樣的決定，設法消滅敵人，以求保住你的性命。」

小虎子聽了這話，心中震動，無法言說，只能轉過頭去。

裴若然吸了一口氣，說道：「小虎子，你是好人，我明白你不願意殺人。但我跟你不同。我從來就不是好人，做事不擇手段。你跟我交過手，應當知道得很清楚。今日我們三人成夥，我發誓要讓我們全都活下去，一個都不能放棄。」

小虎子默然無語，只能放棄爭辯。到此地步，他已無法跟她和天殺星拆夥，三人的命運已被綁在一起了。她願意承擔起架設陷阱、放火殺人的責任，自己還能說什麼？

小虎子跟著裴若然回入森林，從樹上和草叢中蒐集樹枝乾柴，搬到沼澤旁。她將枯樹枝密密地安置在通道邊緣的矮樹叢後，右方延伸至峭壁，左方延伸至沼澤邊緣，中間留下一個開口，做爲陷阱。

兩人動手將蒐集來的樹枝重疊交錯，直堆到半人高矮，隱藏在樹叢之後，不易見到，不會令人起疑。他們都處於飢餓邊緣，體力不足，足足花了一整個早上的工夫，才堆起了一小段。

兩人感到肚餓難忍時，裴若然道：「不如去沼澤試試覓食吧。」小虎子點頭答應。

裴若然和小虎子都不如天殺星那般擅長在爛泥中挖掘蛙蛇，直找了整個下午，才找到一條冬眠的蛇，帶回石牢旁，剝皮去骨，烤來吃了。天殺星仍舊昏迷不醒，即使短暫清醒，也毫無胃口，裴若然和小虎子便將那條蛇分著吃完。

三人共處時，食物一向交給裴若然來分配。這時天殺星重傷，只剩下兩人，但仍依照老規矩，找到什麼吃食都先交給裴若然，由她分配。裴若然一定先餵給受傷的天殺星吃，剩下的大半都給了小虎子，自己吃得極少。

小虎子餓得發慌，見到能吃的就趕緊吞下肚，實在沒有禮讓的餘裕。但他見裴若然吃得簡直太少，臉色白裡透青，似乎隨時會暈倒，心中不由得暗暗擔憂。又見她省下自己的食物，試圖餵天殺星多吃幾口，再也看不下去，說道：「妳再不吃，就要瘦到被風吹走了。」

裴若然只是苦苦一笑，搖搖頭，連爭辯的力氣都沒有了。

小虎子知道她長期飢餓，虛弱非常，然而她布置陷阱、消滅敵人的意志卻無比堅強。之後數日，兩人又回去沼澤旁的陷阱，繼續蒐集枯枝，布置陷阱，只是進展卻甚慢。

布設陷阱的那幾日中，該是他們自第二關開始以來最艱苦的時日。之前他們未雨稠繆，分工合作，努力捉魚挖蛇，省吃儉食，剩下的食物都藏在冰雪之中，留待不時之需。每日的食物雖然不多，但從來不至於斷糧，也從來不曾超過一日吃不上東西。自從他們的存糧被天空星和天暴星等人劫走之後，便徹底陷入斷糧的絕境；小虎子和裴若然一日找不到吃食，三人便得挨上一日的餓。裴若然堅持將大部分的糧食都分給天殺星和小虎子，自己不肯多吃。到得第三日上，小虎子的擔憂果然成眞——裴若然餓得昏倒了。

這是小虎子第一次見到人餓得昏倒。他見六兒毫無徵兆，突然摔倒在地，先是一驚，只道她受敵人暗算，或是生了什麼急病，趕緊俯身去搖她叫她，六兒卻無論如何也醒不過來。

小虎子見她一張小臉乾枯瘦弱，雙目緊閉，全身消滅得幾乎不成人形。他抱起她的身子，感到她輕得如一團棉花一般，比自己身上穿的棉袍重不了多少。

他心中怦怦亂跳，暗想：「人眞能餓死的！她會餓死麼？不，我不能讓她死！」

他抱著裴若然奔回石牢，將她放在天殺星身旁。他望著他們蜷曲著身子縮在石牢之中，兩人瘦弱得有如嬰兒，心中不禁想：「不多久前，我獨自被關在這石牢中，孤單無助。當時又怎想像得到，有一日受傷的天殺星和餓昏的六兒會擠在這石牢中，靠它擋風遮雪、躲避敵人？」

他感到肚子咕咕作響，全身一陣無力，知道自己離餓倒也不遠了。他心想自己若也餓倒，那天殺星和六兒便都要跟著送命。

就在那一刻，他忽然明白裴若然爲什麼堅決要設下陷阱，消滅其餘弟兄，即使破誓也在所不惜。因爲她知道他們三人離死亡已經太近、太近。

小虎子吸了一口氣，心想必須在天黑之前找到食物，不然他們絕對熬不過今夜。明日他睜開眼時，很可能只剩下他一個人還在呼吸了。

小虎子踏著冰雪，來到懸崖邊上，抬頭望了一會兒，便往上攀去。他知道自己此時只能孤注一擲了。他攀到將近一百丈高處，頓覺勁風撲面，雲霧繚繞，眼前望去一片模糊。他攀附在山崖之上，凝神傾聽。他知道山谷中有不少雪鷹，在崖壁的縫隙間築巢。此處離地有數百丈高，弟兄們從來不敢攀援到這麼高的地方，此時小虎子冒險攀將上來，卻也不確定自己能否找到鷹巢，獵到雪鷹。

崖壁間雲霧濃厚，什麼都看不清楚。小虎子只能在山壁上盲目攀援，時而向左，時而往右，時而攀高一些，耳中專注傾聽，盼能聽見禽類的鳴叫。

過了一陣，雲霧略略散開，小虎子的手指摸到一條長長的弧形坑洞，甚感奇怪，定睛一望，才發現攀伏的山壁上畫了一個巨大的圓形，共有三圈，正中有許多密集的小坑。他第一個念頭便是：「這是個巨大的箭靶。」又想：「不可能，箭靶怎會刻在這麼高的山壁上？射箭之人又要站在何處？」

他轉頭觀望，但見左右山壁上各有七八個疑似同樣的巨大箭靶，不知共有多少個。離他最近的這個箭靶的靶心上有不少坑洞，似乎正是箭頭射出，心中更感奇怪：「如果這眞是箭靶，這麼多箭都正中靶心，可見射箭之人準頭奇佳。但箭卻是從哪裡射出的？」

他正想著，肚子忽然一陣咕咕亂響，趕緊甩開胡思亂想，集中精神尋找雪鷹。他在崖壁上攀援了總有半個時辰，高低左右，四處探索，卻什麼也沒有發現，什麼也沒有聽見。

他感到手腳一陣痠軟，知道自己肚子太餓，欲振無力，一不小心便會失手跌落，心想或許還是早些下崖，趁天黑前去沼澤試著挖掘蛙蛇算了。

就在他準備往下去時，忽見左首數尺之外隱約有團黑影，似乎是個鳥巢。他心中一跳，屏住呼吸，緩緩往左首移去，但見山石縫隙之中，果然伏著一隻全身雪白羽毛的雪鷹！

小虎子心中大喜，心想牠若聽見聲響，立即便會飛走，當下更不多想，湧身一跳，往那隻雪鷹撲去。那鷹反應極快，立即展翅飛走。小虎子眼見自己的手指還離鷹腳差著數寸，搆之不著，只能伸出左掌，使勁擊出，打向雪鷹。他不確定自己在飢餓凍餒之下還剩多少成功力，這掌擊出之後，感覺半點勁道也無。他以爲一定失敗了，正懊惱間，那雪鷹竟在空中一個翻身，筆直往下跌去。小虎子一手抓住山壁，一手趕緊去撈，抓住了一把羽毛，又趕緊一撈，勉強抓住了雪鷹的一隻翅膀。

小虎子心中大喜過望，趕緊將雪鷹塞入懷中，快手快腳地攀下崖壁，奔回石牢。第一件事，便是用破風刀割斷鷹的喉嚨，將鷹血餵入裴若然的口中。

裴若然吞了幾口鷹血，略略清醒過來，睜眼見到眼前的死鷹，臉上露出驚疑之色，隨即大口喝血，連喝了五六口。接著她勉強舉起手，指指天殺星，小虎子會意，過去餵了天殺星數口鷹血。天殺星一直未曾完全清醒，緊閉著眼，但仍將鷹血慢慢嚥了下去。

小虎子在石牢外生火，將鷹拔毛除臟，以小火烤熟，用刀割下鷹肉，一塊一塊餵給裴若然和天殺星吃，他自己也吃了不少。他從未吃過鷹肉，感覺鷹肉雖堅韌難嚼，但此時在他們口中，卻勝過天下美味。

那一夜他們難得地吃了個飽；這頭鷹肥壯結實，血肉比小蛙小蛇多上數十倍。小虎子盡量公平分配，讓三人都吃得一樣多，但事實上他給裴若然的肉最多，因爲他知道過去這段時日中，她總將較多的吃食分配給自己和天殺星，自己吃得比其他兩人都少。

小虎子心想：「這隻雪鷹眞是老天爺賜給我們的厚禮。若不是牠，我們三個絕對無法活過今夜。」

次日清晨，小虎子醒來時，見天殺星仍未醒，但臉色紅潤了許多。裴若然則一早便爬起身，氣色轉紅，催著小虎子去布置陷阱。他們又花了一整日的工夫，才終於設置好了木柴堆，完成了陷阱。

裴若然甚是高興，繞著陷阱走了一圈，欣賞讚嘆不已。她容光煥發，絕對無法看出昨日她曾餓得昏厥過去，瀕臨餓死邊緣。小虎子看在眼中，心想：「那隻雪鷹的血肉當眞神奇得很，竟能令六兒起死回生。」

他們相偕去樹林中找了數根粗樹枝，充做火把；小虎子又收集了一堆枯葉，用以引火。兩人在陷阱周圍小心探勘，詳細討論，確定沒有任何漏洞。

之後他們又花了半日工夫，在沼澤中翻找蛇蛙。這回十分幸運，只花了兩個時辰便挖到了兩隻冬眠的牛蛙。兩人都很興奮，決定就用這兩隻牛蛙做餌，引誘敵人進入陷阱。

這日下午，一切準備就緒，他們與天空星和天暴星一決死戰的時刻終於到來。

過去數日中，天殺星的體熱稍稍退去，傷口也已結疤，人也清醒過來了。他見裴若然和小虎子正要出發，撐著站起身，說道：「我……也去。」

裴若然擔憂地望著他，考慮了一陣，才道：「好吧。你傷勢仍重，在旁觀看便是，千萬不要出手。」天殺星點頭答應。

三人來到沼澤旁的空地上，在屏風後堆起營火，架起牛蛙，烤了起來。裴若然又串上好幾段木柴，架在火上燒烤，看來好似正燒烤著許多食物。她故意使勁搧風，讓煙冒得老高，遠遠飄了出去。

裴若然對小虎子道：「火把、火引都在峭壁之下，你躲在那兒，見我號令，便立即點火。」又對天殺星道：「你站在柴圈裡面，讓人能見到的地方，假裝蹲著烤蛙。等到有人進入柴圈，便趕緊往沼澤跑去，引誘他們去追，千萬小心，要及早逃脫。」天殺星點了點頭。

裴若然又道：「如果情勢有變，我會吹三聲哨，你們便趕緊過來，與我會合。」小虎子和天殺星都點點頭。裴若然吸了一口氣，拿起一隻烤蛙，說道：「好，我去誘敵了。」施展輕功，往四聖洞的方向奔去。

自從天空星和天暴星聯手突襲四聖洞之後，天空星一夥便占領進駐四聖洞，天暴星等人則住在藏糧洞裡。裴若然曾去過他們的住處探查，盤算如何將他們引誘到陷阱中。

她悄悄來到藏糧洞前，吸一口氣，高聲大叫：「天微星、天猛星他們抓到了一籃子魚、幾十隻青蛙，正在那邊燒烤呢！四聖洞那夥人正要去搶食物啦！還不快跟了去，遲了就沒得吃了！」

在糧食洞中的天暴星手下弟兄一聽見有烤魚和青蛙，立即鑽了出來，也不管出聲喊叫的是誰，一窩蜂地往四聖洞奔去，紛紛叫道：「別讓他們搶先了！快跟上去！」

這時裴若然已搶先來到四聖洞外，不用她喊叫，天暴星的手下弟兄已一邊奔跑，一邊大叫：「天微星、天猛星正在空地上烤魚，聽說有一整籃子魚，還有幾十隻青蛙！快去搶來吃啊！」

天空星手下弟兄聽了，自然也趕緊奔出，兩群人爭先恐後地往前奔去，卻不知道要往哪兒跑。

這時裴若然故意在他們面前一晃而過，手中持著一隻肥美的烤蛙，弟兄們見了，都紅了眼，尖叫道：「食物，食物！」

裴若然裝出驚詫害怕的神情，尖叫一聲，將烤蛙扔下，立即轉身奔去。弟兄們餓得狠了，立即衝上前，當先兩人撿起烤蛙，兩三口便吞下肚去。眾人見到眞的有食物，都紅了眼，叫道：「快！快去搶吃的！」

裴若然在前快奔，引領弟兄們跟上。她施展輕功，很快便拉開了距離，來到柴圈之外。她低聲對天殺星和小虎子道：「就快來了！」

小虎子舉起火把，說道：「準備好了！」

天殺星也點了點頭。

裴若然信心滿滿，相信自己撲殺敵人的計畫定能奏效。她生怕他們跟丟了，這場精心布置的陷阱便要落空，於是又折返回頭去探視。

她奔到半路時，眼前忽然出現了一群人。

裴若然只道他們定是天空星或天暴星和他們的手下，定睛一看，但見領頭之人既不是天空星，也不是天暴星。那人身形高大，竟是個成人；又見他道服飄飄，手持拂塵，正是大首領！

大首領身後站著六個黑衣朱帶的男子，抱臂而立，虎視眈眈地向她望來。她認出他們正是六位老大，矮胖的屠老大和鬍子老大都在其中。

裴若然呆在當地，一時無法反應過來。她早已習慣谷中只有弟兄、沒有成人，飢寒交加、互相殘殺的日子，心中雖不斷告訴自己這樣的日子遲早會結束，應當保持清醒，硬撐下去；冰雪會融化，春天會到來，食物將會充足，成人也將回到谷中。然而在與天空星和天暴星等拚鬥了幾個月後，她腦中唯一能想的只有「活下去」三個字：如何抵禦敵人、不被殺死，如何搜尋食物、不致餓死；如何調解小虎子和天殺星之間的衝突，令他們放下敵意，攜手合作。如今她幾乎贏得了這場戰爭，眼看便能將兩股對手一網打盡，徹底消滅，怎料大首領竟會在此時此刻回到谷中！

裴若然咬著嘴唇，勉強壓抑心中亢奮、血腥而混亂的情緒，努力重拾理性，將一切回溯到第二關開始之前的情狀，心中急速轉念：「大首領花了這麼多年的工夫在弟兄們身上，絕不會讓我們全數死掉。他定然密切觀察著谷中爭鬥的狀況，很可能蓄意在這場大戰前出面阻止，免得我們全數死光。我設下的陷阱和計畫，他究竟知道多少？」

她勉力讓自己的臉上保持一片空白，毫無表情，微微頷首，向大首領行禮，平靜地道：「大首領，您回來了。」

大首領見她神色自若，毫無驚懼慌張、倉皇狼狽之色，衣衫雖骯髒破舊，卻仍頗爲齊整，微微揚眉，顯得頗爲驚訝，點了點頭，問道：「其他人呢？」

裴若然回頭望望，撮口作哨，滴滴滴三聲響，在谷中遠遠地傳了出去。

小虎子和天殺星分別躲在峭壁旁和柴圈之中，正準備引火突襲天空星和天暴星兩夥人，聽見裴若然發出的撤退暗號，便從隱身處現身，快步向著裴若然奔去。他們陡然見到大首領和六位老大，都不禁愕然，互相望望，又望向裴若然。這幾個月來，他們早已慣於聽從她的號令，這時也不自禁望向她，等候她發號施令。

裴若然勉強鎮定，語氣平靜，說道：「天猛星，天殺星，快拜見大首領。」

兩人這才如夢初醒，趕緊上前對大首領拜倒。

大首領臉上露出微笑，說道：「天猛星，天殺星。很好，很好！其他弟兄呢？」

裴若然回答道：「谷中只剩下十一名弟兄。除了我們三人外，其餘八名弟兄分成兩股，分別由天空星和天暴星爲首，天暴星等聚集在藏糧洞，天空星等聚集在四聖洞。」她盡量讓自己出言清楚平靜，彷彿過去三個月谷中從未發生過任何血腥殺戮，就如平時一般，弟兄們不過是聚在一起練功比試罷了。

她自然並未說出，天空星和天暴星的兩股弟兄原本各有十多人，在他們自相殘殺、互相啖食，加上她設計的種種計謀之下，人數驟減；她也沒有說出，此時她和兩個夥伴正打算將其餘弟兄誘入沼澤旁的陷阱，一網打盡，永絕後患。

大首領聽完後，微微揚眉，對身後的老大們道：「你們都聽見了吧？快去藏糧洞和四聖洞，將其餘弟兄召來見我。」兩名老大應命而去。

大首領轉回頭來，凝望著裴若然，說道：「天微星，妳倒說說，你們是如何活下來的？其他弟兄又是怎麼死的？」

裴若然腦中閃過一個個死去弟兄的面孔，強忍住眞實情緒，說道：「弟兄們大半是餓死的，少數是病死，其餘都是互相殘殺而死。」

大首領點點頭，說道：「那你們又是怎麼活下來的？」

裴若然側眼望望站在身旁的小虎子和天殺星，心中一陣激動，暗想：「我們是怎麼活下來的？還不是因爲我們三人同心協力，互助合作，堅定不搖，拒絕放棄？」口中只淡淡地道：「啓稟大首領，我們發現了如何捕魚抓蛇，能夠塡飽肚子，因此未曾餓死。託大首領之福，也未曾病倒，因此活了下來。」

大首領望了望他們三人，臉上露出疑惑之色。他自然知道，面前這三個孩子乃是谷中武功最高強的弟兄，在兵器大比試中的最後三人就是他們了。他也知道天猛星被囚禁於石牢之時，內功有所成，武功突飛猛進；至於天微星和天殺星是怎麼練出一身深厚的內功，他卻不知曉。

裴若然望著大首領，只見他緩緩點了點頭，似乎看清楚了事情的來龍去脈。他轉頭望向身後的四名老大，嘶啞著嗓子說道：「你們瞧瞧，天猛星和天殺星乃是死對頭，我原本並不期望他們兩人會活下來，只道他們定會互相爭鬥，死掉一個，剩下的那個便是第二關的勝出者了。沒想到他們和天微星三人竟會攜手合作，自成一夥，對抗其他人數眾多的弟兄，而最後這三個竟然都活了下來！」

那四名老大都嘖嘖稱奇，議論紛紛，說道：「眞正猜想不到！」「天殺星和天猛星兩個竟會聽從天微星的指令，當眞有意思。」「三個都活下來了，確實出乎大首領的意料之外。」

裴若然聽在耳中，心底不由得生起一股強烈的怒火，暗想：「大首領將我們當成什麼了？在他眼中，我們根本連禽獸都不如！我們的生死存亡，我們的痛苦掙扎，在他眼中全都不足一哂！」

她知道天殺星一定能感受到自己的憤怒，小虎子想必也覺察到了，然而他們都沒有言語，只默默地站在她身旁。她相信他們都跟她一樣憤怒，也跟她一樣竭力隱藏壓抑著心頭的怒火。

不多時，老大將天空星等人帶了過來。一起來的共有八個弟兄，裴若然看清了，分別是天空星、天富星、天異星、天孤星、天暴星、天魁星、天劍星和天佑星。前面四個是天空星一黨，後面四個則是天暴星一黨。弟兄們個個衣衫破爛，頭髮蓬亂，滿面汙泥，有的傷了手臂，有的斷了腿，彷彿一群在戰場上浴血廝殺、敗陣下來的殘弱傷兵。

大首領望著面前這十一個弟兄，點頭微笑，滿面得色，說道：「很好，很好！」

第二部 出谷

第三十六章 山莊

此後的日子有如在夢中一般。

大首領命令老大們將十一個弟兄分批從竹籃吊出山谷，在山間行走了約莫半日的路程，來到山上一座宏大寬廣的莊園之中。十一個弟兄被分配在不同的房室住下，每間房室都寬敞光明，床榻几案一應俱全。當日大首領便命僕從替他們準備澡盆熱水，讓他們泡浴沖洗，換上全新的黑色絲綢衣褲、輕暖皮裘和棉襪皮靴，繫上嶄新的黃色綢帶。

裴若然留意到腰帶顏色的轉變，心想：「我們初入谷中時，繫的是白色的腰帶；過完第一關後，換成青色腰帶；眼下我們顯然已過了第二關，腰帶便轉成黃色的了。」

金婆婆也住在莊園之中，她替弟兄們一一治療身上大大小小的刀傷、割傷、凍傷及各種病痛，種種珍貴藥材大量用在弟兄們身上，毫不吝惜。

裴若然最擔心的，自是天殺星胸口的創傷。她整日在他房中陪伴，見到他傷勢逐漸痊癒，精神也慢慢恢復，沒有生命危險，才放下心來。

小虎子則不時來裴若然的房中找她。他並沒有什麼話跟她說，但裴若然知道他只有在她身邊時，心情才能平靜下來。兩人往往各自坐在房間的角落，一言不發。

裴若然休養了約莫十多日，才感到元氣稍稍恢復，夜晚能夠安睡到天明。她原本身形便偏於瘦小，在谷中度過三個月的嚴冬，有一餐沒一餐地過日子，長久處於飢餓之中，更是骨瘦如柴，面色枯黃。此時她在這山莊中有得吃，有得睡，氣色才慢慢恢復過來，身上也漸漸長了些肉，不再是皮包骨了。而天殺星的傷勢在金婆婆的看顧下，也漸有起色，令她更加放心。然而她知道自己不能鬆懈，才安頓下來幾日，便開始觀察自己所處的新地方。

她猜想這莊園多半便是大首領的住處，占地廣大，可見大首領十分富有；莊園周圍牆高十丈，守衛森嚴，猜測大首領可能有不少敵人，這兒應是他藏身自保之地。

裴若然也隱隱知道，這莊園同時也是他們十一個倖存弟兄的新牢籠；他們才一踏入莊園，便被告知不可擅自離開莊園，否則殺無赦。他們也被警告不准在莊園中隨意走動，只能在自己的房室、練武場、食堂等地自由來去，其他地方絕對不可擅自闖入。

裴若然很快便明白過來，往年在那沒有出路的山谷之中，弟兄們即使想逃也逃不出去；此時在這莊園之中，弟兄們卻連逃走的念頭都沒有了。當時弟兄們都只有七八歲，如今他們這十一個弟兄都已十幾歲了，卻不知道自己倘若離開了這莊園，離開了大首領，還能去什麼地方？還能在何處存身？裴若然想到這裡，不禁甚感哀淒。她知道他們此刻的處境，實比在谷中那時還要悲慘困厄。

之前在谷中的死敵天空星、天暴星、天異星等，此刻都住在山莊之中，彼此朝夕相見，不免尷尬；因此即使不小心撞見了，也只低著頭，並不打招呼，更不互相言語。

天空星出谷之後，梳洗一番，換上嶄新的衣衫，便完全恢復正常，又成爲當年那個英俊有禮的少年，之前在谷中的種種殘暴惡行似乎全數一筆勾銷。裴若然卻無法忘記天空星的狠毒陰險，無法忘記他殺人吃人時的嘴臉，總是遠遠避了開去。

天異星斷了一隻右掌，金婆婆替她在斷腕上裝嵌了一支鐵製的鉤子，讓她能夠練習一套陰險狠毒的手鉤功夫。她左手仍能發射飛刀暗器，手勁準頭皆佳。不知爲何，她仍日夜跟在天空星身旁，卑躬屈膝，小心服侍，即使她也是過了第二關的弟兄之一，卻仍以天空星的忠實手下自居，走狗的身分並未改變。

天暴星很快便恢復了往年的凶殘暴虐，出谷不久，便開始對莊中的僕從婢女呼喝踢打，摔砸房中諸般事物，居處從不得安寧。

天佑星往年乃是麒麟營的首位，曾是女孩兒的領袖，公認的「女皇」。她在過第二關時並未受到任何重傷，但看來身形瘦削，眼神空虛。裴若然知道，第二關開始不久後，天佑星便投靠了天暴星，藉以自保。她似乎頗受天暴星的青睞，日夜緊跟在天暴星身旁，盡心服侍天暴星，好似皇后服侍皇帝一般，大約因此而存活了下來。她原有的驕傲霸氣消磨殆盡，完全失去了當年「女皇」的氣勢，變得低調退縮，鬱結沉靜。和天異星一般，她也仍乖順地守在天暴星的身旁，似乎已慣於服侍天暴星，無法擺脫這個角色。

另一個存活下來的，乃是油滑機巧的天富星。他身形瘦小，武功又不高，竟然能活過第二關，委實大大出人意料之外。裴若然知道天富星早早便歸附了天空星，而天空星竟然始終未曾將他殺死吃掉，可能是因爲天富星太過瘦小，即使殺了也沒有多少肉可吃；但更可能是因爲天富星機伶諂媚，依服順從，將天空星伺候得服服貼貼，讓天空星不捨得殺他。出谷之後，天富星仍舊露出一副猥瑣乖覺的模樣，卻對天空星敬而遠之，保持距離。裴若然清楚這天富星絕不簡單，對他不禁另眼相看。

別的弟兄可能未曾留心，裴若然卻看得很清楚，從谷中出來的十一個弟兄中，有三個受傷極重：瘦小如猴的天孤星整條左腿都凍壞了，轉爲黑色，肌肉腐爛，必須截肢；天劍星的腦子不知是嚇壞了還是被人打傷了，成了個傻子，整日流著口水，連話都不會說；黃髮碧眼的天魁星則斷了一隻右臂，意志消沉。裴若然隱約知道，他的這條右臂很可能是在天空星和天暴星聯手攻打四聖洞一役中，被她或小虎子砍斷的。

裴若然冷眼旁觀，很想知道大首領將如何處置這三個顯然已成廢人、「無用」的弟兄。答案在一個月後終於揭曉：這三個弟兄都靜靜地死去了。

據金婆婆說，他們受傷太重，即使用盡醫藥，也無力回天。但是裴若然心中雪亮，這三個弟兄既已「無用」，大首領便絕對不會讓他們活下去。即使不是爲了省下食宿花費，他也不會讓這三人留下，提醒其他弟兄他們曾經歷過如何的死生苦痛、殘酷折磨。

埋葬三個弟兄時，裴若然也跟著去了。拳腳大比試時她曾跟小猴子天孤星交過手，記得他腿功驚人，身手靈活，自己還險些被他扼死。後來天孤星依附了天空星，憑著手腳伶俐，成爲天空星最信任的手下之一，甚至活著度過了第二關。誰想得到他因爲一條腿凍傷，就此成爲廢人，早早死去？

天劍星身屬麒麟營，在谷中的表現一直平平淡淡，武功毫不出色，從未在大比試中出過頭，但他個性沉靜堅忍，毅力過人。聽人說他阿爺是個廚子，因此他也擅長烹飪。他跟隨天暴星已有一段時日，乖順服從，極為天暴星所用。他為什麼會發瘋，裴若然猜想多半跟他擅長烹煮有關。那段時日中，裴若然等三人烤魚烤蛙來吃，至於其他人烤些什麼來吃，他們都不敢多想。裴若然見過天劍星癡呆的情狀，心想：「與其這麼活著，還不如死去得好。死去對他來說，或許是個解脫。」

天魁星向來是青龍營中的佼佼者，拳腳大比試時曾脫穎而出，因相貌出奇，成為谷中女孩兒愛慕的對象。拳腳大比試中他敗給了天暴星，被打得甚慘，從此便帶領青龍營的弟兄一起投靠了天暴星，藉以生存。第二關開始之後，他便一直盡力保護著營中弟兄，但他們卻一一死去，最後他自己也被斬斷了右臂，失去了一身武功。

裴若然認為天魁星死得最不值得，也最令她內疚；在小虎子之外，他是谷中極少數秉性正直的弟兄，而她知道自己乃是害死他的罪魁禍首之一。

裴若然望著這三個「病死」的弟兄下葬後，老大們便將她趕回莊園去了。弟兄中只有她一人出莊來替他們送終，儘管她與他們並不相熟，連他們各自的頭頭兒天空星和天暴星都未曾露面。

裴若然知道，自己堅持送他們一程，最大的原因，應是想補償她沒有勇氣替好友阿三送終的遺憾。他們這群進入石樓谷的孩童，小小年紀便離鄉背井，遠別父母，孤身求生；既然弟兄一場，若不彼此送終，還有誰來替他們送終呢？就這麼孤孤單單地走了，也未免太悲苦淒涼了些。

在埋葬三個弟兄後回來的途中，裴若然留意到莊園的大門外有塊匾額，寫著「如是莊」三個大字，看來十分陳舊。她忍不住心想：「『如是莊』？那是什麼意思？」

她不敢隨意走動，只在暗中觀察，得知弟兄們居住的廂房位於莊園的西方和南方，廂房外的圍牆甚高，並無任何出莊的通道或門戶，牆邊有守衛日夜巡邏，顯然意在防止弟兄們擅自離開。廂房以東便是廚房和食堂，再往北靠近北牆處有一排矮小簡陋的屋宇，乃是莊中下人僕從的住處。

食堂以南便是一個廣大的露天練武場，名爲「如露堂」，有實土地、沙袋、木樁等，與谷中的布置十分相似，只是更爲新淨齊備；如露堂以東，位於整座莊子中心的是一座華麗的大殿，殿上供著四聖塑像，稱爲「凡相殿」，乃是莊中最高大的殿堂。再往東則是另一間有屋頂遮蔽的練武堂，喚做「如電堂」，地面鋪了長條木板，周圍牆上掛滿了各種兵器，四個角落都是供人練武的假人、暗器板、沙袋等等，顯是習練兵器之地。

莊園北邊和東邊有不少樓房園林，都屬禁區，弟兄們不可接近，也沒有人告訴他們那裡有些什麼房舍，或是住了什麼人。

金婆婆的住處位在如電堂以北，離弟兄們的住處甚遠，須得穿過凡相殿後的中庭，再往東去。她的園子就叫做「藥園」，中間是座小木屋，屋外種了一園子的花花草草，沒人知道都是些什麼藥草。金婆婆的住處並非禁區，偶爾吩咐裴若然去藥園替天殺星取藥換藥時，她便會穿過凡相殿後的中庭園子，來到莊子東北方的藥園找金婆婆。在等候金婆婆調配藥材時，她便蹲在藥園中觀望那些草藥，想像著它們的神奇功效。整個如是莊中，只有金婆婆的這方園地散發著一絲寧和平靜之氣。

金婆婆仍舊冰冷寡言，只幾句話就打發弟兄離開，不讓他們在她那兒多待半刻。但是她的氣色比在谷中時好上許多，想來石樓谷中飲食粗糙，氣候溼冷，生活艱苦；相較之下，這如是莊的藥園乃是她的住所，在自己的地盤上，便顯得舒適自在得多。

這時裴若然已十分確定，當年用藥物將自己迷倒，從家中劫走的，定然便是金婆婆。大首領和他手下這幫人中，只有金婆婆一人擅長醫藥。裴若然昏迷時隱約聽見一個道士和一個老婦彼此交談，想必便是大首領和金婆婆了。她記得那老婦對大首領說話時的神態並非畢恭畢敬，似乎頗有些叛逆高傲，然而此時她的印象也已十分模糊。

有幾回，她鼓起勇氣試著跟金婆婆攀談。她知道若問起關於她自己或大首領的事，金婆婆一定翻起白眼，相應不理；但是她若問起跟草藥有關的事，金婆婆偶爾便會開口說兩句。於是裴若然便從天殺星的傷勢問起，說道：「請問婆婆，天殺星胸口被狼牙刀劃出的傷處，筋肉肌膚裂口參差不齊，應當如何縫合？傷口肉若腐爛發黑，又該如何處置？」

這些問題勾起金婆婆的興致，十分樂意回答，還會一邊講解，一邊用天殺星的傷口示範給她看應如何縫合、敷藥、包紮。

裴若然見天殺星的傷口血肉模糊，心中不禁發毛，只能盡量壓下噁心懼怕，邊看邊學。她往年在谷中時也曾替自己和天殺星包紮各種傷口，這時才發現自己的手法有多麼粗糙簡陋，衷心問道：「婆婆，我可以向您多學學草藥醫術麼？」

金婆婆眉頭一皺，又翻起白眼，冷冷地道：「我什麼也不會，因此什麼也不能教妳。

妳快走吧！」

有一回，裴若然在傍晚時來到藥園取藥，聽見屋中傳來嘩啦啦的水聲。她心中好奇，悄悄繞過屋角，從窗戶往屋內望去，但見金婆婆正光著背脊，在小屋門內提著杓子沖浴。

裴若然一望之下，頓時呆住。但見金婆婆的背脊由右上至左下，爬著一道暗紅色的血痕，粗寸許，略略彎曲，有如水蛇。那疤痕的傷口齊整，線條流暢，裴若然直覺認定這定是有人蓄意劃上去的刀痕，並非在打鬥或意外中受傷，甚至可能是有人持刀慢慢刻劃出來的。

裴若然呆了半晌，知道自己看到了不該看到的東西，趕緊轉過身，施展輕功，悄悄退出數十步，來到藥園之外。她站在草藥之間，鼻中嗅著各種奇花異草的特殊氣味，眼前仍盤桓著那道猙獰的疤痕，心中怦怦亂跳：「是誰在金婆婆的背上劃出這道疤痕？這疤痕看來並非新傷，怕不已有幾十年了？」

她又想：「金婆婆頭髮全白，臉面卻不怎麼老。不知她究竟多大年紀？若是幾十年前劃下的傷痕，那時她或許還很年輕吧？」

裴若然等了好一會兒，才再次走入藥園，此時金婆婆已沐浴完畢，穿戴整齊，在屋後煎藥。裴若然裝做若無其事，說道：「婆婆，我來替天殺星取藥。」

金婆婆和平時一般，未曾回答。

裴若然在小屋中等候，望著她將藥磨成粉漿，加入水調合後，抹在一塊膏藥之上，遞過去給裴若然。裴若然道謝了，正要出門，卻聽金婆婆忽然發出一聲幽幽的長嘆。

裴若然因爲心中有鬼，聽這聲嘆息深沉而哀怨，不禁身子一震，立即停步，回頭望去。但金婆婆並未望向她，仍舊低頭忙著包裹手中的藥材。

裴若然停了半晌，正想離去，卻聽金婆婆喃喃說道：「太過在意弟兄的生死，並非好事。」

裴若然呆了呆，立即想起自己是來替天殺星取藥的，忍不住說道：「婆婆是說我太關心天殺星了麼？」

金婆婆似乎沒料到她會問得如此直接，停下手中活計，回過頭，直望著她，眼神銳利，卻未曾答話。

裴若然感到需要替自己辯解幾句，說道：「天殺星是我最好的朋友。我們在谷中相依爲命，彼此支撐，才度過了第二關。我當然得關心他。這世上除了他，我還能關心什麼人？」

金婆婆聽了，臉色一變，似乎陡然惱怒發火，又似乎欣喜若狂，裴若然竟無法看出她究竟是喜還是怒。金婆婆臉上的神情一閃即逝，隨即低下頭，說道：「妳以後便會明白了。」

裴若然見她神情轉爲冷淡，知道她不會再說下去，便行禮說道：「多謝婆婆。」轉身快步離去。然而金婆婆背後的那道疤痕，卻如一條血紅色的小蛇一般，不斷在她眼前游竄走動。

來到如是莊兩個月後，弟兄們的傷勢漸漸恢復，大首領便召集這碩果僅存的八個弟兄在莊園的大廳中賜宴，山珍海味，佳肴滿席，讓他們吃個痛快。

席間大首領對弟兄們大加讚賞，稱許他們是最忠心、最勇敢、最健壯、最高明的弟兄，才能通過嚴峻的第二關，成爲大首領的親信弟子云云。

裴若然冷漠地聽著大首領的褒獎讚賞之詞，心中想到的，只有一張張死去弟兄的臉孔；眼前的種種美食，在她眼中都彷彿是深潭中撈起的游魚、爛泥中挖出的蛇蛙，甚至是弟兄們的殘肢碎肉。她完全無法嚥下任何魚肉，只能勉強吃一些清粥豆菜，才不會作嘔。

她側眼向其他弟兄望去，但見他們全神貫注地傾聽大首領的言語，滿面仰慕之色。裴若然心中明白，弟兄們從死亡邊緣被大首領救了回來，自然對大首領感激涕零，衷心服從。此刻在這如是莊中有吃有住，如在天界，弟兄更加對大首領感恩戴德，誓死效忠。

裴若然也留意到，只有兩個弟兄並未露出感激涕零的神色。天殺星神色木然，眼望半空，對大首領的言語聽如不聞；裴若然心想天殺星一向如此，大約並非針對大首領或是大首領的言語。

另一個便是小虎子。小虎子眼光低垂，並未望向大首領，只顧望著自己的雙手。大首領的言語似乎半句也未曾進入他的耳中，他既不激動感恩，也不怨恨反抗，流露出的似乎是一片無動於衷的認命，或是竭力掩藏的忿恨。

如此盛大的宴會連續舉辦了三日三夜，每日的酒肉盛饌都勝過前一日，更有成群的樂師美伎歌舞助興，奢華熱鬧至極。

第三夜的晚宴開始之前，裴若然見到大廳外黑壓壓地跪了一群人，仔細一瞧，發現這群人竟便是往年在石樓谷中的伍長和老大們！

伍長和老大們見到八個弟兄走入宴會大廳，一齊拜伏磕頭，口中齊聲說道：「各位小爺！我等往年在谷中時多有得罪，只為幫助各位小爺練功進步，順利過關。種種得罪之處，懇請各位小爺大量原宥！」

裴若然見到屠老大、鬍子老大、行腳老大、方臉伍長等都在其中，還有其他未曾帶領過她的伍長和老大們。她全沒想到離開石樓谷後還會再見到這些人，心中驚詫無比，側頭望向其他七個弟兄，想看看他們有何反應。

天空星和天暴星臉上露出嫌惡痛恨之色；天佑星皺起眉頭，滿面不屑；天富星歪著嘴角冷笑；天異星舔著口唇，見獵心喜；小虎子臉上是深沉的憤怒；天殺星則眼露鋒芒。他們是否有心原諒這些曾經狠狠責打虐待他們的傢伙，裴若然自然不知，她只知道自己心中對他們的恨意絕未因為她過了第二關而減少。方臉伍長揮棍打得她滿地滾逃、哀叫不絕的景象又活生生地出現在眼前。他們在石樓谷中苦熬了三年，日日在痛苦恐懼中掙扎度過，而殘忍折磨他們的一群罪魁禍首就跪在他們的面前。誰會放過他們？裴若然相信大夥兒心中動的都是同一個念頭：「終於等到我們報仇雪恨的時機了！」

裴若然勉強克制自己，並未去向方臉伍長或鬍子老大尋仇。她知道天空星和天異星對鬍子老大深懷憤恨，卻不想知道他們打算做什麼。

過了兩日，裴若然便聽到傳言，說在谷中時出手較爲狠毒的幾個伍長和老大都挨了一頓好打，半死不活，有幾個甚至被活活打死。

裴若然知道天殺星和小虎子都有意報仇出氣，卻都未曾動手；至於其他人做了什麼，他們也未去探聽。

當她和小虎子談起此事時，小虎子脫下衣衫，讓她看自己當年被大頭伍長斗筲徒打出的傷疤，說道：「誰忘得了？但此時對他們出手，不過是出一口氣罷了，沒有什麼意義。」

裴若然問道：「難道你不想出口氣，不想報仇？」

小虎子轉過頭去，未曾回答。

裴若然明白他習慣將怨氣吞入肚中，一切都歸咎於自己命不好，運不好，或是愚蠢。她喜歡他的善良寬厚，卻又不喜歡他太過退讓容忍。

小虎子看出裴若然不以爲然的神色，直視著她，問道：「那妳呢？妳又爲何不去打他們一頓出氣？」

裴若然微微搖頭，她也說不上爲什麼。事實上，她並不願說出來的眞相是：她心底深處其實暗暗明白，若不是因爲這些伍長和老大的嚴厲督導，不斷打罵，她也不會被嚇得拚命練功，終於練成了一身傲人的功夫，連過兩關；若不是因爲他們凶悍殘忍，毫無慈心，她也不會交到天殺星和小虎子這兩個知心好友。

小虎子見她不答，也不追問，只笑了笑，說道：「六兒，妳是我見過最決絕的女孩兒。但妳並不如妳自己想像中那麼冷血，那麼毒辣。」

裴若然微微一呆，沒有回答，只在心裡琢磨著小虎子對自己下的這段評語。

第三十七章 殺術

如此天界般的日子又過了約莫半個月，這日清晨，大首領將八個弟兄聚集在練武廳「如電堂」中，說道：「你們通過了第一關和第二關，從石樓谷來到此地，乃是莫大的成就。如今你們已有三個月的工夫休息養傷，想必已足夠，應當要開始繼續練功，準備過第三關了。」

弟兄們肅立靜聽，想起過第一關前苦練「六小功」，其後跟隨四師學習拳腳兵器，加上過第二關時的慘痛經歷，心中都不禁緊了緊，暗想：「不知往後我們還要練什麼功夫？第三關又是什麼？」

小虎子則心想：「地水火風四師已被殺死滅口，不知由誰來教我們？」

但見大首領一揮手，三個人從堂後走了出來。小虎子抬頭望去，左首是個高高胖胖的中年人，頦下留鬚，穿著一身錦繡袍服，舉止厚重，看上去像是個頗有身分的富商；中間是個面目平凡的中年婦女，荊釵布裙，外貌便似個尋常村里農婦；右首則是個乞人模樣的男子，一身破爛衣衫，骯髒不堪。

大首領道：「這三位便是你們的師傅。未來三五年中，你們認眞跟隨三位師傅練功學藝，不可懈怠。我將逐年考校你們的進境，決定誰能夠過第三關。」

弟兄們齊聲答應，向三個師傅叩首爲禮，大首領便自離去了。

小虎子見這三位師傅面目陌生，從未出現在谷中，瞧他們的氣度，應當比谷中那六位老大的地位高上許多。

那富商師傅抬眼望向八個弟兄，滿面鄙視，似乎對他們深懷厭惡，不耐煩地道：「哪個是天空星？」

天空星一驚，連忙跨上一步，恭敬行禮。富商師傅冷然向天空星上下打量，說道：「跟我來！」領著天空星往如電堂旁的一間小室走去。

接著農婦師傅輕咳一聲，說道：「天佑星！」聲音竟出奇地嬌媚柔細，與她粗俗的外貌絲毫不相稱。天佑星戰戰兢兢地站出列，跟著農婦去了。

乞人師傅則叫道：「天猛星！」

小虎子一呆，連忙出列。乞人翻著白眼，打量了他一陣，才道：「跟我來。」

小虎子回頭望了裴若然一眼，見她對自己微微點頭，略略放下心，跟著乞人來到如電堂側的一間空屋之中。

乞人關上了門，自己走到上首坐下了，頭也不抬，只懶洋洋地道：「打一套拳腳來看看。」

小虎子應道：「是。」便來到空屋正中，使出地師傅授的「光明拳」、「擒龍手」和「如影隨形腿」。

乞人一邊搔著耳朵，一邊無精打采地挑著自己指甲中的汙垢。等小虎子練完之後，乞丐並無半句評語，只道：「兵刃？」

小虎子一呆，說道：「我使破風刀。」

乞人道：「使來瞧瞧。」

小虎子取出破風刀，使了一套菩提刀法。

乞人點點頭，說道：「還行。」站起身，空手來到小虎子身前，雙手不知如何一轉，便將小虎子的破風刀奪了過來。

小虎子一驚，連忙後退數步。

乞人嗤笑道：「連刀都拿不穩，還想跟人打架？」

小虎子滿面通紅，說道：「請師傅指點！」

乞人點點頭，說道：「你拳腳刀法都還過得去，就是警覺心太差。」將刀扔回去給他，說道：「拿好了。」

這回小虎子握緊了刀柄，心想：「可不能再讓他奪去了！」念頭還沒轉完，乞人已然出手，只一眨眼間，小虎子手上的刀又轉到了乞人手中。

小虎子心中極爲驚訝好奇，忍不住問道：「請問師傅，您是怎麼做到的？」

乞人呵呵一笑，說道：「你學的那什麼『擒龍手』太過粗淺，半點屁用也沒有。要學擒拿手，便該學我的『空空妙手』。」

小虎子甚是服氣，說道：「請師傅傳授這套武功！」

乞人懶洋洋地道：「你的刀法還能看，只是不夠狠辣。刀法我不懂，讓別的師傅教你。我只教你這套『空空妙手』，可以令你的拳腳功夫大大進步，輕易奪敵兵刃，也能讓你懂得如何抵擋擒拿高手，不至於還沒動手，便將兵器拱手送了給別人。」

小虎子點頭道：「是。天猛星一定認眞學習。」

乞人扔給他一粒核桃子，說道：「將這核桃兒握在右手中，拋起一尺高再接住，拋一百次，一次也不能漏接。」

小虎子應了，便開始專注於拋接核桃子。

乞人看了一會兒，說道：「你別瞧這功夫單調無趣，一拋一接，練的正是你手指的勁道和靈巧。手指要有足夠的勁道，才能握緊兵刃不被人奪走；手指要足夠靈巧，才能奪過敵人的兵刃。」

小虎子口中稱是，手中耐心地拋接著核桃，乞人丐躺在一旁觀看，不時搔搔肚子，挖挖耳朵。小虎子直拋了兩個時辰，乞人才讓他離去。

第二日將他叫走的是富商師傅。富商師傅話也不多說一句，只道：「菩提刀，使一回給我瞧。」

小虎子使完了一套菩提刀，富商師傅點點頭，說道：「菩提刀太過剛硬簡約，不適合你。你該學『霹靂刀』和『斬風刀』，這兩套剛柔並濟，變化繁多，可以讓你的刀法更上一層樓。」

富商當日便開始教他這兩套刀法，口中講解，手上示範，雖清楚詳細，卻毫無感情。小虎子專心學招，對於富商師傅的冷漠雖覺古怪，卻也未放在心上。

第三日來教他的是那農婦師傅。農婦教的是輕功和身法；她身形看來臃腫肥胖，豈知縱躍時身輕如燕，尤其擅長藏身於樑柱之上、屋簷之下，輕盈無聲，令人完全無法察覺。她口中喃喃傳授種種藏身隱身的祕訣，卻從來不正眼望向小虎子或其他弟兄，好似他們全是木頭假人一般。小虎子覺得她似乎活在自己的夢境之中，而他們這些弟兄都只是她夢中遇見的人物，對她來說他們並不存在，只是無關緊要的煙霧影子。

之後一段時日，三位師傅將八個弟兄輪流叫到如電堂旁的空屋之中，單獨指點他們武功和各自擅長的兵器，再也不曾讓他們彼此對打比試，只偶爾與師傅們試招。

富商師傅的兵器是一對雙鉤，招數凌厲險狠，往往能在數招內鉤人眼目，令敵失明。乞人師傅的兵器是一對短鐵戟，快捷奇巧，專戳敵人關節穴道。農婦師傅的武器則是一條蛇形鞭，鞭身上有許多鱗片，硬中帶軟，軟中有硬，使動時鞭身靈動如蛇，變化多端；聽說對敵時她往往在鞭上餵毒，觸身即死，更是厲害無比。

小虎子發現三位師傅的武功都極爲高明，比之當年的地水火風四師高出太多，簡直無法相提並論。小虎子有時會回想起四師，想起他們教導自己時的認眞用心，對自己的稱道讚賞，不禁甚感傷懷。他知道所謂地、水、火、風都只是他們暫時使用的化名，自己連他們的眞實名號都不知曉，師傅們便不明不白地被殺死滅口了。

小虎子曾請問這三位師傅的姓名稱號，一如所料，他們絕口不提，只讓弟兄稱呼他們「師傅」。不論是富商、農婦或乞人師傅，都總是面無表情、神色肅然，從不談論關於自己的任何事情，也不讓弟兄們多說多問，只專注於點撥武功，指示如何自行練功，並告知幾日後要查看練功的進展。

起初半年中，小虎子在如是莊苦練拳腳、刀劍、輕功、內功，所學比當年在石樓谷中深奧得多。半年之後，他才發現師傅們眞正想要傳授給他們的，乃是「殺術」，即「殺人之術」。

這日，小虎子來到如電堂，見到堂前放置了一排皮製的假人，皮面上以紅漆畫出各處致命要害，如咽喉、眉心、心臟等。

富商師傅站在假人之旁，說道：「今日你們八個齊聚於此，我將開始傳授你們『殺術』。你們使拳腳也罷，使擒拿手也罷，使兵器、暗器也罷，總之每一出擊，必得在一瞬之間擊中敵人要害，一擊便中，致敵死命，絕不能偏失準頭。敵人若不立即斃命，出手便屬失敗。聽明白了麼？」

弟兄們齊聲答應。

富商師傅指出假人身上的紅漆，說道：「你們看清楚了，塗有紅漆處便是要害。你們出手時，一定得一擊便中要害。」於是讓弟兄們一一上前練習，在旁糾正指點。

小虎子見其他弟兄的武藝都有顯著的進步，甚感驚訝。弟兄們聽從富商師傅的指令，一一上前攻擊皮製假人的要害，盡力做到一擊即中，精準無誤。

八個弟兄才從死亡之谷出來，人人都變得沉默寡言，性情也轉爲孤僻冷漠。師傅們要他們練什麼，他們便乖乖地練；沒有人敢不珍惜大首領賜予他們的安穩住宿、溫暖衣著、豐盛飲食，也沒有人敢不服從師傅們的指令。

小虎子跟著師傅們練功之餘，也繼續習練從石牢中學得的「金剛袖」內功。他知道自己和裴若然及天殺星的內功遠遠勝過谷中其他弟兄，絕不是火師教得出的，顯然得益於「金剛頂」和「金剛袖」心法。

他和裴若然在石樓谷中曾談起彼此習練的內功，但當時他們忙著覓食生存，疲於奔命，並未深談。此時如是莊的日子平穩悠閒，小虎子便與裴若然相約，各自憑著記憶將所學心法寫下，互相比較，共同參研。在他們鑽研探討之下，隱約知道這兩套心法相輔相成，應是傳自同一位武林高手。

小虎子和裴若然猜想師傅們並不知道這兩套內功心法，不敢貿然去向師傅們請教，只能私下摸索。裴若然照著小虎子寫下的「金剛袖」心法試著練了起來，小虎子也試著修練裴若然寫下的「金剛頂」，彼此切磋討論。天殺星不識字，裴若然打算將「金剛袖」的文字逐句念給他聽，讓他修習，他卻搖頭不肯，安於只練「金剛頂」一門神功。

小虎子習練「金剛頂」進步甚快，每個難關都輕易度過，毫不費力。裴若然雖也努力修習「金剛袖」，但不知爲何，進展卻十分緩慢。

小虎子與她討論之下，猜想「金剛袖」應是較「金剛頂」更爲深奧的內功，難關較多；小虎子當時被關在石牢中六個月，別無去處，只能專心苦修，因此能夠度過重重難關。裴若然此刻身在如是莊中，不愁衣食，因而少了一分刻苦磨練的迫切。

裴若然多日來練金剛袖毫無進展，只能頹然放棄，對小虎子道：「我見你練功順利，自然替你高興，但我自己卻不免懊惱得很，懊惱我再也追你不上，很快便將被你遠遠拋在後頭啦。」

小虎子練功順遂，內外功夫進步神速，卻幫不上裴若然的忙，心中頗感歉疚，但聽她說得直接坦白，心中稍覺好過一些，暗想：「六兒這麼說，自是爲了讓我不致太過內疚。」勉強安慰她道：「妳別這麼想。光靠武功強有什麼用？妳聰明多計，那才是眞正厲害的本領。」

裴若然微笑道：「不必安慰我，我的武功原本不及你，從未贏過你。如今不過是維持原狀，我豈會太過在意？」

小虎子心中一動，說道：「我們在谷中之時，日日與弟兄切磋比試。來到這如是莊後，便再也未曾與弟兄動手，不知這是什麼緣故？」

裴若然沉吟道：「往年大首領要從幾百個孩子中挑出適合學武的，因此讓大家彼此較量，互相競爭，甚至自相殘殺。如今我們只剩下八個，他大概認爲該淘汰的都已淘汰了，剩下來的弟兄對他頗爲珍貴，因此不願意讓我們繼續彼此互鬥，造成死傷。」

小虎子點了點頭。

裴若然又道：「我們在這兒各自單獨學武，除了習練殺術之外，極少見到其他人施展武功。我猜想他不只是想保護我們不受傷害，也想讓我們無法了解彼此的武功進境，對彼此感到陌生，互相猜疑，暗懷敵意。」

小虎子道：「如此說來，我們更應該找機會，私下比試較量。」

裴若然一笑，說道：「你若有心，我便跟你比試。只是我比不過你，對你的武功進展只怕並無助益。」

從此以後，小虎子和裴若然每夜都偷偷潛入如電堂旁的空屋之中，以拳腳或兵器互相較量。小虎子極爲自制，出刀拿捏精準，從未失手傷到裴若然。裴若然武功雖略遜小虎子，但每回盡力與他相拚試招，也頗有受益。

裴若然不願意偏私小虎子一人，於是也開始找天殺星一起私下比試。天殺星似乎並不甚情願，卻也不曾拒絕。此後裴若然每日跟隨師傅們練武之後，便在夜間偷偷來到如電堂旁的空房之中，輪流與小虎子和天殺星比武過招，或是一起打坐調息，習練內功。只是小虎子和天殺星仍舊視彼此爲敵，堅持拒絕與對方練武過招。

來到如是莊之後，小虎子和天殺星不必再相依爲命，竟再也未曾跟彼此說過一句話。天殺星原本便冷僻寡言，除了裴若然之外誰也不答理，唯有在過第二關時與天猛星略有交流，但在過完關之後，交流既然並非必要，對天猛星便也視如不見、聽如不聞。天地之間他只跟裴若然一個人說話，彷彿天地間只有她一個活生生的人，值得他抬眼注視、側耳傾聽。

小虎子對天殺星原本便心存忌憚，一旦飢寒交迫的威脅不再，他不必繼續跟天殺星結伴成夥，也鬆了一口氣，從此不再跟天殺星打交道，兩個人形同陌路，連見面都盡量避免。

裴若然居於兩人之間，她深知這兩個好友的性格，明白無法勉強，便從不相勸，任由他們彼此隔絕，而她好似一座懸空的吊橋，凌空連接著兩座高傲矗立的山峰，卻也無法讓兩座山峰靠近半寸。

裴若然不時在如是莊見到其他五個弟兄，留意到天空星和天巽星總是做一道，天暴星和天佑星則成日黏在一起，這兩對男孩兒女孩兒看來都很有點兒古怪。當時在谷中弟兄們分成三派，如今出谷之後仍舊分成三派，壁壘分明。

唯一穿梭於三派之間的，乃是天富星。天富星精乖油滑，不時厚著臉皮、涎著臉來找裴若然，一會兒送上美味的甜點，一會兒送上新製的華麗衣裙，也不知他是從哪兒弄來的。總之他殷勤討好，奉承獻媚，弄得裴若然也常難以甩脫。而且天富星跟天空星、天暴星都有接觸，消息靈通，裴若然有時便讓他來自己的房中吃茶，聽他轉述一些關於三位師傅和其他弟兄的小道消息，頗有收穫，因此便與天富星維持友好，保持聯繫。

一回外面下著雨，小虎子跟富商師傅學刀，天殺星跟乞人師傅學擒拿，裴若然便獨自留在屋中。她聽見外面傳來腳步聲，接著便是幾下小心翼翼的敲門聲，知道是天富星來了，說道：「進來。」

門外果然是天富星。他推門而入，滿面堆笑，雙手捧著一碟點心，說道：「天微大姊，小弟給妳送點兒好吃的來，不成敬意，還請笑納。」

裴若然伸手接過，說道：「多謝你了。」

天富星眼光在室中掃了一圈，見天殺星和天猛星都不在，抬眼望向她，說道：「大姊若不介意，小弟可以……可以進來坐坐麼？」

裴若然點了點頭。天富星大喜過望，立即彎著腰鑽入房中，將點心碟子放在几上，如耗子般安安靜靜地在几旁坐下了。

裴若然替他倒了一碗茶，加入少許鹽花、蔥末、薑末，遞過去給他。天富星俯首道謝，眼見茶中的作料正是自己平日最喜歡的，不禁十分欣喜，說道：「大姊心細如髮，小弟萬萬不敢當！」

裴若然冷漠的臉上露出一絲淡淡的笑意，說道：「不必客氣。」

天富星喝了一口茶，又讚嘆了一回。

裴若然漠然聆聽，一言不發。天富星知道她要聽正題，於是咳嗽一聲，說道：「好一陣子沒見到天佑星了，大姊可知道她去了何處？」

裴若然道：「聽說她生病了，被送到莊中安靜處休養。」

天富星眼中露出狡黠之色，說道：「據我聽聞的消息，天佑星生是生了，卻並非生病。」

裴若然一呆，脫口問道：「不是生病，卻是生什麼？」

天富星壓低了聲音，緩緩說道：「生孩子。」

裴若然一呆，這才想起天佑星年齡比自己大上幾歲，她才剛過十一歲，天佑星該有十二三歲了，懷孕生子並非不可能。但是天佑星生孩子？這是哪門子的事？

裴若然呆了一陣，才問道：「真有此事？」

天富星故作神祕狀，說道：「絕對是眞的。我親耳聽見莊中的僕婦說的，就是昨日的事。」

裴若然仍舊無法相信，在她心目中，石樓谷的弟兄仍是入谷時七八歲的孩童模樣，從沒想過大家都會長大。她心想：「從我離家入谷至今，已有三年多了，弟兄們最大的也有十二歲了。十二歲正是婚娶的年齡，我當年也是滿十三歲便要被送入宮去的。天佑星生了孩子，並非不可能之事。但天佑星並未婚嫁，怎會生孩子？」

她不知該如何啓齒詢問，沉吟半晌，才問道：「那麼……那孩子呢？」

天富星搖搖頭，露出悲傷之色，說道：「說也可憐，那孩子出生就死啦，沒能活下來。」

裴若然點了點頭，無法想像剛出生的孩子是什麼模樣，也不知道初生嬰孩怎會死去，更不知道自己能說什麼。

天富星嘆了口氣，又道：「早早死了，或許也不是壞事。就算活了下來，這孩子將來也會被送入石樓谷的。」

裴若然身子一震，頓感驚恐無比，心想：「那孩子倘若活了下來，也會跟我們一般被送入地獄去？那當然還是早早死了得好！」

天富星似乎能猜知她的心思，說道：「誰願意讓親生孩子去石樓谷哪？而且孩子死了，天佑星沒了牽掛，能夠回來繼續練功，對她來說自是好事。她若放不下孩子，整天牽腸掛肚的，大首領絕對不會讓她留下。」

裴若然打了個冷顫，想起過了第二關卻「病死」的三個弟兄，點頭道：「你說得是。」

天富星又道：「這件事情，天空星和天異星都知道了，兩人都驚恐得很，想是害怕同樣的事會發生在他們身上。」

裴若然離家時年紀尚幼，在谷中和莊中時又總是和孤僻寡言的天殺星獨處，幾乎沒跟其他弟兄說過話，即使偶爾跟小虎子聊天，但小虎子也不曾跟她談起這等事情，因此她對男女之事全不知曉，完全不明白天富星的言語，也不懂得天空星和天異星爲何會感到驚恐，只隨意嗯了一聲。

天富星凝望著她，說道：「大姊，妳也該小心自重，在這如是莊中，什麼事情都不重要，最重要的是保護自己，讓自己生存下去。」

裴若然忽然感到臉上一熱，覺得他這話似乎在教訓警告自己，臉色微微一沉，說道：「天富星，這些話何用你來說？我難道會不知道麼？」

天富星連忙道歉，說道：「小弟胡說八道，冒犯了大姊，請大姊寬宏大量，千萬別介意！」說著便匆匆吃完茶，告辭出門去了。

過了數日，天佑星果然回來了，再次跟隨師傅們練功。她原本身形高瘦，此時顯得更加瘦削，臉色蒼白，眼神空洞，好似剛剛大病了一場。裴若然留意到，在她空洞的眼神之後，明顯地多了一分冰冷果毅，一分悲哀痛恨。她和天暴星原本形影不離，此後卻彷如陌路，再也不同行，更不彼此言語，總是相隔得老遠。

裴若然跟天佑星原本不熟，從未說過話，這時也不敢去問她究竟發生了什麼事，只是不禁打從心底升起一股寒意。

第三十八章　出手

卻說八個弟兄日日跟著師傅們學武練功，鍛鍊殺術。約莫半年之後，富商師傅不知去何處找來三具新死的屍體，架在如電堂中。他召集弟兄們來到堂上，指著那三具屍體，說道：「你們在皮製的假人身上練習殺術已有一段時日，如今來試試自己究竟練得夠不夠準確，能否一擊便正中要害。」

於是喚了天暴星出來，說道：「我要你以死屍爲標靶，練習攻擊敵人的要害。」

天暴星應了，大步走出，面對著那具屍體，似乎勇氣十足，但臉色比平時青白了些。他大喝一聲，舉起鐮斧衝上前，一刀斬上左首屍體的頸子，但見一片鮮血從傷口飆出，直噴了天暴星一臉一身，腥臭難聞，中人欲嘔。天暴星驚呼一聲，連連後退，滿面驚詫噁心。

旁觀弟兄面面相覷，心中都想：「死人的血不是凝結了麼？一刀斬下，怎會噴出血來？莫非這人……這人並沒死？」想到此處，不禁驚詫恐懼，都噤不敢言。

富商師傅皺起眉頭，罵道：「蠢東西，人都死了，還將你嚇成如此！死人有什麼可怕的？上去再砍三刀，心窩、後頸、額頭。上！」

天暴星不敢違抗，只得再次上前，舉刀猛砍屍體，又是濺得滿身鮮血。這回他仍舊恐懼不已，砍完之後立即奔到角落，伏地嘔吐起來。其他弟兄見了，心中都想：「天暴星可是我們之中最暴虐殘忍的一個，連他都不免作嘔，其餘人豈不更糟！」

之後富商師傅讓弟兄們一一上前對屍體出招，自己在旁指點糾正。直到三具屍體都已血肉模糊，無法再做標的，他才命弟兄們將屍體抬去莊後的園子裡草草埋了。

小虎子和裴若然負責搬抬其中一具屍體，這時那屍體已然支離破碎、不成人形。裴若然咬緊牙關，勉強忍住喉頭酸氣，和小虎子一起將屍體放在擔架之上，抬到園中。

小虎子忍不住道：「這人……這人不知是誰，死後屍體遭人蹂躪作踐，也……也實在太可憐了。」

裴若然不敢開口，生怕一開口便會嘔吐出來。她咬牙道：「人死了，就什麼都不知道了。這人又不是我們殺死的，他來到莊中時已經死了。」

小虎子道：「妳怎知他來到莊中時已經死了？？倘若已死去了一陣子，刀斬下去，怎會有鮮血噴出？」

裴若然心中也頗爲懷疑：「他說得是。這些人很可能是師傅們特意捉來，用藥物迷昏，狀若死亡，才拿來給我們練習的。」

她不敢再想下去，只道：「總之不是我們殺死的，別想這麼多了。」

小虎子不再言語，裴若然回頭望去，但見他臉上滿是悲哀之色。

如此訓練了約莫一年多的光景，裴若然便已猜知，下一步就是來眞的了。

果不其然，一日清晨，高高胖胖、富商模樣的師傅來到她的房門口，說道：「天微星，起來！拿了妳的兵器，跟我下山！」

裴若然趕緊爬起身，匆匆穿好衣衫，束好腰帶，抓起放在枕頭下的一對峨嵋刺，跟著富商師傅來到莊門口。

她來到這山莊已過兩年，始終未曾離開過半步，眼見自己將要離開山莊下山去，忍不住問道：「師傅，請問我們要去何處，去做什麼？」

富商師傅對她微微一笑，神色竟出奇地親和，說道：「天微星，我姓潘，妳叫我潘胖子便是。」

裴若然一呆，自從他們來到如是莊後，每逢莊中有何重大事情，都是由這富商師傅召集弟兄們宣布，顯然是師傅中地位最高的一位，有如當年的鬍子老大。然而莊中規矩嚴謹，弟兄們絕對不准過問師傅們的名號，只能恭敬地稱呼他們「師傅」，因此弟兄們對師傅們叫什麼名號一概不知，這是裴若然第一次聽見一位師傅告知自己的名號，不禁好生驚詫，忙道：「天微星不敢。」

潘胖子擺手道：「哪有什麼敢不敢的？我這回帶妳下山去辦事，妳路上可不能稱我為『師傅』了。若不稱我『潘胖子』，那便叫我一聲『潘大叔』，免得引人懷疑。」

裴若然感到受寵若驚，頷首說道：「是，潘大叔。」

潘胖子點了點頭，臉上笑容收斂，轉為冷酷嚴肅，說道：「天微星，妳是第一個跟我下山辦事的弟兄，此去一切得聽我指令，不可有半點違背，否則後果將十分嚴重！倘若搞砸了，大首領很可能就此將妳逐出如是莊，聽清楚了麼？」

裴若然點頭道：「是，謹遵潘大叔指令。」頓了頓，又問道：「請問潘大叔，我們下山要辦什麼事？」

潘胖子反問道：「你們最近都在學些什麼？」

裴若然回答道：「殺術。」

潘胖子點點頭，咧嘴一笑，說道：「不錯。此刻便是試驗妳眞實功夫的時候了。」

裴若然立即明白，自己這回下山，目的便是要殺人。至於要殺誰？爲何要殺這人？她不敢多想，只能繼續擺出一張毫無表情的面孔，點了點頭，恭恭敬敬地道：「弟子明白了。」

於是裴若然跟在潘胖子身後，往山下走去。兩人來到較爲平坦的山路上時，當地已有一輛馬車在等候。裴若然已有許多年沒有見過馬車和馬了，乍看之下頗感新奇；那馬車並不華麗，也不陳舊，外表簡單素淨，和她童年時在長安城街頭見過的馬車相差不大。

潘胖子讓她先上車，自己也跳了上去，命車夫駕車下山。車廂兩邊各有一扇小窗，以布帘遮住；車後也有車帘，車外之人無法望進車內。

這一路上，裴若然的手心頻頻出汗，不時伸手去撫摸藏在腰間的一對峨嵋刺。潘胖子將她焦慮的神情都看在眼中，咧嘴笑著，神情悠然自得，似乎十分享受。

馬車行了約莫兩個時辰，終於來到山腳平地，緩緩馳入一個市鎮。裴若然看不到車外的景觀，但隱約能聽見人聲。

潘胖子掀開車帘，往外望去，對車夫道：「到城東的市集去。」

但聽蹄聲達達，走在石板路上，走出好一陣子，馬車停下了，車夫道：「到啦。」

潘胖子道：「甚好。將車停在那棵樹下。」馬車又行出一小段路，便停下了。

潘胖子往外觀望了一陣，才轉過身，對裴若然招招手，說道：「妳過來。」

裴若然來到潘胖子的身旁，順著他的眼光往窗外望去。但見車外數丈處便是一個市集，人來人往，甚是熱鬧。

潘胖子道：「妳見到那坐在菜攤子後的男子麼？我給妳十個呼吸的工夫，去將他殺了，不能讓周圍的任何人見到是妳下的手。」

裴若然全身緊繃，望了潘胖子一眼，眼神中不免露出幾分驚恐疑惑。

潘胖子神色嚴肅，說道：「這就是我們今日下山來辦的事。妳準備好了麼？」

裴若然抿著嘴唇，沒有問爲什麼，也沒有問該怎麼做，只鎮定地點了點頭。

潘胖子點點頭，掀開車帘，說道：「好！去吧！」

裴若然將峨嵋刺從腰間抽出，藏入袖中，跳下大車，向著市集走去。

但見市集中人來人往，熙攘紛擾，熱鬧已極。她不禁感到一陣恍惚，想起自己已很久沒有見到這麼多尋常的人事物了。過去數年中，圍繞在她身邊的只有伍長、老大、師傅和其他弟兄，每日習武練功、爭勝比試、苦練殺術，早已忘記世間還有市井小民、老弱婦孺、販夫走卒等尋常百姓，爲了生活糊口，在市集上奔波往來，吆喝買賣。

裴若然吸了一口長氣，甩去腦中這些無關緊要的念頭，雙手緊握著藏在衣袖中的峨嵋刺，緩步走入人群之中。

她鎮定自若，來到潘胖子指出的賣菜男子面前，對那男子微微一笑。她不知道自己為何要對這人微笑，但是自此以後，但凡她出手殺人時，都會不由自主地對刺殺對象露出微笑。這是為了放鬆自己，還是為了讓對方放鬆戒備，抑或是為了對刺殺者表示一絲發自內心的歉意和悲憫，她並不知道。

裴若然接下來做的事情，彷彿再自然不過，彷彿想都不用想，便這麼做了。她彎下腰，從攤子中撿起一棵白菜，問道：「請問大叔，這怎麼賣？」

她說出口之後，才想到這是自己生平第一次買菜。她生長於官宦世家，七歲之前嬌生慣養，何曾去過市集？石樓谷和如是莊與世隔絕，更加沒有機會讓她採買。然而她這句話卻問得再自然不過，好似她自幼便慣常上市集買菜一般。

那賣菜男子見她是個小女孩兒，又面帶微笑，似乎頗有好感，說道：「小娘子，一斤只要五個銅子，買回去妳阿娘一定誇妳買了好菜！」

裴若然臉上仍帶著微笑，指著男子身後的一堆胡瓜，說道：「那兒的胡瓜呢？新鮮麼？請你拿一個給我瞧瞧。」

賣菜男子口中答道：「當然新鮮了！」轉過身去，伸手抓起兩個胡瓜，還沒來得及回身，裴若然已伸出藏在袖子中的峨嵋刺，對準他後頸頂部刺下。賣菜男子身子一抖，一聲也沒有出，便慢慢撲倒在那堆胡瓜之上。

裴若然若無其事地放下白菜，走到下一個攤子，挑了一會兒珠花，看了一會兒甜食，接著便離開市集，往大樹下的馬車走去。

她來到車後，潘胖子掀開車帘，臉上頗有贊許之色，說道：「上車吧！我們走。」

裴若然輕巧地跳上馬車，靠著車壁而坐，神色安穩，雙手卻不自禁地微微發抖，她趕緊將手藏在袖子中，但仍無法自制，顫抖不止。

市集周圍人潮洶湧，卻沒有任何人注意到賣菜的出了事。等到有人發現賣菜男子暴斃在菜攤上，潘胖子和裴若然所乘的馬車已然駕出數十里外了。

裴若然後來才聽潘胖子說起，人們並未看出賣菜男子是被人殺害的；他頸後被峨嵋刺刺入的傷口細微難辨，又剛好在髮線邊緣，甚難見到，人們都道他是痛心症發作，驟然死去。

回程途中，裴若然坐在馬車上，過了許久，雙手才停止顫抖。她伸手掀開車旁的窗帘，望著窗外的風景顛顛簸簸地從眼前掠過，心頭一片木然，既無恐懼焦慮，也無歡喜自得。她在石樓谷時學會了讓自己臉上不露出任何喜怒哀樂，不料她的內心似乎也已失去了喜怒哀樂之情，只剩一片蒼白空虛。

裴若然放下車帘，感到一股難言的失落。她回想自己被捉入山谷以來，多年來只想著要練好武功、過關出谷，卻沒有想到如今眞的過了關出了谷，她卻已變成了另一個人。

今日過後，她明白自己已然離不開大首領這夥人了；她練得的一身功夫，學得的一切本領，都只有一個目的：就是讓她變成一柄鋒銳冷酷的刀，能夠讓大首領持在手中，輕易取人性命。

今日她在市集上所做的一切如此自然，如此順暢，絲毫不費工夫，無須掙扎，這全要歸功於大首領給予弟兄們的訓練。石樓谷和如是莊中幾年的辛苦磨練，如今終於見到成效了。

當馬車在山上停下時，已是傍晚，夕陽將山林映得一片血紅。

裴若然跟著潘胖子下了馬車，沿著山路走回如是莊。在山莊門外時，潘胖子忽然回過身，面對著她，嚴厲地道：「今日發生的事，千萬不可跟其他弟兄說起，一丁點兒都不可透露，知道了麼？」

裴若然答道：「謹遵師傅吩咐。」

潘胖子點了點頭，正要轉身，裴若然忍不住問道：「師傅想必也將帶領其他弟兄下山辦事，好測試他們的能耐，因此不能事先讓他們知道要去辦的是什麼事兒，是麼？」

潘胖子笑了笑，說道：「正是。每個弟兄表現得如何，我等都將向大首領詳細報告。妳是第一個下山的，下山之前什麼也不知道。爲公平起見，其他弟兄也應當與妳一般，一無所知。因此妳若告訴了別人，消息傳了出去，大家都預做準備，妳可就吃大虧了。」

裴若然點頭道：「天微星明白了。我豈願讓其他弟兄占此便宜，當然不會跟任何人提起半句。」

潘胖子道：「妳明白便好。」領著她走入莊門，讓她自去歇息。

裴若然口中雖這麼說，心中當然並不這麼想。其他弟兄也就罷了，她清楚知道小虎子一定無法將事情辦好；他絕對不肯無端下手殺人，不管他在石樓谷和如是莊中待了多久，仍舊改不掉心慈手軟的毛病。這個毛病不改，下山辦事不成，他便永遠無法被磨成一柄鋒利的好刀，供大首領使動。而裴若然心中清楚得很，哪個弟兄一旦對大首領沒有用處了，大首領便會立即將他剷除消滅，毫不留情。

那時已是傍晚，裴若然回到山莊之後，剛好撞見天富星。天富星機伶乖覺，早知她跟著富商師傅離開了山莊一整日，絕不尋常，當下拉了拉她的衣袖，低聲問道：「天微星大姊，妳沒事麼？」

裴若然搖了搖頭，說道：「我沒事。」

天富星凝望著她，低聲問道：「一整日沒見到大姊的人，不知大姊去了哪兒？」

裴若然搖頭不答。她並非故作神祕，只是她向來沉靜寡言，若是編出一套謊言，或是多說幾句，只怕更會引起弟兄疑心，因此一如既往，擺出一張毫無表情的面孔，嘴角帶著若有若無的微笑，並不回答。天富星向來畏懼她，見她不說，也不敢繼續追問。

晚膳過後，裴若然偷偷來到小虎子的房中，細細檢查門戶，確定四周無人，不可能有人偷聽，才將當日發生的事情詳詳細細地，全都告訴了他。

小虎子聽完，靜默良久，才吐出一口長氣，顫聲說道：「妳眞的……眞的……殺了那賣菜的？」

裴若然點了點頭。

小虎子滿面不可置信，臉色極爲蒼白。他又靜了一陣，才問道：「怎麼殺的？」

裴若然道：「我趁他轉過身去取瓜時，假裝彎腰去挑撿白菜，用藏在袖子中的峨嵋刺對準他後頸的大椎穴，隔著袖子快速刺入。刺入約三寸深，他便立即斃命了。」

小虎子喃喃地道：「刺入大椎穴三寸，他便立即斃命。跟師傅們說的一模一樣。」

裴若然道：「不錯。師傅們描述得一點也沒錯。那人並未掙扎，也未曾呼叫出聲，就這麼緩緩地倒了下去。」

小虎子皺起眉頭，轉頭望向窗外，不知在思索什麼。過了好一會兒，他才道：「妳爲何下手？妳根本不認識那人，跟他無冤無仇，甚至不知道他是誰……」

裴若然冷然望著小虎子，打斷他的話頭，嚴厲地道：「因爲師傅命令我動手！」

小虎子又靜了下來，重複她的話道：「因爲師傅命令妳動手……」他伸手抱住頭，身子縮成一團，喃喃說道：「我辦不到，我辦不到！」

裴若然伸出雙手，緊緊抓住小虎子的肩膀，肅然道：「師傅不准我將今日發生的事告訴任何人，我卻告訴了你。你可知是爲什麼？」

小虎子仍舊抱著頭，縮在地上，不肯回答。

裴若然怒道：「小虎子，我告訴你，那是因爲我認爲你必須知道！你不能再逃避了！你抬起頭，看著我！我爲何要冒險跟你說這些？因爲我太明白你了，若不讓你事先知情，做好準備，你定會臨陣脫逃，搞砸一切！你老說自己辦不到，其實你絕對可以，只是不肯鼓起勇氣罷了！懦夫，膽小鬼！」

小虎子遭她一頓責罵，終於抬起頭來望向她，眼神傷痛，緩緩說道：「不敢違背師傅的指令，下手殺死一個不會武功的菜販，才是懦夫！」

裴若然臉色一變，放開了他的肩頭，退開兩步，轉身往門外走去。

小虎子知道自己失言，也知道她動了氣，趕忙起身追去，但他素知裴若然性子剛烈，也知道他即使道歉也無用，人雖追到了門口，卻未曾開口留她。

裴若然早已跨出門外，關門之前，冷然加了一句：「你若搞砸了，此後再也不要來見我！」說完便砰一聲關上了房門。

臨關門前，裴若然瞥見小虎子抱著頭，痛苦萬分地坐倒在地。

裴若然當然知道自己在做什麼，也痛恨自己必須這麼做。事到如今，事實清楚擺在眼前：要活下去，就必須殺人。弟兄服從師傅的命令出手殺人，是出於恐懼和無奈，別無選擇；如今她給小虎子多添了一個理由，如果失敗，他就得失去世間唯一的朋友。如果做到這等地步，還無法逼迫他違心殺人，如果他當眞不想活下去，那麼她也無計可施了。

第三十九章　掙扎

小虎子獨自坐在黑暗的房中，種種混亂而痛苦念頭此起彼伏：「我為什麼還活著？我難道不應該立即死去麼？我並沒有做什麼傷天害理的事情，但是我卻一步步往地獄行去！」

來到如是莊之後，他時時想念著石樓谷中的日子，彷彿希望自己能夠回到谷中。其他弟兄都不敢回想谷中的歲月，視之為淒慘痛苦的煉獄，而如是莊則是享樂歡快、無憂無慮的天堂。但是小虎子並不這麼認為，即使他在谷中過得也不怎麼好，不時受到伍長、老大和其他弟兄的苛待欺負、孤立冷落、甚至陷害禁閉，但他那時日夜專注於練武，心無旁騖，日子過得雖辛苦，卻是難得的平穩單純。

第二關確實難過，但他在艱險困苦之中結交了六兒這個朋友，全心相信她、依賴她、欽佩她，人生開始變得有一點兒意義，可說是他最大的收穫。過第二關時，他們每日飢寒交迫、目睹弟兄互殘，種種血腥記憶，在他心中還是較為模糊，無足輕重的。至少他未曾對不起自己的良心，他做了一切該做、能做的事，他也未曾對不起自己的朋友。他活下來了，很多其他弟兄未能活下來，但這不是他的錯。

相較於自己，小虎子知道裴若然對谷中的經歷極為介意。說「介意」該是太輕了，她簡直就是活在恐懼的回憶之中，每晚都做噩夢，在狂呼驚叫中醒過來。

小虎子明白她為何會如此。她處於危機之中時，可以拋下所有的包袱，鎮定冷靜，為了生存，不擇手段。她盡了一切的努力，讓他、讓自己和天殺星活了下來。當時他們都受了大大小小的傷，天殺星胸口那一刀更是幾乎致命的重傷，但她就是有辦法讓他們保持希望，一日日在覓食、自衛和抗敵之中硬撐下來。直到出谷來到安全之地後，她才慢慢意識到當時的處境有多麼驚險恐怖，而她不得不面對自己所做過的所有決定，因此才開始噩夢連連。

小虎子常常來到她房中，不只是讓自己安心，也是意在陪伴她，讓她好過一些。她當然知道自己每夜都做噩夢，卻絕口不提。似乎只要不說出來，受噩夢所擾這件事便可以當作並不存在，從未發生一般。

小虎子曾偷偷去找金婆婆，問她有沒有什麼藥物，可以讓人睡得好一些，夜晚不會做噩夢。

金婆婆頭也不抬，回答道：「我有『醒夢散』。吃了便能保持清醒，夜晚不會入眠，便不會做噩夢了。」

小虎子道：「我可以向您討一些試試麼？」

金婆婆一翻白眼，說道：「這藥是會上癮的。吃了一次，往後便會夜夜都想吃它。長期服用，藥效累積過多之後，便再也無法自拔，最後永遠無法入睡，發瘋而死。」

小虎子聽了一驚，吞了口口水，心想：「這等可怕的藥物，自不能給六兒吃。」當下說道：「那就算了吧。多謝金婆婆。」告辭出去，只聽金婆婆在身後發出冷笑。

儘管夜晚被噩夢所纏，白日裴若然練功仍然極爲勤奮認真，即使他們學的乃是殺人之技，她卻似乎毫不介意。弟兄們都知道自己正一步一步走向無底深淵，戰戰兢兢，只有天微星堅決而無悔地，大步往深淵行去。

小虎子知道裴若然對自己十分關心。她第一次出門「辦事」回來後，便立即偷偷跟他說了她的經歷。小虎子聽完後，頓時明白這如是莊才是地獄的入口。

大首領讓他們練功習武，嫻熟兵器，研習殺術，目的就是要他們替他出手殺人。如今他們已走到這一步，難道能夠不走下去麼？她大膽地跨出了這第一步，卻並不知道她此後便再也不能回頭了；這湧身一跳，便直直落下萬丈深淵。

小虎子抱著頭，心想：「她難道不明白自己已跳入了深淵？爲什麼她願意乖乖聽從命令，出手殺死無辜之人，還要我也跟著她一起往深淵裡跳？」

之後的幾個月中，潘胖子和其他兩位師傅將弟兄們一一帶下山去，讓他們去「辦事」，亦即實地練習刺殺之技。弟兄們終於知道，乙人師傅名叫泥腿子，農婦師傅名叫雲娘子。有時師傅指著街上任何一個路人，命他們在五到十個呼吸之間取其性命，不能讓人發現，也不能留下任何線索。

經歷過谷中深冬的「第二關」後，弟兄們沒有一個不曾殺過人，即使是曾立誓不殺人、不吃人的裴若然、天殺星和小虎子，最後也都親手殺過不少弟兄，裴若然更曾下過狠心，設計欲殺盡谷中其他弟兄。既然手上都已沾過鮮血，走上真正殺人這一步，便不覺得有多麼困難了。

小虎子因聽了裴若然述說下山辦事的前後，心中已有準備。終於有一日，乞人師傅泥腿子叫了他下山，帶他去山腳的山林之間，隱身樹叢之後，指著河岸上五六個圍在地上玩石子的牧童，說道：「綁沖天辮的那個。五個呼吸之間，取他性命。」

小虎子一路上不斷思索著裴若然的言語，他知道自己若搞砸失手，便將受到大首領的嚴厲懲罰，並將失去她這個朋友。他只能強逼自己鐵著心，施展輕功來到牛群之旁，用破風刀輕輕戳了一頭牛的屁股。那牛哞的高叫一聲，放蹄快奔。當牧童們一驚跳起，紛紛上前追牛之際，小虎子已飛身上前，破風刀輕輕劃過綁著沖天辮牧童的咽喉。牧童哼也沒哼一聲，倒地便死。其餘牧童忙著追牛，更未見到小虎子的身影，也不知道同伴怎會突然死去。

小虎子回到樹叢之後，泥腿子點了點頭，歪著嘴，說道：「可以。走吧。」

回途之中，那牧童的面貌不斷出現在小虎的眼前，令他全身冷汗直冒，驚恐難言。他勉強壓抑隱藏自己的恐懼，不讓泥腿子知曉。直到回到如是莊，泥腿子讓他自去歇息之後，他才快步來到裴若然的房外，站在門口，粗聲喘息。

裴若然早知道小虎子今日跟隨乞丐師傅下山辦事，正等著他回來。她聽見門外傳來他的腳步聲和喘息聲，立即衝上前開了門，但見小虎子臉色比死灰還要慘澹。

裴若然即使惱怒小虎子曾對自己說出那番侮辱斥責的言語，但她畢竟十分關心他。她趕緊伸手握住了他的手，低聲問道：「如何？」

小虎子低下頭，默然不語。

裴若然追問道：「辦成了？」

小虎子點了點頭，仍舊說不出話。

裴若然鬆了口氣，讓他進屋。小虎子一側頭，但見天殺星盤膝坐在她屋中一角，臉色一變。

裴若然向天殺星使個眼色，說道：「天殺星，請你先出去。」

天殺星一言不發，冷冷地望了小虎子一眼，便站起身，一聲不響，如鬼魅一般飄了出去。

裴若然關上房門，扶小虎子坐下，替他倒了一碗茶，挨著他身邊而坐，低聲問道：「你還好麼？」

小虎子這才吐出一口氣，低下頭，微微點頭，說道：「辦成了……」

裴若然臉上露出微笑，伸手捏了捏他的肩膀，說道：「我就知道你辦得到！」

小虎子聞言卻緊閉雙眼，伏倒在案上，忍不住抽泣起來。

裴若然伸手輕撫他的背脊，柔聲安慰道：「別擔心，都過去啦。你辦成了，沒事了。什麼都不用擔心，不用害怕，有我在這兒。」

小虎子再也說不出別的話，轉過身，痛哭失聲。

裴若然生怕別人聽見他的哭聲，站起身關嚴了門窗，才讓小虎子伏在她的肩頭盡情痛哭。他這一哭，直哭了半個時辰才止淚。

裴若然待他止淚，才道：「來，跟我說說，今日事情經過如何？不要擔心，說出來，你會好過些。」

小虎子猶豫了一陣，才將今日跟著泥腿子下山，在泥腿子的指令下，殺死一個牧童的前後詳細說了。

裴若然靜靜地聽著，不時點頭表示明白，不做評論，也不多問。

小虎子說完之後，心情才平靜了些，但仍呆呆地坐在當地，彷彿魂魄離開了身體，不知飛去了何處。

裴若然伸出手，緊緊握著小虎子的手。小虎子感到她的手掌溫熱，這才意識到自己的手有多麼冰冷。

裴若然微笑道：「你做得很好。我這一整日都爲你擔心，生怕你會將事情搞砸了。此刻見到你平安回來，又將事情辦得十分妥貼，我眞是大大地鬆了一口氣。」

小虎子抬起頭望著她，心中頓感一陣溫暖：「六兒如此關心我，爲我擔心，我眞是太不長進了。」然而心頭仍不免感到扞格難受：「她明明知道我討厭殺人，害怕殺人，卻不斷稱讚我殺人殺得好！她存心要改變我，將我變成一個殺人不眨眼的魔頭！她爲什麼要這樣對我？她不是我的朋友麼？」

裴若然似乎能猜知他心中所想，忽然伸出手臂，緊緊抱住了他，在他耳邊說道：「小虎子，我知道你心裡難受。我也跟你一樣難受。在谷中那時，我曾跟你說過，我只在乎一件事，那就是讓你、我和天殺星活下去。你記得麼？我此刻做的還是同樣的事。我要活下去，也要讓你活下去。你若無法辦事，很快便會被大首領捨棄除去，就像那幾個殘了廢、發了瘋的弟兄一般。你必須要替大首領辦事，並且要辦得好，這樣大首領才會覺得你有價值，你也才能活下去。你明白麼？」

小虎子明白她的話，卻忍不住搖了搖頭，說道：「如此下去，哪有止境？我就算乖乖聽話，活了下去，難道……難道我們一輩子就這麼活著？」

裴若然壓低了聲音，說道：「我懂得，我明白。我們都不願意這麼活著，因此眼下更須努力忍耐。我們得忍過撐過這段日子，先活下去再說。等到我們長大了，知道得更多了，本事更高了，才能脫離這兒，想法子回家。」

小虎子點了點頭。他童年時在長安武相國府過得並不愉快，楞子死後，對武相國府更是全無眷戀。然而裴若然卻常常引他回憶父母之事，令他的心思逐漸轉變；「回家」在他心中並非回到武相國府，而是與遠逃離如是莊，重拾純潔無憂的童年時光，甚至去蜀地尋訪親生爺娘，回到他們的身邊。因此他從未忘記「回家」這兩個字，多年來支撐著他熬過種種艱辛痛苦的，正是「回家」這個信念。他低下頭，說道：「六兒，我們要一起回家。好麼？」

裴若然點了點頭，伸手輕撫他的臉頰，柔聲道：「小虎子，我答應過你，我們要一起過第二關，一起活著出谷，不是做到了麼？我也答應過你，我們要一起回家。總有一日，我們一定能做得到。」

小虎子忽然想起天殺星，心中一陣不安，忍不住問道：「那天殺星呢？他也要回家麼？」

裴若然臉色微微一暗，笑容略歛。他們都知道天殺星根本沒有家可回，也根本沒有回家的念頭。「回家」兩個字完全是裴若然教給他的，對天殺星來說，「回家」就是留在裴若然的身邊，她已然對他做出承諾，她就是他的家人，就是他的家。如果有一天她眞的「回家」了，不就等同偷走了天殺星的家，將他的家毀了？

裴若然勉強微微一笑，說道：「別擔心天殺星的事。他是我的好友，我承諾照顧他，和我承諾照顧你一般。我不會放棄你，也不會放棄他。你們都是我最要好的友伴，一生一世都是如此。」

小虎子點了點頭。然而他眞想開口問她，在她心中究竟是自己比較重要，還是天殺星比較重要？只是這話他無論如何也問不出口。或許還是不要問比較好，倘若她說出眞話，自己很可能會無法承受。

當夜小虎子並未回到自己房中，就在裴若然的房中歇了。他感到無比疲倦，全身癱軟，躺倒在裴若然的榻上，卻無法入睡。他眼睜一線，見到裴若然坐在一旁盤膝練氣，雙目微閉，呼吸悠緩而細長。

小虎子極想偷偷起身，取出破風刀，如同白日揮刀殺人時那般，殺死自己，或在自己身上割出幾道傷口，似乎唯有如此，才能平息心中的恐懼自責、懊悔歉疚。

但是他並未這麼做，因爲他知道裴若然並未睡著，她一直暗中留心著自己的動靜。小虎子不願意讓她失望，她費了如許心血鼓勵他、安慰他，自己怎能如此不受教，還要哭鬧自殘？

小虎子耳中聽著裴若然細微的呼吸聲，終於慢慢沉入了夢鄉。但他即使睡著了，仍不斷受噩夢折磨，不斷見到那牧童的臉面。每當他哭喊著驚醒時，裴若然總是在他身旁，伸臂擁抱著他，在他耳邊低聲細語，竭力安慰，讓他能夠再次回入夢鄉。

然而小虎子始終不明白，她怎麼能如此毫無恐懼、毫無掙扎地下手殺人？她怎能改變了這許多，卻安之若素，毫不介懷？

頭幾個月中，師傅們命令弟兄們出手殺的，都只是些山腳村鎮的平民百姓；半年之後，便開始命令他們易容改扮、掩藏本來面目，出手刺殺身負武功的官兵侍衛、江湖豪客，或是受到重重保護的文官武將。初時師傅只帶領弟兄在山腳下殺人，之後往往遠赴數百里外的大城小鎮殺人，一去一回總要十餘日。

弟兄們下山「辦事」回來後，大多喜愛互相吹吁，誇耀自己這回下山去殺了多少人，殺的又是些什麼厲害角色，以贏得其他弟兄欽佩的眼光。只有裴若然、天殺星和小虎子三人始終保持靜默，絕口不談下山辦事的任何細節。

每回弟兄們出手刺殺成功，便會得到優渥的獎賞，大首領時而賞賜金銀珠寶，時而賞賜房舍婢僕。不多久，每個弟兄在莊中都已擁有獨門獨戶的房舍，在莊園西方和南方分散而居，每棟房舍都配有丫鬟雜役，負責清理打掃、燒水烹食、貼身服侍，弟兄們的生活可說舒適優渥已極。許多弟兄每日回到自己的房舍後便不再出來，活在自己的天地之中，不再跟其他人打交道。只有裴若然和小虎子、天殺星三人仍舊時時聚在一起。每回小虎子下山回來，都定會去裴若然的房中崩潰痛哭，吵嚷著要自盡，或試圖以小刀自殘。

裴若然明白他，知道他痛恨殺戮流血，也痛恨自己的軟弱無助。然而她又何嘗不是如此？只不過她學會了裝出一副冷漠無情的外表，絕不透露心底任何感受或心思。小虎子不懂得掩藏內心的感受，因此每回下山殺人之後便不能不崩潰痛哭，大肆發作一番。

裴若然曾板起臉告訴他：「小虎子，你一定得學會自制。這一切絕不能讓大首領或師傅們知道，不然將對你極爲不利。知道麼？」

她盡力撫慰小虎子，多次勸慰他道：「你要這麼想，殺人的不是你，是你手中的破風刀。想要殺人的也不是你，是師傅。你既沒有殺人的心，也沒有殺人的舉動，被殺的人並不會怨恨你，只會怨恨師傅或是你的刀。你又何必怪罪自己呢？」

小虎子聽了，半信半疑，說道：「但是……但是人就死在我面前，我持著刀，刺入他的胸口，鮮血流出，我見到他臉色慘白，眼中閃著恐懼的光芒，直瞪著我，最後翻起白眼，再也看不見事物了……他怎會不是我殺的？」

裴若然只能擺出她最嚴厲的面孔，豎起眉毛，凶狠地命令他道：「小虎子，我不准你再去想這些事！你只要好好練功，乖乖服從師傅的指令便是。其餘一切都不准去想，也不准整日哭哭啼啼的，像什麼樣子！你再哭、再說一句不願下山辦事的話，便再也不要來我這兒！」

小虎子需要的，正是身邊有個比他更加堅強的人，命令他不去想這些痛苦恐怖的事情。他勉強克制自己的情緒，停止哭泣，縮在裴若然房中角落，望著屋角發呆，往往一坐便是一整日。

裴若然不去理會他，任由他坐在那兒發呆。她明白這是小虎子治療自己的方法；他必須讓自己忘記一切，才能繼續活下去，繼續每日的行住坐臥、吃喝拉撒。

天殺星則跟小虎子全然相反，他從不曾因下山殺人而有任何懷疑或恐懼。他回復往日的冷漠寡言，涼薄孤僻。每回下山，他都是平靜自若地去，平靜自若地回來，好似什麼都沒有發生一般。

有時裴若然問他下山都幹了些什麼，他便靜靜地、簡短地向她敘述一遍，好似在說跟自己毫無關係的事情一般。平日他獨自在莊園的如露堂中練功，或是躲在自己房中練內功，除了裴若然之外，誰都不答理。

其他弟兄的性格也漸漸變得冷硬如鐵，粗韌如革。裴若然留意到，天空星原本高傲自大，近來在高傲之外又添了幾分狂躁不安，常常無緣無故發瘋般地大笑。每回他從山下回來，便在食堂上當眾吹吁自己殺人的技巧和手段，詳細述說，讓人不忍卒聽，他卻樂此不疲。願意認眞聽他述說的弟兄也只有天異星和天富星兩人，以及莊中的一些婢女僕役，天空星仍舊津津樂道，說得口沫橫飛。

天異星的暗器功夫精準無比，陰狠歹毒。裴若然知道天異星仍舊對自己極爲記恨，但不知爲何，天異星始終與她保持距離，從來不敢接近或招惹她。兩人偶爾相遇，天異星也一定低下頭，快步離去。裴若然對天異星頗感忌憚，不知天異星是眞的忘了對自己的仇恨，還是躲在暗中等待機會，一旦機會到來，便會出手重重挫傷自己？

「女皇」天佑星變得更加冷酷淡漠。她絕口不提曾生過孩子之事，對其他弟兄視如不見，獨來獨往，恢復了當年「女皇」的威嚴，令人恐懼退避，不敢褻瀆，甚至不敢接近。她對莊中的婢子僕役極爲嚴厲，動不動便斥責打罵，甚至曾因丫鬟未能將她的寢室打掃得一塵不染，便將那丫鬟打得鼻青眼腫，重傷嘔血，被送出莊去，生死不明。

師傅們自然知道這些事情，卻什麼也沒有說，好似莊中所有的僕役婢子都不是人，他們的生命都無足輕重，死了便死了，無須追究。因此僕役婢子們極爲害怕天佑星，在她的房舍服侍時都戰戰兢兢，生怕一個不小心，惹得她不快，就此丟掉性命。

天暴星原本殘暴嗜血，弟兄中最喜歡「辦事」的就是他了。他每回下山辦事都迫不及待，躍躍欲試，興奮如狂；辦完事後，甚至喜歡帶一些死者的頭髮或穿戴的衣物配飾回來，放在房中收藏留念。裴若然聽聞後甚覺噁心，她知道天暴星原本便非常人，此後更加接近魔鬼怪物一流了。

最爲奇特的是天富星。他和弟兄們同樣下山辦事，但性格卻一點兒也沒有改變，仍舊是隻精靈乖覺、處處逢迎的耗子。他跟誰都處得來，對誰都總涎著臉，盡力諂媚討好，從來不得罪任何人。他仍舊消息靈通，山莊中大小事情全都逃不過他一對老鼠眼。裴若然與天富星保持友好關係，也是爲了能從他那裡探聽種種小道消息。

裴若然有時會想，她自己有否改變？如果有，又變成了什麼模樣？她從來不承認自己晚上時時被噩夢纏繞困擾，即使面對著小虎子也絕口不提。她不願意失去自己在小虎子面前的尊嚴威信，她希望小虎子仍舊對自己滿懷尊重感激，將自己當成他的依靠。似乎唯有如此，她才能感到活著還有一些些的價值。

第四十章　入道

如是莊中的日子過得既平靜又險惡，既安穩又恐怖。

裴若然並不害怕殺人。下山數次之後，她便知道自己能夠毫不猶疑地結束一個人的性命，不管那人是老是少，是男是女。她只能在暗中祈禱，希望大首領和師傅們不會命令她去殺死自己的弟兄。她已經殺夠弟兄了，不管她曾多麼憎恨天空星、天暴星這些人，她都不能再對他們下手。因爲她清楚知道，他們當時在谷中對自己趕盡殺絕，只不過是爲了生存；她也曾對他們同樣殘忍無情，雙方其實並沒有本質上的差別。除了裴若然一夥有本領捕魚抓蛙，不曾吃過人肉之外，這群活下來的弟兄都是一樣的——他們都是被大首領親手調教出來的一群活死人。

一日，大首領派人叫了裴若然來到他的書房，請她坐下喝茶。

她來到莊園已有約莫三年的光景，一共只見過大首領三次，每回都是在大首領舉辦的宴席之上遠遠見到，默默聆聽他美言盛讚這八個倖存的弟兄。之後大首領便很少露面，師傅們有時會提起大首領回到了如是莊，裴若然卻不知道他人在何處。

這時裴若然見大首領身穿寬大道袍，臉孔比往年略顯豐潤，臉皮仍舊一片蠟黃，眉目端正，臉上那股暗藏的猙獰狠戾之氣仍在，卻似乎隱藏得更好了些。

裴若然心中惴惴不安：「大首領找我來做什麼？我最近是否做錯了什麼，他打算處罰我？」

但見大首領神色如常，無喜無怒，完全看不出他心裡在想什麼，更令裴若然心中忐忑，坐立不安，只能盡力壓抑掩飾。

她心想：「大首領善於隱藏自己的情緒想法，顯然是個極爲聰明、極工心計之人。我必須摸清楚他心中最在意的是什麼，最厭惡的是什麼，定要明瞭了他的喜惡，才能贏得他的歡心和信任。」

裴若然動著這些念頭，竭力保持鎮定安穩，默然喝了一會兒茶，大首領才開口道：「天微星，這一年來，妳一共下山八次，辦了八回事，次次都圓滿辦成，毫無瑕疵。妳說說看，妳是怎麼辦到的？」

裴若然聽他這麼說，心中微微一鬆，暗想：「幸好我並未犯什麼過錯，看來他無意處罰我。難道他特地找我來，只是爲了誇獎我？」當下保持面無表情，鎮定自若，說道：「回大首領的話，天微星辦事時，心中只想著辦事，什麼別的也不想，因此事情便能辦成。」

大首領點頭笑道：「好！好！說得好。辦事便是要專心一致，心無旁騖，才能辦得完美無瑕，毫無差錯。」

裴若然頷首說道：「大首領教訓得是。」

大首領望著她，又道：「妳可知道，咱們這八個弟兄之中，這一年來辦事辦得最順遂成功的，是哪一個？」

裴若然從未想過要跟弟兄們比較誰殺人殺得比較順遂成功，也不知道該如何比較起；是出手隱密，毫無徵兆？是殺招狠辣、乾淨俐落？還是藏身有術，脫身迅速？她只知道自己辦事時的情狀，對於其他人殺人時情形如何，只聽小虎子哭訴過一些，或是天殺星約略說起，其餘人的吹吁自誇，她極少留意。

這時她搖搖頭，說道：「我不知道。」

大首領道：「妳不妨猜猜看。」

裴若然道：「天空星聰明多智，武功高強，想必辦事甚爲順遂。天暴星出手狠辣，想必也頗爲成功。」

大首領摸著鬍子，搖頭而笑，說道：「都不是。這兩個都不差，卻並非辦事最高明的弟兄。」

裴若然道：「天微星不知，請大首領指點。」

大首領饒有興味地望著她，說道：「師傅們每回帶弟兄下山，回來都會向我詳細報告，我偶爾也會跟下山去，暗中觀察。我觀察了一整年，認爲有三個弟兄辦事最爲成功。」

裴若然道：「請大首領賜教。」

大首領似乎故意賣關子，端起茶碗喝了一口，才續道：「排在第三的，便是妳的好友，天猛星。他出手精準，一擊致命，沒有人出手比他更加精確的了。」

裴若然大感驚訝，暗想：「小虎子每回辦事回來總是哭哭啼啼的，幾近崩潰。我只道他一定老將事情搞得跌跌撞撞，沒想到他只是事後感到痛苦難受，辦事當下還是能夠專注一致，施展出眞實本領。」

她善於控制自己的表情，因此臉上並未露出半絲異樣，只淡淡地道：「當年在石樓谷中，天猛星拳腳兵器都屬第一，出手精準乃是意料中事。」

大首領望著她微笑，接著道：「排名第二的，也是妳的朋友，天殺星。他冷靜淡定，從不慌亂焦躁，能夠耐心等候最適當的時機出手，因此事情總能辦得完美無誤。」

裴若然心中又是一跳，暗想：「天殺星不在乎殺人，殺人對他來說只是件差使罷了，因此可以比任何人都沉著冷靜。」點頭說道：「天殺星天性冷僻，因此出手時能夠沉得住氣，耐心等候，不出差錯。」

大首領又喝了一口茶，悠哉地道：「妳一定很好奇，排名第一的是誰？」

裴若然果然心跳加快，心中不禁想：「那會是誰？大首領找我來談話，難道會是我？」

她勉力壓抑心中的患得患失，說道：「天微星不知，請大首領示知。」

大首領仔細觀察著她的神色，微微一笑，說道：「天微星，這是我第一次見到妳露出焦躁的神色，哈哈！」

裴若然低下頭，說道：「大首領取笑了。」

大首領笑聲不絕，說道：「讓我告訴妳吧，弟兄們中辦事辦得最好的，便是妳天微星！」

裴若然聽了，也不禁受寵若驚，臉上微微發熱，趕緊低頭俯身，稽首說道：「大首領謬讚，天微星慚愧汗顏，擔當不起！」

大首領揮手笑道：「妳最令人讚賞之處，在於妳心思細密，深思熟慮。出手之前，預先考慮到一切的因素，想過哪些可能導致自己出手失敗，哪些則是可利用之機。經過這番思慮之後，妳出手便有九分的把握，最後那一分，便是妳出手當下的表現；妳沉穩鎮定，關鍵時刻能夠當機立斷，比天殺星有過之而不及；妳出手迅捷快準，毫無差錯，與天猛星不相上下。能做到這等地步，妳已經比許多成年人出色得多了！」

裴若然俯身稽首，說道：「大首領過譽，天微星不敢居功！」

大首領擺手道：「快快起身。」

等她起身後，大首領凝視著她，神色嚴肅，說道：「天微星，今日我找妳來，不只是要告知妳是弟兄中最出色的一個，更有一件大事要告知。妳準備好了麼？」

裴若然道：「大首領請說。」

大首領正色道：「我想邀請妳入道。」

裴若然一呆，脫口問道：「請問大首領，入什麼道？」

大首領緩慢而鄭重地說道：「殺道。」

這是裴若然二次聽見「殺道」這兩個字。第一次是當小虎子被關入石牢中時，天殺星曾告訴她，老大們蓄意害天猛星，將他關起來，是爲了將他逼瘋；她當時感到莫名其妙，還曾問道：「將他逼瘋？那又是爲了什麼？」

天殺星那時只簡單地解釋道：「三十六弟兄，天猛出色。大首領，逼上絕路。死心塌地，願入殺道。」

當時她不明白，如今她才心中雪亮，終於領悟天殺星當時說的話是什麼意思。尤其在見到小虎子經歷過如許辛苦掙扎之後，她更加清楚大首領爲何蓄意逼迫小虎子走上這條絕路。連小虎子這等正直善良的弟兄也無法逃脫，也俯首成爲一柄銳利無情的刀，還有誰能脫離這條殺戮之道？

她心知肚明，所謂「如是莊」，其實該叫做「如弒莊」才對。這莊園處處都充滿了殺氣，大首領和他的手下行事神祕，詭異難測，顯然從事著種種不爲人知的陰暗勾當。她從七歲起便在這些人的掌控之下，被迫練武比試，出手殺人，自然知道這些人從事的勾當與殺人有關。這群人以「殺道」自稱，便也不足爲奇了。而今日她竟受邀進入「殺道」，離這些人更近了一步。

裴若然心中激動，勉強維持著臉上平靜的神情，說道：「天微星粉身碎骨，亦不足以報答大首領的恩德賞識。懇請大首領指點，天微星應如何才能進入殺道？入殺道之後，需要承擔什麼責任？天微星年紀幼小，才能低下，資質愚鈍，生怕肩負不起大首領託付的重任，辜負了大首領的信任。」

大首領笑了，說道：「好一個天微星！妳幾歲了？」

裴若然回答道：「我記得不很清楚，算來應當有十三四歲了。」

大首領點點頭，說道：「後生可畏！才十三四歲，便思慮周密，善於言詞，難得，難得！」停了停，又道：「我邀請妳入道，是我觀察了六年後的決定。老夫這一生自信最擅長識人，絕對不會看錯。我們殺道連我在內，共有八位道友。我此刻讓妳入道，先擔任執事一年，倘若表現令人滿意，一年後便可正式升任道友，成爲殺道的第九位道友。」

裴若然聽說殺道道友一共只有八個，不禁一怔，問道：「請問大首領，谷中的伍長和老大們，他們不是道友麼？」她記得很清楚，當時身穿黑衣、腰繫紫帶的伍長共有四十人，第一關過後，剩下三十六名弟兄，每六人一營，共有六營，由六位繫著朱色腰帶的老大率領。那些伍長和老大們難道並非道友？

大首領道：「妳問得好。過第一關前的四十個伍長，只不過是我道中的小嘍囉，算不上是道友，他們繫的是紫色腰帶，表示他們乃是殺道的下屬。之後的六位老大繫的是朱色腰帶，他們也非道友，而是我道中執事。」

裴若然點點頭，心想：「原來屠狗夫、鬍子老大、行腳僧和其他繫朱色腰帶的老大並非道友，而是什麼『執事』。」說道：「原來如此。」又問道：「請問大首領，過了第二關的弟兄們改繫黃色腰帶，那是什麼意思？」

大首領道：「那表示你們還在受訓，尚未過第三關。過了第三關，便能正式進入殺道了。」

裴若然道：「然則我也未曾過第三關，大首領卻爲何邀請我入殺道？」

大首領點頭笑道：「不錯，妳尚未過第三關，因此我這是破格提拔妳，讓妳早早入道，擔任執事，繫朱色腰帶。第三關妳還是要過的，過了第三關，才能正式成爲道友，繫金色腰帶。但是妳可以遲一些再過第三關。」說著從身後取過一條朱色的腰帶，鄭而重之地遞給她。

裴若然心中仍滿是懷疑，卻不敢多問，趕緊跪拜行禮，雙手恭敬接過了那條朱色腰帶，繫在腰上。她想起自己在過了第一關後，在四聖洞中第一次見到六位老大們，他們腰間繫的便是朱色腰帶。當時她怎想得到，幾年之後自己竟然也躋身老大之列，成爲殺道的「執事」，腰間也繫上了朱色腰帶！

她又想起一事，問道：「敢問大首領，弟兄們升等的次序，是否先從黃色腰帶改繫紫色腰帶，成爲殺道下屬，之後改繫朱色腰帶，成爲殺道執事，最後才成爲道友？」

大首領搖頭道：「妳所說的等級並無差錯。然而下屬是下屬，執事是執事，道友是道友。道友的地位，可比執事或下屬高得多了。弟兄們受的訓練，是爲了培養他們成爲道友。下屬和執事隨處都能尋得，不必花這麼多工夫訓練培養他們。」

裴若然這才明白下屬、執事和道友的分別。他們這群弟兄被大首領送入石樓谷中受訓，過了第二關後，又繼續在如是莊中受訓，原來爲的是培養他們進入殺道，成爲下一代的道友。然而她仍舊不明白，在八個弟兄之中，大首領爲何單單提早選拔自己進入殺道？這背後究竟藏有什麼目的？

然而裴若然不敢多問，只恭敬磕頭拜謝。

大首領道：「妳可以退下了。下回道友聚會，我會讓人去召妳來參與。妳在旁聆聽數回，就會明白些了。」

裴若然再次磕頭謝恩，退了下去。

當裴若然繫著朱色腰帶出現在莊中時，全莊的人都對她側目而視，種種耳語立即傳遍了山莊，其餘七個弟兄立即便都知曉了。

裴若然清楚知道，自己的地位在弟兄之間陡然提升了數級。天空星和天暴星、天異星等原本對她冷漠鄙視，甚至暗中防範詆毀，此後卻轉爲恭敬畏懼，甚至有些蓄意討好。裴若然對他們仍舊維持一貫的冷淡，若即若離，對他們既不仇視，也不友好，待弟兄一視同仁。她知道自己此刻身分特殊，雖已入道並躋身執事之列，與往年「弟兄」的身分有所區別，但年紀尚幼，只是個初入道的執事，並沒有什麼權力。即使如此，已足以令弟兄們對她另眼相看，恭敬有加，畏懼震慄了。

弟兄之中，只有天殺星對裴若然入道毫無反應，好似完全不知道這回事一般。

天富星原本對她恭敬諂媚，此後更是使出渾身解數，對她加倍地百般吹捧，不遺餘力地奉承討好。這日他特意去廚房找來她最喜愛的甜柿餅，拿到她房中，說要替她慶賀。

裴若然忍不住取笑他道：「怎麼，你奉承我奉承得還不夠麼？」

天富星笑道：「可不是？天富星特地來給天微星執事磕頭，請執事多多提拔弟兄！」

裴若然雖知道他存心開玩笑，臉上也不禁露出微笑。

小虎子和天殺星雖然沒有說什麼、做什麼，她卻明白他們倆對自己更加佩服了。她知道自己不管身在何處，不管在任何時候，都有小虎子和天殺星這兩個眞心朋友，世間沒有比此更加珍貴的事。

自從裴若然成爲殺道執事之後，每回大首領與道友們聚會議事，便會邀請她一起參與旁聽。第一回大首領派人召她來議事時，她戒愼恐懼，趕緊換上一套乾淨的黑色道服，繫好大首領賜予的朱色腰帶，確定自己儀容整齊得體，才單獨來到「有爲堂」外。

這「有爲堂」乃是平日道友議事之處，位在莊子的正北方，與「凡相殿」隔著中庭相對。大首領的居處「夢幻樓」就在有爲堂的東側，平日這些地方都是不准弟兄們接近的。

裴若然來到有爲堂外，在門口一望，見到堂上已坐了數個身穿黑衫、腰繫金帶的道友，個個神色嚴肅。

她鼓起勇氣，平靜地跨入堂中，先向堂上的四聖像跪倒磕頭，又向坐在堂上的眾人恭敬行禮。

堂上眾人見裴若然對他們行禮，有的毫不理睬，有的點了點頭。

裴若然見共有五位道友聚集在此，想起大首領說過，殺道道友連他在內一共只有八人，心想：「這次聚會似乎十分重大，五位道友都到了。另外還有兩個不知是誰？」

裴若然遵照後生晚輩的規矩，跪坐在下首，不敢抬頭胡亂張望，只用眼角悄悄觀看堂上的其他道友。

其中三人她是認識的，正是傳授他們武功的富商師傅潘胖子、乞人師傅泥腿子和農婦師傅雲娘子。

潘胖子坐在上首，地位似乎甚高。

另外兩人她從未見過；第一人是個年輕男子，長相恐怖已極，只有半邊臉，他右半邊的臉完全如常人一般，甚至頗為英俊，左半邊臉卻好似融掉的蠟一般，連眼睛都沒有了，鼻子只剩一半，嘴巴也只有一半，看來似是被火燒毀的。

男子身邊坐了一個一頭白髮的老婆婆，年齡大約與金婆婆相近，面目慈祥，嘴角帶著笑意，甚至微笑著對裴若然點了點頭。裴若然也不自禁向她笑了笑，頭皮卻不知為何一陣發麻。

這五名道友衣著各異，但都繫著彰顯道友身分的金色腰帶。五人容貌氣度各自不同，神色凝重，堂上一片靜默，沒有人開口言語。

裴若然坐在這五名道友當中，想起自己腰上繫著朱色腰帶，身分只是殺道執事，並非道友，只感到渾身不自在，一顆心怦怦直跳。幸而她十分善於隱藏，臉上絲毫不露痕跡，看來如平時一般冷靜鎮定，從容自若。

不多時，大首領從屏風後轉出，來到堂上，向一眾道友團團抱拳為禮，眾道友一齊起身回禮，齊聲道：「參見大首領！」

裴若然也跟著道友們一齊起身向大首領行禮，絲毫未曾顯露出她是個初來乍到的新人。

大首領留意到天微星，望了她一眼，卻沒有說什麼，便在當中的主位坐了下來，說道：「開始吧！」

潘胖子率先站起身，稟報道：「啓稟大首領，屬下上個月去了趟河北，向毒龍王收取尾款。那筆生意三個月前便已辦成，毒龍王卻遲遲不肯付款。我依從大首領的指令，解決了毒龍王，將首級掛在毒龍門總舵的大門匾額之上，以示懲戒。」

大首領微微點頭，說道：「幹得好。然而毒龍王手下消息靈通，須防範他們出手報復。」

潘胖子躬身說道：「啓稟大首領，毒龍門中所有高手，屬下都已下手除掉了。毒龍門剩下的幾個長老武功不高，無須畏懼。」

大首領點點頭，說道：「很好。『對敵須狠，趕盡殺絕』，這條門規可不是白白設下的。求我殺道辦事，卻不肯兌現付款，豈非太歲頭上動土？得教江湖中人知道厲害，以後才不會有人膽敢起而效尤。」

眾道友都道：「大首領說得是。」

潘胖子坐下了，接著起身報告的是那一頭白髮的老婆婆。她滿面皺紋，老態龍鍾，說話聲音卻十分嬌嫩。她道：「啓稟大首領，我去北方見了魏博節度使田季安，他要求我道出手刺殺盧龍節度使劉濟。然而雙方價錢談不攏，我便沒有接下這筆生意。請大首領裁奪。」

大首領點點頭，說道：「田季安爲人小氣，成不了大事。連刺殺重要對頭這等大事都要討價還價，哪能成事？我們暫且不接這筆生意，等他來求我們時，再獅子大開口，狠狠敲他一筆。」

白髮老婆婆咧嘴笑了笑，說道：「老身得令。」

下一個站起身報告的是那個只有半邊臉的男子。他道：「我剛從南方回來，尋得了老八的蹤跡。」

大首領臉色一沉，哼了一聲，冷然問道：「既然尋得了他的蹤跡，爲何沒有將他的人頭帶回？」

半面人顯得十分慚愧恐懼，俯首說道：「老八滑溜得很，我等……我等未能捉住他。」

大首領聽了，臉色一變，雙眉豎起。

堂上頓時一片肅靜，人人都感到坐立難安。過了好一會兒，大首領才冷冷地道：「怎麼被他逃脫的？」

半面人見大首領聲色俱厲，顯得驚駭難已，低下頭不敢直視大首領，顫聲道：「啓稟大首領，老八輕功高明，混入人叢，屬下無能，追他不上，讓他給逃了。」說到最後，聲音嘶啞，幾乎說不下去。

大首領哼了一聲，說道：「我從不怕遇上麻煩。幹我們這一行的，怎麼可能不遇上麻煩？有麻煩了，大夥兒一起合力解決。但是麻煩如果出在自己人身上，我絕對無法容忍！」

他轉過頭，對那白髮老婆婆道：「老八輕功了得，甩得脫牛面，但遇上白骨就沒轍了。白骨精，這回由妳出馬，將老八的頭帶回來給我！」

白髮老婆婆微笑著，躬身道：「老身得令。」

大首領沉吟一陣，又道：「老八不好對付。白骨精，妳挑個武功高強的弟兄跟去。妳想挑哪一個？」

白髮老婆婆的眼神忽然向裴若然飄來，旋即飄了開去，咧嘴一笑，說道：「武功高強？那還用說麼？當然是天猛星了。」

裴若然心中一跳，暗想：「道友們竟公認小虎子在弟兄中武功最高。」

大首領點頭道：「好，妳便帶了天猛星去，能活捉回來最好，不能活捉，便命天猛星下手殺死叛徒。快去快回。」那名叫「白骨精」的白髮老婆婆答應了。

接下來泥腿子和雲娘子相繼站起身稟報，說的都是他們各自在某某地辦的某某事是否順暢成功，有無遇到任何麻煩，以及收入多少銀兩等。裴若然聽得並不十分明白，猜想每位道友都有自己管轄的地區和負責的事務，須定期向大首領報告。她聽出個大概：大首領和他手下這群道友，加上新訓練出來的弟兄，幹的事情很簡單——就是收人銀兩，代人殺人的活兒，也就是所謂的刺客。

而出手刺殺的手法也有不同，有的是爲了向敵人表示警告，必得公開出手，稱爲「明殺」；有的爲了不讓敵人知道對頭的眞面目，須得暗中出手，是爲「暗殺」。每回出手的對象、方式和收取銀兩，都有定規，不可輕易更改違背。若有顧客不照規矩支付銀兩，就會成爲下一個暗殺的目標。

既然幹的是殺手的活兒，大首領直接以「殺道」爲名，倒也直接了當。裴若然也終於明白，大首領靠著多年暗殺累積下的巨富，才能如此大手筆，建造這座美輪美奐的莊園，甚至聚集兩百名孩童在谷中習武鍛鍊，比試過關，在重重淘汰之下，餘下的便是一群武功最高強、手段最殘狠、性格最無情的弟兄，成爲殺道的新血。

道友們輪番報告時，大首領盤膝側身而坐，凝神傾聽，神情嚴肅。有時插口詢問，道友們個個謹慎作答，戰戰兢兢，如履薄冰。

裴若然心想：「大首領精擅統御之道，喜怒不形於色，手下個個對他恭順恐懼，尊敬服從。我該好好觀察學習他的御下之道。」

道友們報告完畢之後，大首領沉思一陣，便開始交代各人新的任務。他出言簡潔明瞭，清楚明白，道友們各自躬身領命，不敢有違。

最後談到關於弟兄們下山辦事，大首領與道友們談論了八個弟兄的進展，討論並決定下一個月中，該派哪幾個弟兄去何處辦事，並讓負責帶領弟兄下山的道友觀察弟兄的表現，回來向大首領仔細報告。

裴若然並非道友，只能在旁傾聽，整個議程中她都未出聲，也沒有人詢問她的意見，一個時辰就坐在那兒靜靜聆聽。議事終於結束之後，她感到如釋重負，跟著道友們一起向四聖像跪拜爲禮，走出有爲堂。

她心中暗自惴惴：「我初初進入殺道，當然只有旁聽學習的分兒。不知何時大首領會分派任務給我？我若無法達成任務，可就無法跟其他道友平起平坐了。」又想：「往後我也得像那些道友般，當著大家的面向大首領報告麼？我做得到麼？」

第四十一章 除叛

裴若然懷著疑惑沉重的思緒，回到住處，卻見小虎子正躺在自己的榻上。她心中動念：「那名叫『白骨精』的老婆婆要帶小虎子去捉拿叛徒老八，我該跟他說麼？」隨即決定：「不，我什麼也不能說，只能裝做不知道。時候到了，他自然會接到命令。」

她對小虎子點點頭，也不顧忌他在房中，逕自解下朱色腰帶，脫下黑色道服。

小虎子側過身子望向她，忽道：「六兒，妳胖了些。」

裴若然微微一笑，說道：「有得吃，有得睡，跟在谷中那時相比，能不胖麼？」

小虎子笑了，從榻上翻身坐起，說道：「不只是胖了，而且像個女孩兒了。」

裴若然全無顧忌，裸著身子，舉起雙臂，面對著他，說道：「你倒說說，我哪裡像女孩兒了？」

小虎子臉上一紅，轉開眼光，搖搖頭，說道：「妳自己看不出來，我還有什麼好說的？」

裴若然笑著穿上平日慣著的衣褲，說道：「小虎子，人都會長大的。你我當然也不例外。」

小虎子望著窗外，悠悠地道：「長大了，過了三關，就能回家了，是不？」

裴若然聽了這話，心中一痛，好似被刀戳了一下。她勉強鎮靜下來，吸了一口氣，走到小虎子身前，正色說道：「小虎子，不准再說這等言語了。這兒就是我們的家，哪裡還有別的家？」

小虎子滿面疑惑地望著她，沒有言語。

裴若然心中明白，她多少次用「回家」來安慰小虎子，好讓他懷抱希望，放棄自殺。如今她又怎能否定一切，告知他們根本沒有家，根本不應該想要回家？

裴若然嘆了口氣，坐倒在榻上，說道：「我也不知道。小虎子，你和天殺星兩個，如今就是我的家。」

小虎子低聲道：「六兒，妳說過的，我們總有一日會回家。妳不要忘了我們的心願，我們的諾言。若不是想著回家，我老早便放棄了。」

裴若然身子一顫，伸出手握住他的手，明白他口中說的「放棄」，便是放棄自己生命的意思。她低聲說道：「好，我不放棄，你也不可以放棄，知道麼？」

小虎子滿意地點點頭，將頭靠在她的肩頭，閉上了眼睛。

弟兄們在如是莊上的日子就這麼過了下去，有的弟兄已有十五六歲年紀，身子開始拔高，男孩兒身形粗壯，聲音也變得低沉了。原本看不出來男女的女孩兒們也漸漸顯出身段，不像從前那樣總在男孩兒面前赤身露體。

裴若然也察覺了自己身體的變化。在小虎子說出來之前，她還未曾特別留心，只知道自己的身子長高了許多，雙臂雙腿修長，儘管臂膀腿腹各處筋肉結實，但跟其他弟兄相比起來，體態不免纖瘦薄弱得多。

自從離開山谷來到如是莊後，她日日持續督促自己練功，從未間斷，不敢鬆懈。然而她漸漸醒悟，自己擁有的是女孩兒的身子，不管她如何苦練功夫，都不可能擁有比小虎子或天殺星更堅實的筋肉、更強大的勁道。這兩年之間，他們都長高了許多，小虎子比她足足高了一個頭，天殺星也比她高出半個頭。兩個男孩兒肩膀寬闊，胳膊粗壯，身上肌肉堅硬粗厚，遠非她所能及。

小虎子修練金剛頂和金剛袖兩種內功心法，內功之深厚，已遠遠超過其餘弟兄，他的武功甚至開始逼近師傅們。小虎子曾偷偷告訴裴若然，他在與師傅們比試過招時，往往須得收斂隱藏，才不至於打敗或打傷師傅們。裴若然告誡他應當小心隱藏內功，與師傅們試招時千萬不能出盡全力，而小虎子也漸漸成熟懂事，明白自己應當謹慎內斂，不能再像往年在石樓谷中那般鋒芒畢露了。

裴若然心裡清楚，自己當年在谷中跟小虎子比試時旗鼓相當，不相上下，此後只怕再無可能。她有此自知之明後，便用心於增加使動峨嵋刺時的巧勁和迅捷，她知道未來只能靠精準、技巧、迅速、出其不意的招數，才能與比自己高大強壯的男孩兒甚至成年人爲敵。

大多數的弟兄並沒有跟裴若然一般的危機感。他們以爲最艱難的時光已經過去，開始滿足於現狀，眼見武功已練得頗有成就，殺人不皺眉頭，辦事從未出過差錯，便放鬆了戒備，辦完事回到山莊後，便一頭鑽回自己的房舍中，沉溺於美酒美食，年紀漸長的男孩兒開始接近女色，與山莊中的女伎歡謔淫樂，歌舞狂歡，通宵達旦。

師傅們對弟兄們的行動瞭若指掌，卻從不阻止。就如當年在山谷中時弟兄們互相結黨成派，聯手迫害其他弟兄，雖為谷中禁規，老大們卻視如不見，形同默許如出一轍。

裴若然心中清楚，師傅們口中說禁止、卻暗中讓弟兄們去做的事兒，不但是壞事，更是對弟兄們自身傷害最大的惡習。當年老大們口中說禁止結黨成派、互相殘殺，第二關卻擺明了鼓勵大家結黨成派、互相殘殺，不夠奸險狠毒的，便無法存活下來；此時師傅們放任弟兄飲酒淫樂，對年紀輕輕的弟兄來說絕非好事，她甚至懷疑酒色乃是大首領用以控制駕馭弟兄們的另一種手段。

令她慶幸的是，小虎子和天殺星並未陷入鬆懈享樂，他們從不飲酒，也未接近女色。他們的危機意識來自兩處：一是裴若然比他們先進入殺道，成為執事，令他們感到自己比不上她，需要急起直追；二是他們仍舊將彼此當成最大的敵人，兩人爭勝之心極強，仍舊發奮練功，只為了不輸給勁敵。

裴若然十分關心小虎子和天殺星的武功進展，不斷留心觀察，激勵督促。此時弟兄們之間雖已不再每日比試，但是不時得跟隨師傅們下山辦事，那可是真刀實劍的拚鬥，誰的本事不牢靠，誰的功夫不扎實，立即便會顯露出來。即使師傅們並不曾宣告誰下山辦事失敗，然而一旦有誰出了紕漏，人還沒回到山上，事情便已傳遍整個山莊。

在辦事之上，小虎子和天殺星漸漸開始不斷暗中較勁，比較誰能將事情辦得乾淨俐落，得到師傅們甚至大首領的讚賞，就感到比對方高了一籌。裴若然雖然不太贊成他們如此互相較量，但她眼見小虎子專心與天殺星較勁，便能夠咬緊牙關，逼迫自己出手殺人，較少因殺人而痛哭崩潰，心想：「或許這對小虎子倒是好事。他若不專注於與天殺星較勁競爭，心中老想著殺人的痛苦和恐懼，只怕他遲早要發瘋。」

數日之後，天猛星便收到大首領的命令，讓他跟隨白骨精去南方追殺叛徒老八，小虎子當日便離開了山莊。

裴若然極想知道這老八究竟是何許人也，卻從來沒有人跟她解釋。

這日輪到潘胖子帶領裴若然練功，她便打算乘機詢問此事。她不從老八開始問起，卻先向潘胖子行禮說道：「潘師傅，弟子受大首領提攜，有幸提早入道。潘師傅對我素來讚譽有加，大首領破格延攬我入道，師傅想必替我說了不少好話，弟子感激不盡。」

潘胖子聽了，微笑道：「不錯，大首領確實曾詢問過我的意見。妳是弟兄中極出色的一個，我當然大力支持了。」

裴若然稽首下拜，說道：「承蒙前輩美言提攜，晚輩感激不盡。」又問道：「大首領跟我說過，殺道一共只有八位道友，我日後若有幸成為道友，便是第九位了。除了大首領外，我只見過五位道友：潘前輩您，雲娘子和泥腿子，三位教導我們殺術；另外兩位我在道友聚會中見過：半面人、白骨精。還有兩位不知是誰，身在何處？」

潘胖子道：「有一位妳自然見過，只不過不知道她是道友。」

裴若然忙問：「是哪一位？」

潘胖子道：「便是金婆婆。」

裴若然啊了一聲，說道：「我竟不知金婆婆乃是道友！」回想起她在石樓谷中對一眾老大頤指氣使，當時只道她仗著年老，脾氣古怪，卻不知是因爲她身爲道友，在殺道中地位崇高。

潘胖子笑了，說道：「金婆婆可是我道中非常重要的人物！她醫術高超，有著起死回生的本領。我們道友出手辦事危險得緊，隨時可以喪命。有她坐鎮莊中，大夥兒的死傷自然大大減少了。」

裴若然道：「原來如此。」又問道：「那麼最後一位道友又是誰？」

潘胖子收起笑容，臉色微變，沉吟不語，過了一陣，才搖頭道：「這事兒，妳還是別知道得好。」

裴若然抬頭直視著他，說道：「弟子剛剛入道，年輕識淺，只怕行差踏錯，惹得大首領不快。求前輩指點！」

潘胖子猶豫半晌，才道：「這第八個道友，便是老八。」

裴若然心中一震，頓時想起：「老八，就是大首領派半面人去追殺的叛徒！半面人失手後，大首領又派了白骨精帶著天猛星去追殺他。原來這老八就是那第八個道友！」她維持神色平靜，點了點頭，說道：「原來如此。不知這個老八，他是個什麼樣的人物？」

潘胖子道：「老八名叫雲飛鶴，輕功極佳。他和雲娘子一起入谷，一起練功過關，同時入道。」

裴若然聽了這話，心中猛然一震：「什麼？原來我們並不是唯一曾被送入石樓谷的弟兄！雲娘子和老八都跟我們一樣入過石樓谷，經歷過三關！」又想：「大首領對我說過：『弟兄們受的訓練，是為了培養他們成為道友。』那麼可想而知，現任道友往年也曾受過類似的訓練，只是想不到他們都曾入過石樓谷！」

但聽潘胖子續道：「那是二十多年前的事了。入道之後，老八辦了好幾件轟轟烈烈的大事，大首領對他十分信任讚賞，多次當著大夥兒的面誇讚他。」說到這兒，潘胖子便停下了。

裴若然忍不住問道：「大首領既然對他如此信任讚賞，他又為何叛道？」

這顯然是潘胖子最不願意回答的問題。他轉過頭去，望向窗外，過了一陣，又回頭望向裴若然，眼神中暗藏著隱晦不明的深意，說道：「我便跟妳說了也無妨。這等事情，原本不足為外人道。但妳此時已然入道，大首領又有心栽培，我也不必瞞著妳。」

他頓了頓，又道：「老八和雲娘子原本交情深厚，親如姊弟，後來卻因不知什麼事鬧翻了。事情鬧得很大，連大首領都無法排解，最後只好命他們兩人分處兩地，雲娘子留在如是莊，雲飛鶴派去南方，希望兩人南北遠隔，不必相見，紛爭便可止息。沒想到雲飛鶴去了南方之後，心中仍懷著對雲娘子的憤恨，竟開始密謀叛道，召集了一群道外的手下，準備攻打如是莊。大首領得知之後，便派了手下去捕捉他，卻被他逃走了。這老八狼心狗肺，大首領一手訓練栽培他，他竟然為了私仇背叛大首領，實在忘恩負義，畜生不如！」

裴若然靜靜聽著，直覺感到潘胖子所言不盡不實，但也猜測不出老八叛道的眞正原因。她知道背後一定另有故事，另有眞相，決意有機會便要探究到底。

次日，輪到雲娘子指點裴若然易容之術。裴若然初次見到她時，她面貌平凡，衣飾簡樸，舉止粗俗鄙陋，土氣十足，簡直便是個鄉里村婦。她的裝扮太過逼眞，弟兄們都只道她當眞便是個村里農婦，皆稱她為「村婦師傅」。之後她突然以不同的面貌出現，次次不同，弟兄們才恍然大悟，原來雲娘子善於改裝易容，能夠扮成男女老少、美醜妍媸，隨心所欲，維妙維肖。後來弟兄們開始向雲娘子學習易容術，才知道她身為易容高手，從不以眞面目示人，那村婦裝扮只不過是雲娘子常用的裝扮之一。

今日她來教裴若然易容術，自己便素顏而來，露出本來面目。

裴若然一邊將泥巴色料塗抹在自己臉上，一邊從鏡子中偷看雲娘子的容色，忍不住讚嘆道：「雲師傅，您長得眞美！」

雲娘子一笑，神態妖冶，膩聲道：「長得不美，怎能服侍大首領呢？」

裴若然聽了微微一怔，不明白她這話的意思，忍不住問道：「為何要長得美，才能服侍大首領？請雲師傅指點。」

雲娘子聽了這話，忽然柳眉倒豎，直瞪著她，伸出左手抓住她的肩膀，厲聲斥道：「小丫頭子，妳要我指點妳如何服侍大首領？」

裴若然肩膀被雲娘子抓得好生疼痛，卻不敢掙扎反抗。她不確定自己說錯了什麼，連忙說道：「請雲師傅恕罪！天微星不懂事，說錯了話，請雲師傅責罰！」

雲娘子似乎略略消了氣，仍舊板著臉，說道：「以後再不許這麼胡說。大首領身邊只有我一個人，不會再有別人了。知道麼？」

裴若然聽她口氣中頗有醋意，忽然有些明白了，心想：「她是大首領身邊的人，不願意讓別人搶走她的位子。」當下立即跪倒謝罪，說道：「天微星知錯了，以後絕對不敢胡說。」雲娘子見她道歉之意甚誠，怒氣稍稍平息，不再提起，繼續指點裴若然易容之術。

過了一會兒，裴若然鼓起勇氣，嘆口氣，自言自語道：「白骨精師傅去了好一陣子了，不知她何時回來？」

雲娘子倏然站起身，凝望著裴若然，聲音冰冷，說道：「是誰教妳來說這些話的？」

裴若然一臉無辜，回望著她，說道：「沒有人教我，是我自己好奇才向您請問的。上回在道友聚會中，大首領提起此事，我不明白前因後果，因此開口詢問，有何不是之處，請雲師傅責罰！」

雲娘子望著裴若然，冷笑起來，說道：「嘿，我知道了，白骨精帶去的那個小伙子，是妳的好弟兄、好朋友，是麼？」

如是莊中人人都知道裴若然和小虎子交情甚好，原也不是什麼祕密，她點頭道：「不錯，天猛星是我的好友。」

雲娘子饒有趣味地望著她，喃喃說道：「好友，好友！」這幾個字說得充滿怨恨，直令裴若然毛骨悚然，不敢出聲。

雲娘子滿面怒色，高聲道：「妳關心搜捕叛徒的進展，只因爲妳擔心妳的好友。讓我告訴妳吧，天猛星絕對無法殺死雲飛鶴！一個十多歲年紀的毛小子，他的武功跟雲飛鶴可差得遠了，完全不是雲飛鶴的敵手！」

裴若然見她發怒，連忙低頭道：「雲師傅說得是。」臉上裝出擔憂之色，心中卻大大不以爲然。小虎子的武功進境她知道得非常清楚，在谷中她曾與他正式交手，出谷後也日日觀看他練功，夜夜與他試招，彼此探討切磋，親眼見到他的武功進步神速，甚至曾聽見潘胖子和泥腿子彼此私下交談，說天猛星的武功已快要追上他們了，令他們有些提心吊膽。

她心想：「雲娘子爲何如此說？她跟雲飛鶴究竟是朋友，還是敵人？」

雲娘子意猶未盡，咬牙切齒，接著道：「妳等著吧，白骨精若還活著，定會帶著天猛星的屍首回來。妳問得沒錯，妳是該擔心他。哈哈，哈哈！大首領故意讓他去送死，我看還是意在對付妳，讓妳早早死了這條心。妳未來可是要入宮的，所以大首領不會去碰妳，也不會讓別人碰妳，不然可不是白白毀了一件珍貴的寶貝？他早有計畫要除掉天猛星，此刻終於動手啦。」

裴若然聽著她的這番話，心中又是震驚，又是疑惑：「她知道我要入宮！她是大首領的枕邊人，知道的想必很多，但這番話顯然不是我應該知道的。她是故意說給我聽，還是一怒之下說溜口的？」又想：「她說大首領要小虎子去送死，是爲了對付我。但我不相信小虎子的武功比不上那什麼雲飛鶴。潘胖子只說雲飛鶴輕功高明，並沒說他武功有多高強。單要比輕功，小虎子的敵手也不多。大首領這回派他去，是橫了心要殺死雲飛鶴，並不是要小虎子去死在雲飛鶴手中。」

裴若然望向雲娘子的臉龐，但見她面貌艷麗迷人，神態妖冶之中帶著點狂放，雙眼圓睜，眼神飄移不定，顯得十分激動亢奮。她心想：「雲娘子巧善易容，日日裝扮成不同的人物，扮得逼眞傳神。但我總覺得她看來心神恍惚，眼神渙散，似乎處於瘋狂邊緣。我原本以爲這股瘋勁也是裝出來的，或許並非如此。」

又到了一月一度的道友聚會，這回只有四個道友到場：大首領、潘胖子、半面人和泥腿子。

潘胖子滿面得色，首先起身報告道：「恭喜大首領，賀喜大首領！大首領英明，二十日前，白骨精帶著天猛星去南方追殺叛徒老八，任務已圓滿達成，兩人此刻正在歸途之中。白骨精數日前派人傳話回來，說叛徒已然擒獲，由天猛星下手，就地正法了。」

大首領點點頭，說道：「幹得好。天猛星武功高強，老八原非他的對手。」

裴若然聽說小虎子出手殺死了叛徒老八，雖早在她的預料之中，卻也不禁一陣慄然。是因爲小虎子武功進步太快，竟已能出手殺死一位道友，還是因爲他已能夠奉命出手殺人，不問因由？

而老八雲飛鶴叛道就擒遭戮，眾人似乎都認爲理所當然，毫不驚訝，只有裴若然暗中感到有些不對勁。她留意雲娘子今日並未參與聚會，但她清楚雲娘子人在莊中，顯是蓄意不肯來參與議事。這是因爲雲娘子不願親耳聽見雲飛鶴被殺死的消息麼?幾日之前,雲娘子還言之鑿鑿,信心滿滿,說小虎子此行是去送死,說小虎子絕對不是雲飛鶴的對手。然而大首領和裴若然的判斷畢竟無誤;小虎子的武功早已超過許多道友,乃是大首領手下數一數二的高手,能夠派出去擒殺叛賊的得力弟子,絕不能以其年少等閒視之。

第四十二章　任務

如此數個月過去了，裴若然每回參與道友聚會，總是安靜地坐在下首，傾聽道友向大首領報告，一聲不出。道友們也一如既往，逕自報告聽令，對她視如不見。

散會之後，大首領忽然叫住了她，說道：「天微星，妳且留下，我有話說。」

裴若然答道：「是。」便留在堂上。

等其他道友都出去後，大首領招手要她近前坐下，問道：「妳成爲殺道執事，已有八九個月的光景。我想聽妳說說，妳認爲自己可以如何爲殺道盡一分力？」

裴若然微微一呆，才答道：「天微星年幼識淺，對山下世間之事所知甚少。屬下能爲殺道做什麼，全憑大首領吩咐，屬下一定盡全力去辦，務求做到最好。」

大首領顯得頗爲滿意，說道：「很好。我正好有件事想交給妳辦。能不能辦成，就看妳對殺道有多忠心，以及妳有幾分能耐了。」

裴若然心想：「該來的終於來了。」當下稽首說道：「任憑大首領吩咐，天微星赴湯蹈火，萬死不辭。」

大首領點點頭，神色嚴肅，說道：「天猛星這回去南方辦事，擒獲處死叛徒雲飛鶴，功勞極大。我決定要讓天猛星開始過第三關。」

裴若然聽見「第三關」幾字，心中不禁一跳。

大首領續道：「所謂過第三關，就是要出手殺死三個棘手的人物，才算過關。這第一件事，妳須帶領天猛星去辦。」

裴若然暗想：「我也尚未過三關，爲何要我帶領小虎子去辦事？」她壓抑心中疑惑，說道：「請問大首領，我須帶領天猛星去辦什麼事？」

大首領道：「過完年，正月初時，我會親自領天猛星去魏博鎮，拜見節度使田季安，讓天猛星投效於田季安麾下，之後我就會離開。我要妳假扮成天猛星的婢女，留在魏博陪伴天猛星，讓他聽從田將軍的指令。我相信田季安會命令天猛星去刺殺他的大對頭，成德節度使王士眞。妳須確定天猛星願意出手，將事情辦成。妳做得到麼？」

裴若然對這些節度使的地名人名一概沒有聽過，也不知道這件任務是輕而易舉還是困難棘手，只點了點頭，說道：「天微星一定盡心竭力，不辜負大首領的託付。」

大首領點了點頭，神色顯得甚是滿意，說道：「此事就交給妳去辦了。我會留一個屬下在那兒，事情辦成之後，妳可以讓他回來向我報告，我將安排後續事宜，將你們兩人接回莊中。」

裴若然行禮答道：「是，天微星謹遵大首領之命。」

大首領喝了一口茶，又道：「妳若有任何疑問，現下便可以問我。」

裴若然想了想，問道：「我身處遠地，若遇上什麼緊急情況，當如何與大首領聯繫，向大首領請示？」

大首領道：「若遇到緊急情況，倘若性命相關，可能危害到妳或天猛星的性命，妳便可全權處理。倘若並非性命交關，妳可讓下屬傳話回來，等候我的指令行事。」

裴若然道：「這一去一回，總要數日的工夫。這期間我無法請示大首領，也無法傳消息回去，事態若有變化，又當如何？」

大首領望著她，微笑道：「妳考慮得甚是周到。不錯，從此地到魏博，緩行七八日，快行也須一兩日的工夫。一來一回已過了許多時日，事情很可能已有變化，我的指令到時可能已然無用了，那時就得靠妳自己了。」他頓了頓，又道：「我選擇派妳去，正是因為妳慣於深思熟慮，能夠觀察形勢，做出判斷。妳只需記住，最重要的是保住妳和天猛星的性命，活著回到莊中，其餘一切我會處理。」

裴若然點了點頭。這一年來她多次跟著師傅下山辦事，已然知道如是莊建於石樓山上，位於東都洛陽的東南方數百里外，汝州城東，汝水北岸。她即使獨自從遠方歸來，應當也能夠尋路回到此地。當下說道：「天微星明白了。」

大首領點頭道：「很好。天猛星能否順利過三關，就看妳的表現了。」

裴若然應道：「是。」躬身退出。

她心中雪亮，大首領將這件事情託付給自己，不是因為他對自己有多大的信任，或相信她一個十三四歲的小女孩兒當眞能夠獨當一面，辦成什麼大事，而是因為只有她能夠掌控得了小虎子，能夠安撫他、勸導他、說服他，確定他不致臨陣脫逃，會心甘情願地將事情辦好。

裴若然走出有爲堂後，心中又是興奮，又是焦慮，回到房中，緊閉房門，坐下將事情前後想了一遍，打定主意：「這件事十分重大，我必須在出發前便讓小虎子心中不存任何顧忌，這一路去才不會出岔子。這是我成爲執事後，大首領交辦的第一件任務，我自然得盡全力辦好了它，不讓大首領失望。然而辦好這件事並非僅僅爲了我自己，也是爲了小虎子。他一心想回家，當然必須過三關，成爲道友，才能有機會回家。」

她想清楚後，便等小虎子歸來。過了數日，她聽人說小虎子從南方回來了，便趕緊來到小虎子的房舍，卻沒找著人；她又到如露堂去，見到兩個弟兄各自占了一個角落，埋頭練功，正是天殺星和小虎子。

裴若然心想：「小虎子才回到山莊，便來此練功。此行的經歷定然十分痛苦，他才不得不來此發洩心頭的鬱悶憂憤。」

她望向天殺星，又想：「大首領決定讓小虎子先過三關，卻不提天殺星，天殺星若知道了，想必極爲不滿。我得想辦法將這件事告訴他，讓他不致太過惱恨。」又想：「他們兩個之間仍舊敵意深重，這時願意同處一堂，未曾刻意迴避彼此，也未曾動起手來，已算很不錯了。」

她輕輕拍了拍手，小虎子和天殺星同時回頭望向她，眼中露出疑問之色。

裴若然對天殺星點了點頭，只一個眼神，天殺星便知道她有事找小虎子，不是來找他的，便轉回身去，繼續練功。

裴若然對小虎子招招手，說道：「跟我來。」

小虎子停下手，來到她身前，問道：「什麼事？」

裴若然只道：「我們出去說。」領著他離開如露堂，走向凡相殿後的中庭花園，來到一個偏僻無人的角落，才停下腳步。

裴若然抬頭望向小虎子，這時他已快要十五歲了，身形高壯，英氣勃勃。但是她看到的不只是他光彩英挺的外表，她也清楚知道他心底的虛弱無助、徬徨恐懼。她吸了一口氣，知道自己必得站在他的背後，牢牢地支撐著他，不能讓他倒下。

裴若然低聲問道：「你還好麼？」

小虎子吁出一口氣，轉過頭去，說道：「妳應當已聽說了。我殺死了叛徒雲飛鶴，也就是老八。」

裴若然伸手捏捏他的肩膀，點頭道：「我知道。大首領高興得很，說你辦得好極了。」頓了頓，又問道：「經過如何？跟我說說。」

小虎子臉上露出痛苦之色，緩緩坐倒在地，伸手抱著頭。單看他此時畏縮恐懼的模樣，實在難以相信他竟是弟兄中武功最高的一個，不久前還曾出手殺死一名道友。

裴若然在他身旁坐下，安靜等待。過了良久，小虎子才開口說道：「我跟白骨精兩人一路往南，直追到永州，我從來沒去過這麼遠的地方。那兒很熱，氣候潮溼已極。殺道的眼線布滿各地，雲飛鶴四處躲藏逃避，但仍被我們找到了。」

裴若然點了點頭，問道：「雲飛鶴，他是什麼樣的人？」

小虎子側過頭，說道：「他大約三十來歲吧？輕功絕佳。武功不錯。」

裴若然心想：「潘胖子說他和雲娘子情同姊弟，年紀應當比雲娘子小一些。」

小虎子續道：「我跟他動手，在五十招內將他制住，逼他投降。白骨精取出一顆紅色的藥丸，說那是金婆婆調配的毒藥，十分猛烈，叫做『斷筋裂骨丸』。她逼雲飛鶴吞下。他吞下之後，功力全失，手腳無法動彈。白骨精……白骨精用鐮刀挑斷了他手腳筋脈，又斬斷了他的琵琶骨，讓他完全成爲廢人。我……我見到他全身浸在鮮血之中，嘶聲吼叫，滿地滾動，狀極痛苦。」

裴若然知道小虎子不喜歡見人受傷吃苦，微微搖頭，說道：「既已制住了他，又何必如此折磨於他？」

小虎子搖頭不答。裴若然心想：「白骨精收到大首領的什麼指令，決定如何處置叛徒，原本就非他所能置喙。」

小虎子靜了一陣，又道：「他死也不願被帶回如是莊，不願來見大首領。他全身癱瘓，只能奮力以頭撞地，試圖自殺，但他虛弱無力，這麼撞當然是撞不死的。白骨精只站在一旁冷笑。後來白骨精走開了一會兒，他哭著求我殺死他，說他不要讓……讓雲娘子見到他這般模樣，也不要見到大首領得意的嘴臉。」

裴若然想像叛徒雲飛鶴的慘狀，不禁毛骨悚然。

小虎子不再說下去，陷入一片沉默。

裴若然低聲道：「因此你殺了他？」

小虎子點了點頭，低下頭去。

裴若然伸手輕撫他的肩頭，不知該說什麼才好，最後只能吸一口氣，勉強安慰他道：「小虎子，別去想這件事了。你出手殺他，意在幫助他解脫，也是情有可原。」

小虎子抱頭不語，忽然抬頭望著她，大聲道：「大首領爲何派我出手？半面人出手失敗，他才派白骨精帶我去追捕雲飛鶴。我的武功已比許多師傅和道友都高強了，是不是？」

裴若然其實早已想過，殺道中七位道友，除了大首領之外，其餘人竟收拾不下一個年輕叛徒雲飛鶴，還得讓個十多歲的少年出手，這表示什麼？

她自然明白，這表示小虎子的武功已遠遠超過許多道友了。裴若然心想：「小虎子並不蠢笨，想必知道自己武功進境奇快，已超過了半面人和白骨精等道友了。」

她凝望著小虎子，開口說道：「不錯，你武功奇高，遠超同儕，直追道友。你應當感到驕傲才是。」

小虎子乾笑一聲，沒有回答。

裴若然吸了一口氣，說道：「大首領有命，該是你開始過第三關的時候了。」

小虎子滿面堆上不可置信的神情，似乎不知道該說什麼才好，只嘿嘿了兩聲。

裴若然明白他心中的譏嘲憤怒，伸出手去，緊緊握住他的手，說道：「即使你不相信大首領，也要相信我。過了第三關，我們便自由了。」

小虎子忽然怒氣勃發，額上青筋暴露，甩開她的手，大聲道：「他們欺騙我，妳也欺騙我？什麼過三關，這些鬼話去騙騙小孩子好了！」

裴若然維持著一貫的冷靜鎮定，說道：「小虎子，我跟你一樣，都希望能離開這兒，回到自己的家。回家是我們共同的願望，不是麼？」

小虎子抱著頭，咬牙怒道：「家？我們早就沒有家了！」

裴若然冷靜地道：「你這是什麼話？我們不是說好了，昔日的家還在那兒等著我們，而且我們還有彼此啊。就如我總是對天殺星說的，我就是他的家。我永遠在這兒，他在我身旁，就是回到了家。」

小虎子大叫道：「我是我，我不是天殺星！」

裴若然耐著性子，說道：「你當然不是天殺星。你跟他不一樣。他什麼都沒有，從來沒有阿爺阿娘，也沒有家，連過去都沒有。他什麼都不要，因爲他連自己想要什麼都不知道。你曾經有過家，有過親人。你只不過要找回你失去的東西，已經比他幸運得多了。」

小虎子一邊搖頭，一邊怒吼道：「找回失去的東西？我早就什麼都沒有啦，我連自己都失去了！我連自己是誰都不知道了！」

裴若然伸出手扶住他的雙肩，堅定地道：「小虎子，你聽我說！你記得你阿爺，他叫做武元衡；你也記得你娘親，她是名滿川蜀的詩人，名叫薛濤。你也記得你阿爺阿娘寫過的詩，還會背好幾首呢，如今也還識得字，是不？你記得自己曾在長安城外的空地上和一群孩子蹴鞠競賽。你還跟我說過，那年春天，你的主母在家中舉辦迎春宴，很多客人來家中聚會宴飲，整個庭院裡前前後後都是人，熱鬧極了。你記得麼？」

小虎子將頭靠在她的肩上，再也忍耐不住，低聲啜泣起來。

裴若然將他摟入懷中，輕輕拍著他的背脊，柔聲說道：「你要回家，就一定得過三關。我們全都一樣，無從選擇。過了三關，進入殺道，局面就會完全不同了。你不試試，又怎會知道？你聽我說，大首領命你出手，你便出手。有什麼後果，全都由我來承擔，完全不關你的事。殺人的不是你，是下命令的大首領，是說服你下手辦事的我，明白麼？」

小虎子垂下頭，臉上滿是痛苦掙扎之色。

裴若然不禁暗暗咬牙，心中忿忿：「小虎子生來就不是個幹殺手的胚子，大首領硬將他逼上這條路，委實殘忍至極！」

她又低聲勸慰了一陣子，小虎子才止了淚，勉強振作起來，說道：「我明白了。我們何時上路？」

裴若然道：「不必著急，大首領說等過完年後，一月初才上路。我會一直跟在你身邊，直到你完成任務。」

小虎子點了點頭，兩人又靜坐了一陣，才相偕離開花園，回到各自的住處。

裴若然暗暗吁了口氣，知道自己暫時穩住了小虎子。然而她心中仍不免猶疑，自己如此慫恿他走下去，是對的麼？

她不知道。她只知道，如果小虎子繼續相信她，她便可以幫助他活下去。

裴若然知道自己對小虎子和天殺星兩人必須公平，因此特意去找天殺星，將大首領要天猛星開始過第三關，並命令自己跟去伴隨的前後說了。

天殺星默然而聽，臉上看似不動聲色，但薄薄的嘴唇緊閉，裴若然知道他心中定然感到極爲激憤不平，卻不知該如何表達。

她凝望著天殺星，說道：「天殺星，你有沒有想過，大首領爲何要我跟著他一塊兒去？」

天殺星冷笑一聲，說道：「怕，辦不成。」

裴若然微微一笑，說道：「正是。你想輪到你過三關時，大首領會要任何人跟著你去麼？」

天殺星搖了搖頭。

裴若然點了點頭，微笑說道：「高下立判，是不是？」

她伸出手，握住天殺星的手，說道：「很快便輪到你了。大首領爲何讓他先試，是因爲不放心，不確定他能否過關，對你卻沒有這等疑慮。等他過了第三關，就是你表現的時候了。你須得做好準備，到時一定會做得比他更好、更出色。」

天殺星聽了她的這番話，心裡似乎好過了些，點了點頭。他的神色雖仍冷僻沉默，卻反手握住了她的手，表示將她的話聽進去了。他相信天微星是他的朋友，不會害他。他可以容忍她將天猛星也當成朋友，但是他不會讓她將天猛星擺在他的前面。就如在谷中分配食物那時一般，裴若然對他們兩人必須絕對公平，不能有半點偏頗。

轉眼十二月臘冬結束，弟兄們來到如是莊已滿四年了。

十二月的最後一個晚上，大首領召集了八名弟兄來到凡相殿中宴飲慶祝，共度除夕。

大首領神色嚴肅，說道：「弟兄們，你們很快便要開始過第三關了，過了第三關，便能正式進入殺道，成爲道友了。」

弟兄們聽說第三關就將開始，彼此望望，都顯得十分興奮。

大首領續道：「我今夜要告訴你們一個非常重要的道理。所謂『殺道』，並非殺人之道，而是存活之道。你們明白麼？」

弟兄們即使並不明白，仍都肅然地點點頭。

大首領又道：「要進入殺道，就要先置己於死地。不殺自己，如何殺人？因此我要你們全都死過一次，這就是『置之死地而後生』。只有自己已置身死地之後，才能學會如何置他人於死地。」

說完之後，他便將八個弟兄帶到莊後的墳場上，對他們說道：「今日天下紛擾，世局混亂，正是我等刺客當道之時。武漢太史公寫過《刺客列傳》，可見刺客也是可以留名青史的人物。你們不要以爲自己出手殺戮，取人性命，便是滿手血腥，屬於低下的屠夫一流。非也！你等乃是我殺道精心訓練出來的刺客，是菁英中的菁英，刺客中的帝皇將相，刺客中第一流的人物。我要你們以自己的武藝和殺術爲傲，天下沒有比你們更加出色的刺客了。你們應當知道，你們將是名留青史，萬世受人景仰的刺客。你們要以自己的本領和手段爲傲！」

大首領環望弟兄們一眼，但見弟兄們大多十分激動，只有裴若然的臉上一片平靜淡然，天殺星則雙目直視前方，毫無反應，天猛星面色變幻不定，十分糾結。

裴若然瞥見天殺星的神情，心想：「天殺星多半無法了解大首領的言語，但他從來不覺得殺人是低賤或是殘忍的；對他來說，殺人和練功、吃飯、睡覺根本毫無分別。」她又側頭望去，見小虎子緊抿著嘴，神色痛苦，心中不禁感到一陣難言的憐憫。她清楚知道他心中是何感受。她繼續望去，但見天空星、天暴星、天佑星甚至天富星等都露出激動自豪的神色。

於是大首領給弟兄們一人一支鐵鍬，讓他們合力在墳園中挖出一個五尺墳坑。

裴若然想起斷腿的天孤星、斷臂的天魁星和發瘋的天劍星都被埋在這墳園中，心中不禁惴惴：「希望不要挖到他們的屍體才好！」

挖完了墳坑，大首領讓他們分別躺進去，命其他弟兄將土堆在他們身上，直到全身都被砂土蓋住，連口鼻都蓋了起來。

當砂土埋過裴若然面孔的那一刻，難以言喻的恐怖驚悚紛呈而來，好似自己眞的已經死了，弟兄們眞的在埋葬自己的屍體一般。她心中不禁閃過一個念頭：「莫非大首領有意就此殺死我，將我活埋在這兒？」

當然大首領的用意並非眞正殺死他們，而是想告訴他們，須得極度害怕死亡，才能竭力避免死亡。然而當他們出手殺人之時，卻必須當作自己已經死了，如此才能毫無恐懼地下手。

弟兄們一一經歷了挖坑活埋，又一一從土中爬出。之後八個弟兄圍繞在墳坑四周，一起將土坑填滿。裴若然相信每個弟兄都有相同的感受，他們的一部分已被埋葬在那個坑洞之中，永遠無法破土逃脫，永遠不見天日了。

之後便是立碑儀式。大首領已替他們準備好了八塊碑石，上面分別寫著「天微星之墓」、「天猛星之墓」、「天空星之墓」等等。裴若然不知道其他弟兄是否識字，但當她看到自己的墓碑時，不由得全身發涼，心想：「我才十幾歲，人生都還沒開始，便已經死了？誰會來祭我的墓，我的爺娘麼？爺娘若看到這個墓碑，不知會做何感想？」她又想：「那也不要緊。他們並不知道『天微星』是誰，埋在這裡的人早已不是他們所知道的六兒了。我永遠也不會讓他們知道『天微星』是誰。」

第四十三章　魏博

轉眼過了年，到了正月初三，大首領依言帶了天猛星和裴若然出門上路。他並沒有告訴其他弟兄他們要去做什麼，但是所有弟兄似乎都已知道得清清楚楚——天猛星要開始過第三關了。至於天微星爲何也跟著去，並沒有人知道其中原因，只有天殺星心中明白，冷眼旁觀，暗暗冷笑，什麼也沒有說。

大首領命小虎子和裴若然易容改扮，掩藏本來面目，帶著他們一同下山。一個殺道下屬名叫龐五的已在山腳的鄉鎮準備了三匹馬，等候他們到來。裴若然見過這個龐五，知道他是大首領十分親信的手下，每回大首領出門，都一定讓龐五跟隨服侍。龐五生得粗粗壯壯，大手大腳，一臉忠厚老實模樣，爲人乖覺安靜，辦事俐落，甚得大首領的信任倚重。

大首領對二人道：「這一路須騎馬急行，不能乘車。你們會騎馬麼？」

小虎子幼年時曾騎過馬，但那已是很多年前的事了。他和裴若然對望一眼，兩人都搖了搖頭。

大首領道：「不要緊，騎馬比練功容易得多了。我們在這兒待上一日，讓龐五教你們騎馬之術，等你們學會了再上路。」

當下命龐五教二人如何安裝鞍轡，如何縱馬快奔慢馳。至於清洗馬匹、飲馬餵馬等粗活，自有龐五負責打理。

大首領的馬乃是名貴的西域大宛馬，駿美非凡，訓練有素。裴若然和小虎子只學了一日，便已能駕馭馬匹了，次日便即上路，龐五跟隨在後。

龐五已替他們準備了平民的服色，都是男裝。平日在山谷中和莊園中，弟兄們不論男女，穿著都是一色黑衣黑褲，這時裴若然穿上尋常男孩兒的裝束，倒也不覺奇怪。

大首領對裴若然道：「到了魏博境內後，妳便充做我的侍從，跟在我的身後。到時我再讓你們改變裝束。」裴若然點頭答應。

四人騎馬往北行出數日，來到了黃河邊上。龐五安排一行人帶著馬乘上大船，渡過黃河，進入魏博鎮地域。

在船上時，大首領命龐五取出小虎子的衣衫，但見那是一套朱紅色的錦緞衣褲，繡上飛龍舞鳳，極爲華麗奪目。鞋子也換成鹿皮小靴，帽子則是金織銀線的胡帽，腰上繫的是金色織錦腰帶。

小虎子身形已修長健壯，換上這一身亮麗的裝扮，讓人不禁眼前一亮。大首領打量了一會兒，笑讚道：「挺像個樣子！」

龐五也道：「天猛星裝扮起來，英姿颯爽，儀表出眾，果然不同凡響。」

兩人負手而觀，讚嘆不絕，裴若然卻微微皺眉。大首領和龐五走開之後，小虎子問裴若然道：「怎麼？」

裴若然搖搖頭，說道：「沒什麼。我只是心中有些不安。」

小虎子心中明白，但仍舊問道：「爲何不安？」

裴若然咬著嘴唇，說道：「大首領蓄意將你裝扮得如此搶眼，讓人看過一眼便印象深刻，你認爲他有何用意？」

小虎子嘿了一聲，說道：「這還不明白麼？賣牛賣馬之前，都要將牛馬清洗裝扮一番，才能賣到好價錢。他打算將我賣個好價錢。」

裴若然臉現悲哀之色，她知道小虎子心知肚明，是以更加難受。

她安靜一陣，才低聲道：「我第一次見到你時，你便穿著一身朱紅衣褲。大首領此刻蓄意讓你穿上童年時的服色，眞不知是何居心！」

小虎子低頭望著自己這身華麗的服飾，不禁想起了老家和一去不返的童年，忍不住潸然淚下。

裴若然伸手輕輕捏著他的肩膀，低聲勸慰道：「別想過去的事啦，悲哀難受，又有何用？眼下最要緊的，是專心辦事，專心過關。」

小虎子知道她說得對，裴若然總是知道什麼時候該將他從悲傷中拉出來。他抬頭向她笑了笑，抹去眼淚，勉強將思鄉憶舊的種種愁思拋在腦後。

一過黃河，沿路便見關卡重重，每半里就有一個關卡，由全副武裝的士兵守衛，檢查過路人的通行證件，戒備森嚴。各處關卡的守衛雖不認得大首領，卻認得龐五出示給士兵檢查的通關符，一行人通行無阻。

小虎子偷眼望去，見到那通關符上寫著「魏博鎮主」四個字，心想：「我聽人說，魏博乃是北方最桀敖不馴的藩鎮之一，這魏博鎮主不知是個什麼樣的人物？」

復行數日，四人抵達魏博鎮的首府魏州。魏州看上去十分繁華，卻不免帶著北方粗獷的味道，屋宇大多由木石建造，用料粗糙；路人都騎著馬，攜帶武器，形貌粗豪，民風剽悍。小虎子和裴若然東張西望，這地方和他們曾去過的中原鄉鎮完全不同，都甚感好奇。

大首領帶著兩人和龐五來到一座皇宮似的宮殿之外，說道：「我們這就去見魏博節度使田季安。天微星，妳跟在我身後，切莫出聲。天猛星，你可是這場戲的主角。待會兒問到你話，便高聲回答，切莫含糊，知道了麼？」

裴若然和小虎子心中都有些著緊，點頭答應了。

龐五進去通報，不多時，便有守衛出來，說道：「請貴客解交武器，方可進入大樂宮。」

大首領點點頭，對手下道：「將武器解了下來，交給這位軍爺。」

裴若然從懷中取出峨嵋刺，小虎子也解下腰間破風刀，交給了那守衛。大首領身上則並未攜帶兵刃。

那守衛將兩樣兵器檢視一遍，又命手下替三人搜身，確定他們身上並無其他兵器，才讓他們進入宮殿大門。一行人穿過一道厚厚的石門，又走過一段長長的步道，才來到一座寬廣的大殿之上。

小虎子游目四顧，但見這大殿雖然建得高聳壯觀，裝飾卻顯得頗為粗糙，橫樑直柱處處塗抹的非金即銀，牆壁上也是花花綠綠的，畫的大多是戎裝人物和馬匹，面目都不似中原之人。乍看之下十分熱鬧，細看卻不免顯出其庸俗幼稚。

小虎子也留意到，這大殿牆壁高而厚，十分堅實，大門以粗厚的花崗石製成，隨時可以關閉；大門上方設有女牆，有十餘名弓箭手守在其上，四周站滿了手持刀戟的守衛，來回巡視，戒備森嚴。顯然這大殿以守禦為主，著重抵擋外敵，保護殿內之人的安全，至於金銀壁畫等裝飾，倒在其次了。

大首領回過頭，問裴若然道：「天微星，妳瞧這宮殿如何？」

裴若然躬身答道：「這宮殿極為堅固華美，看來似是新建而成。」

小虎子見到她的臉色，知道她並未說出心中真正所想，只是說些體面客氣之詞。

大首領點頭道：「不錯。這宮殿乃是田節度使赴任後自己建造的，號稱『大樂宮』，以防禦嚴密和豪華奢麗著稱。北方節度使的官邸中，以這『大樂宮』最為出名。天猛星，你看呢？」

小虎子答道：「這大樂宮果然華美得緊。」

大首領摸著鬍鬚，微微一笑，望了他一眼。從小虎子的語氣中，他自能聽出諷刺及不以為然的意味。小虎子和裴若然在如是莊住了數年，見識過真正奢華的大手筆，多少都有些眼界；如是莊的品味格調比這什麼「大樂宮」高上數倍不止，明眼人一看便能辨別高下。

而如小虎子這般出身官宦之家的子女，眼光更加精準，只要望一眼這大殿的布置，便能看出主人品味的高低。

大首領撇嘴笑著，說道：「我聽人說，田鎭主撒了十萬兩銀子，花了三年工夫，一萬多人工，才打造出這大樂宮。人人都說，大樂宮美若天界，固若金湯，在黃河以北絕對是首屈一指，無出其右。許多節度使來到魏博，都一定要造訪這大樂宮，開開眼界，才算不枉了一生。」

兩人都聽出大首領語氣中的揶揄和譏嘲，裴若然嘴角露出微笑，說道：「原來如此。今日我們眞是大開眼界。」小虎子則沒有答話。

不多時，殿旁偏門門帘掀處，一個全身桃紅衣裙，服飾鮮麗的少女走了出來。她頭上梳著高髻，髻上插著各種金玉珠簪，看來極爲耀眼珍貴；臉上塗脂抹粉，面紅唇白，容貌甚是冶豔。

小虎子初看以爲那是個女孩兒，但見他頦下留著短短的髭鬚，才驚然發現這竟是個少年！

但見那少年走上前，並未對大首領行禮，便尖聲尖氣地說道：「歡迎道主大駕光臨。敝上已經等您很久啦。敝上讓我來問您，怎地過了這麼久，您才有回音哪？」他逼著嗓子說話，聽來十分不自然；語音甚是嬌柔，看來有十六七歲年紀。

小虎子忍不住望向裴若然，以眼神問她：「這到底是男是女？」

裴若然趕緊用手肘碰碰他，要他別失態。

大首領拱手回禮，微笑說道：「少宮主言重了。鎭主的託付，本座一直放在心上，時刻未敢或忘。爲求謹慎，本座直到有了十分把握，才敢回來見鎮主。」

小虎子聽大首領對這少年出言十分恭敬，不禁甚感驚訝，暗想：「這少年不知是什麼來頭？他看來怪裡怪氣，又十分年幼，大首領爲何對他如此尊重？大首領稱他爲『大樂宮少宮主』，那又是什麼？」

但見那少年妖嬈地笑了笑，說道：「道主一言九鼎，這回想必不會讓鎮主失望吧？」

小虎子和裴若然見這少年的笑容嫵媚中帶著一股邪氣，都不禁皺眉。

大首領拱手笑道：「這個自然，這個自然。有勞少宮主多次在鎮主前替本座美言，本座感激不盡。」站起身，從懷中掏出一個錦繡袋子，托在手中，看來沉甸甸的，遞了過去。

少年伸手接過了，在手中掂了掂，臉上露出滿意的神色，又是嫣然一笑，說道：「道主請稍候。」轉身走入偏門。

大首領回到座位坐下，微側身子。裴若然和小虎子知道他有話要說，立即湊上前傾聽，但聽大首領低聲道：「那是鎮主的寵妾，不可得罪。」

裴若然和小虎子都點了點頭，心下都是恍然：「原來魏博鎮主喜歡男寵。」

過不多時，一個武官模樣的男子走上前來，說道：「請道主入堂，禮拜四聖。」

大首領站起身，跟著那武官來到一間大堂之上。但見堂上供著八丈高的四座神像，十分恢弘。

小虎子仔細一看，那四座神像竟然便是石樓谷和如是莊所供奉的四聖！四個神像深目高鼻，鬚髮鬈曲，顯是胡人；全身戎服，手持長矛、大刀等不同兵器，看來威風凜凜。

大首領率領著小虎子、裴若然和龐五在地氈上，向著四聖膜拜，又上了香。

小虎子和裴若然對望一眼，心中都大感驚奇，暗想：「原來魏博這兒也拜四聖！這四聖究竟是什麼人物，爲何如此受到藩鎭的崇拜？大首領又爲何尊奉四聖，並讓谷中弟兄都崇拜四聖？」

拜完之後，那武官又請他們來到一間五彩的廳堂。這廳堂比之前的大殿更加金碧輝煌，處處雕龍畫鳳，陳列種種陶瓷鐘鼎等擺設，但又欠缺中原文物的精緻優雅，只顯得炫麗而低俗。

過不多時，屏風後傳來一陣笑語聲。一個粗壯男子在方才那個美少年的攙扶之下，兩人一邊說笑，一邊走了出來。那粗壯男子約莫三十來歲，一身武裝，面貌還算得上威武，只是雙眼細長，顯得有些奸險。

小虎子心想：「這人想必便是魏博節度使田季安了。」

果見大首領趨前行禮，口稱：「拜見鎭主！」

田季安擺手道：「不必多禮！道主請坐。」

大首領坐下後，田季安也不寒暄，單刀直入地問道：「道主，你說今日替我帶來了一位高手刺客，請問他人在何處？」

大首領側過身，向著小虎子一攤手，笑道：「就在這兒。」

小虎子走上一步，向田季安行禮。他微感不安，意識到自己這一身裝扮，在這大廳上顯得極爲融洽。

田季安打量了他幾眼，皺眉齜牙，對大首領道：「道主莫開玩笑了。這孩子怕是沒有十五歲吧！」

大首領一臉認眞，嚴肅地道：「鎭主在上，本座絕不敢開此玩笑。這孩子年紀雖輕，卻是我手下最得力的一個殺手，這幾年來出手刺殺數十回，一回都沒有失手過。」

田季安見他說得認眞，才挑起雙眉，轉過頭，瞇起一對細眼，饒有趣味地望著小虎子，問道：「孩子，你幾歲了？」

小虎子答道：「回鎭主的話，在下今年將滿十五。」

田季安點點頭，說道：「這麼年幼啊！」

他望向大首領，似笑非笑地道：「道主，我沒想到你會帶個少年郎來我這裡。」說著向身邊那美少年瞥了一眼，似乎有些嫌怪之意。

那美少年嘟起了嘴，撒嬌地道：「鎭主，您就讓道主把話說完吧。」

大首領正色說道：「鎭主，這可不是一般的孩子。這孩子在我手下受訓已有七年，出類拔萃，乃是我手下數一數二的高手。鎭主要是不信，不如我們賭上一賭？」

田季安挑起眉毛，說道：「如何賭法？」

大首領道：「請鎭主派出武功最高的一位手下，來和天猛星比武。只要試上一試，便立見高下了。」

田季安哈哈大笑，說道：「好極！我便試試你手下這個小娃兒，他叫什麼來著？」

大首領道：「啓稟鎭主，他名叫天猛星。」

田季安笑道：「好一個『天猛星』！」拍了拍手，說道：「來人！讓黑熊著了披掛，帶矛上來！」一個武官應聲去了。

不多時，廳外傳來沉重的腳步聲，一個身高八尺的壯漢大步跨進廳來，全身鐵甲披掛，頭戴銀色頭盔，滿面鬚髯，極爲蠻横剽悍。他手中持著一支丈八長矛，矛尖閃著青光。

田季安道：「道主，這黑熊乃是我手下侍衛首領之一，武藝了得。我便讓他和你這小娃兒試試招，傷了我可不負責。」

大首領微微一笑，說道：「鎭主有命，豈敢不從？不知鎭主想看天猛星的拳腳本領，還是兵器功夫？」

田季安道：「拳腳有何用處？黑熊善使長矛，正想瞧瞧你這天猛星的兵器使得如何。」拍拍手，方才收走兵刃的侍衛便趨上前來，將破風刀和峨嵋刺呈上給田季安檢視。田季安低頭望了望，說道：「使的是刀吧。拿過去給他。」

那侍衛走下堂來，將破風刀呈交給小虎子，小虎子伸手接過了。

大首領對他道：「天猛星，鎭主命你去跟這位將軍過招，你就去玩玩吧，不必當眞。」說著對他使了個眼色。

小虎子明白大首領要他速戰速決，勿傷性命，於是點了點頭，說道：「遵命。」

裴若然低頭退到大首領身後，小虎子便持著破風刀，走到大廳之中。他感到心頭一片平穩，並無半絲緊張焦慮，自己也不禁有些奇怪：「我爲何如此若無其事，一點兒也不感到憂心恐懼？」

過去七年來，他日日在練拳練刀、爭勝鬥贏中度過，甚至曾在眞實廝殺、你死我活之中度過一整個殘酷的冬天，之後數年又時時下山刺殺各種人物，驚險萬狀。眼前這個黑熊似的巨漢又能將他如何，有何可懼之處？

小虎子舉起破風刀，自然而然地擺起搶攻的架勢。

但聽那頭黑熊大吼一聲，高舉長矛，準備攻擊，但他還未踏上一步，長矛也還未舉到頂，小虎子已持刀疾衝上前，左手一拳打中他的小腹，旋即奪走他手中長矛，右手破風刀已架在他的頸際，定住不動。這正是泥腿子傳授的「空空妙手」擒拿術，空手奪敵兵刃，百試百中，小虎子甚至不必使動破風刀，便輕易奪下了對手的長矛。

黑熊只覺小腹劇痛、長矛脫手、頸際冰涼，只一瞬間，自己的性命便已操控在這少年的手中，毫無反抗之能。他僵在當地，不敢稍動，額頭滾下一滴滴冷汗。

田季安只道有場好戲可瞧，完全沒料到這少年竟在一招之間便制住了他手下一名勇將，不禁睜大了眼，呆了好一會兒，才緩緩拍起手掌，大聲說道：「好！好！」

小虎子往後退出數步，倒持破風刀，躬身向田季安行禮。

田季安嘿了一聲，瞪了黑熊一眼，喝道：「還不快退下，留在這兒丟人現眼麼？」

那大個子滿面羞慚，狼狽萬狀地退出廳去。

田季安轉過頭，直望著大首領，說道：「小孩兒功夫不錯，只是看來下手不夠狠。我讓他去成德，殺了王士眞。辦得到麼？」

大首領微微一笑，舉起茶杯喝了一口，神態悠閒，緩緩說道：「成德節度使王士眞，以軍營戒備森嚴聞名。鎭主打算何時出手？就在今夜如何？」

田季安瞇起一雙細眼，顯得十分驚詫，過了一會兒，才道：「道主說得出『今夜』二字，想必已胸有成竹。好，就是今夜。辦得到麼？」

大首領微笑道：「這要看鎭主願意付多少酬金了。」

田季安挑起眉毛，說道：「你出個價，若辦得到，今夜取來王士眞的人頭，我絕不吝惜！」

大首領舉起五隻手指，說道：「這個數。」

田季安臉上發出紅光，嘴唇顫動，大首領想要的數字顯然遠遠超過他的預料。他考慮了一陣，才道：「若辦得到，這個數我出得起。當眞是今夜？」

大首領道：「就是今夜。若在平日，我可承諾在十日之內辦成此事。我手下須花數日觀察方位地勢，了解目標行住坐臥種種習性，方易下手。倘若如此匆忙，一定得在今夜辦成，那我有一個條件，須得要有個熟門熟路的當地人替天猛星引路，進入成德地域，並指出王士眞軍營所在。」

田季安點頭道：「這不是問題。」當即喚來一個手下。這人一身黑衣，身材瘦小，貌似猿猴，十分精明幹練的模樣。

田季安道：「這是我手下元老六，熟悉成德地形，對王士眞陣營一清二楚，可由他帶領天猛星前去。」轉頭問那元老六道：「此去成德，路程多遠？」

元老六道：「快馬急馳，只要兩個時辰便可進入成德境內。」

田季安又問道：「王士眞軍營戒備如何？」

元老六道：「兵馬森嚴，守衛巡視，晝夜不停。」

大首領微微擺手，似乎毫不在意，問道：「請問元六爺，那王士眞長相有何特徵？」

元老六道：「臃腫肥胖，黑鬚，左邊面頰上長著一顆肉瘤。」

大首領點點頭，說道：「長相容易辨認，那便好辦。」轉頭對小虎子道：「天猛星，鎮主的話你聽見了。限你子夜之前，提著王士眞的人頭回來此地。」

小虎子持刀行禮，說道：「謹遵大首領之命。」

大首領似乎臨時想起一事，轉身道：「天微星，天猛星的馬性烈，旁人不易接近。妳熟悉他的馬，天猛星出手時，便由妳替他照看著馬，等候接應他離開。」

裴若然躬身答應了，心想：「大首領原本便打算要我跟小虎子一塊兒去，確定他能辦妥此事，現下卻裝做是臨時起意，要我去幫忙照料他的馬。」

裴若然眼光望向持著峨嵋刺的侍衛，想從侍衛那兒討回自己的兵刃，轉念又想：「我此時的身分只是個看馬的隨從，何須兵刃？若在此時索討兵刃，只怕會令田季安起疑。」便改變主意，並未開口。

她和小虎子對望一眼，便跟在元老六身後步出大廳，來到門外。三人跨上快馬，往北急馳而去。

元老六一邊騎馬，一邊不時轉頭打量那兩個孩子模樣的「刺客」：一個衣著華麗耀眼，一個衣著簡樸素淨，都不過十幾歲年紀，面貌都還十分稚嫩。他甚感古怪，這兩個少年明明年紀輕輕，舉止怎能如此老成，半點兒沒有少年人任性張狂、輕縱愛玩的神態？

行出百里之後，三人停下休息，坐在路旁打尖。

元老六問小虎子道：「天猛星，你幾歲了？」

小虎子答道：「我將滿十五歲。」

元老六嘿了一聲，說道：「還未滿十五歲！小鬼兒俊俏得很，正是我們鎮主中意的模樣。」

裴若然聽了這話，豎起雙眉，神色冷酷，面對著元老六，微微一笑，笑容中充滿了威脅。元老六不禁打了個冷顫，被她這一笑震懾得不敢再多說，口中嘀咕：「兩個小鬼陰陽怪氣的，鎮主派我帶領這兩個小鬼去成德刺殺王士眞，簡直是開玩笑！」

小虎子和裴若然只裝做未曾聽見。兩人很快便吃喝完畢，催促元老六上馬繼續趕路。

兩個時辰後，三人乘馬來到一條大河的河岸邊上。

元老六道：「這便是滹沱河了。」

小虎子見這條河的堤岸奇石崎嶇，布滿大大小小的洞穴，深淺不一。元老六與岸邊的船夫談了幾句，便催他們趕緊過河。

裴若然問道：「爲何如此著急？」

元老六道：「這滹沱河十分奇特，河水潮汐定時，每回漲潮落潮爲時十五日，一個循環共需一整個月。如今漲潮已然開始了七日，我們得趕緊過橋，不然等潮汐漲滿之後，這條橋就會被水淹沒，過不去了。」

小虎子望向那些河岸上的洞穴，心想：「漲潮之時，那些洞穴想必也會被河水淹沒。」

於是三人一齊下馬步行，走上一條懸掛在空中的竹橋，過了滹沱河，便到了成德境內。元老六顯然是本地人，亮出腰牌，通行無阻，連過了四五個關卡，進入成德鎮。當地和魏博有些相似，只是居民大多膚色黝黑，鬍鬚鬈曲，看來以華胡混種居多。

元老六指著一間占地極廣的屋宇說道：「這就是成德鎮主王士眞的軍營了。據說他所居之處位在軍營的正中央，整間屋子漆成紅色，那便是了。」

小虎子和裴若然互望一眼，裴若然問道：「請問我們的馬應留在何處？」元老六道：「可將馬牽到鎮口的土地廟旁，在那兒等候。」

裴若然道：「甚好。」

她拉著小虎子走出數步，抬頭望向他，問道：「小虎子，如何？」小虎子點了點頭。裴若然看出他心中有些緊張，低聲道：「不必擔心，你一定能將事情圓滿辦成的。我在這兒等你的好消息。」

小虎子吸了一口氣，鎮定下來，望著裴若然，心想：「她生怕我搞砸了，比她自己出手還要著緊。」點了點頭，向她微微一笑，說道：「別擔心。」

裴若然看出他已硬起了心腸，決意要辦好這件事，便也報以一笑。她接過小虎子的馬轡，牽著兩匹馬，對元老六道：「我們去土地廟等候吧。」

小虎子轉過身向那座巨宅的圍牆走去，一閃身，便躍入了圍牆之中。

第四十四章 地獄

當小虎子出現在魏博鎮大樂宮的殿堂上時，時辰還未過三更。

田季安和大首領仍在歌舞宴飲之中，起初並未留意到小虎子走進大門。他逕自走入殿上，將一個匣子放在地上。

正在演奏的歌伎見到那匣子滲出鮮血，染紅了地毯，驚呼一聲，匆匆逃開，其餘歌伎紛紛尖叫奔逃，殿上頓時陷入一片混亂。

田季安立即酒醒了，看清了殿上的小虎子，也看清了他腳邊的匣子，眼睛一亮，高聲叫道：「拿上來！」

一個侍衛奔上前去，捧起匣子，急趨上堂，將匣子放在田季安的案上。

田季安伸手打開匣子，但見匣中放著一顆頭顱，肥胖黑鬍，左頰長著一顆肉瘤，正是王士眞。他喜出望外，伸手去拍打那頭顱，哈哈大笑，說道：「好，好！這混帳的頭顱終究落入了我手中！」

他抬起頭，望見手下元老六也站在殿口，便招手讓他過來，問道：「元老六，事情經過如何？快告訴我！」

元老六呑了口口水，沒敢說話，轉過頭，望向小虎子。

田季安眼光落在小虎子的身上，忍不住讚嘆道：「好一個天猛星！來，小兄弟，請你給我說說事情的經過。」

小虎子神情鎮定，走上幾步，回答道：「啓稟鎮主，我等隨元六爺於傍晚到達成德。他指出王士眞軍營所在，營中戒備森嚴，百餘名侍衛輪流巡視。我尋得王士眞寢房，從屋頂躍入，擊殺房中四名守衛，斬下敵首。得手之後，立即潛出軍營，在鎮口與元六爺會合，上馬疾行，恰恰在滹沱河漲潮之前過了懸空竹橋，快馳歸來，敬告鎮主，大功告成。」

一番話說完，才敲起三更鑼鼓。

田季安長長地吁出一口氣，大笑道：「好，好！殺道出手，果然不同凡響！」轉向大首領，說道：「道主一言九鼎，果然言出必踐！」

大首領拱手道：「鎮主過譽了。」

田季安望著小虎子，說道：「這孩子手段極高明，我想將他留下差遣。不知道主意下如何？」

裴若然聽了，不禁一呆，心想：「田季安果眞如大首領所料，想留下小虎子。」

大首領皺起眉頭，搖頭說道：「鎮主太過抬舉了。敝徒年幼識淺，著實擔當不起鎮主的賞識。」

田季安聽他並未一口回絕，心中大喜，說道：「只要道主願意割愛，多少銀兩我都肯出！」

大首領面露爲難之色，沉吟半晌，才道：「這孩子年紀太輕，歷練不夠，或許讓他留在鎮主這兒，倒能學到一些兒的見識，有些長進。不如這樣吧，我讓他留在鎮主身邊三個月。這三個月中，天猛星任由鎮主差遣，三個月後，便請鎮主讓他自行離去。」

田季安大喜，舉起酒盅，笑道：「道主爽快，田某拜謝了！」兩人各自舉起酒盅，一飲而盡。

裴若然冷眼旁觀，暗想：「大首領之前命我假扮成小虎子的婢女，留在魏博陪伴他，讓他聽從田將軍的指令。魏博這地方龍潭虎穴，絕非善地。小虎子獨自一人，想必險象環生。大首領要我跟著留下，顯然意在讓我觀察留意他的情況，在旁協助保護。」

田季安喝了一口酒，睜著一雙細眼瞄向大首領，又道：「三個月也有三個月的價錢。道主，田某公平交易，絕不占人便宜。你還是開個價吧！」

大首領微微一笑，說道：「鎮主對本座信任有加，多年來賜給本座無數筆大生意，獲利不可謂不多。看在這段交情之上，我就白借天猛星給鎮主三個月也無妨。」

裴若然又是一怔，心中疑惑：「大首領怎可能白借小虎子給別人？」她隨即明白：「是了，代價當然是有的。代價就是田季安的命！」

她偷偷望向小虎子，但見他微微皺眉，神色顯得甚是疑惑，她心想：「他一定想不到這些背後的陰謀詭計。我該不該讓他知道？又該如何向他解釋？」

田季安聽說自己可以白白借用一位高明的殺手，只樂得闔不攏嘴，顯然並未深思隱藏在其後的陰謀，伸手拉住了大首領的衣袖，親切熱絡地笑道：「道主，你眞夠朋友！田某再敬你一盅！」

大首領微笑著，又喝了一盅。

裴若然心想：「田季安已喝得醉了，又被王士眞之死樂昏了頭。我若是一方鎭主，便不會讓一個來歷不明的殺手留在我身邊。別說三個月，一日也不敢多留！」她又想：「大首領蓄意挑了小虎子帶來此地，想必因爲他樣貌俊逸，老實誠懇，看上去絕對不似奸險陰毒之人。加上小虎子年少，不會讓人生起防範之心。大首領故意安插一個弟兄在田季安身邊，將來好輕易奪取田季安的性命，果然深謀遠慮。」

但見田季安笑著道：「來人！快帶天猛星小兄弟下去，好酒好食款待。」幾個侍衛應了，便將小虎子領了下去。

裴若然仍舊站在大首領身後伺候，頷首斂眉，仔細留意兩人的言談和四周的動靜，直到田季安醉倒，不省人事，曲終人散，筵席結束爲止。

當日夜裡，大首領叫了裴若然來到他屋中，問道：「妳明白自己的任務了麼？」

裴若然有些疑惑，說道：「大首領的意思，是要我留下來協助天猛星完成任務麼？」

大首領露出微笑，點頭道：「不錯。這正是妳的任務。然而天猛星的任務卻是什麼？」

裴若然抬頭望向大首領，提起手掌，橫在自己的頸際，口中卻道：「天猛星的任務，自然是遵從大首領的指令，忠心服侍田鎭主，直到三個月結束。」

大首領見她明白自己的心意，撫掌大笑，說道：「不錯！好極，好極！正是如此。」

裴若然知道自己猜想無誤，點了點頭。

大首領道：「這個簡單。我明兒就跟田鎮主說明妳是天猛星的婢女，會留在這兒照應他的生活起居。龐五也留在這兒，替天猛星照看馬匹。我們殺道殺手與眾不同，自然需要有數名侍者跟隨服侍。」

裴若然心中明白：「這是大首領的另一著棋，默默安插了兩個殺手在田季安的身旁，一個在明，一個在暗。小虎子倘若失敗了，還有我在旁接應，替他完成任務。」當下應道：「是，天微星明白了。」

大首領擺擺手，說道：「我明日便離去了。三個月後見。」

裴若然見大首領交代完畢，便行禮告退，心頭不禁甚感惶惑。她明白大首領離開之後不久，便將傳回密令，讓小虎子出手刺殺田季安。而田季安死後，她和小虎子將如何平安逃出魏博鎮，回到如是莊，那就完全看他們自己的本領了。

裴若然才走到門口，忽覺門外傳來一陣陰森的殺氣。裴若然一驚止步，低聲道：「有人！」

大首領點點頭，說道：「天微星，開門迎客。」

裴若然只能硬著頭皮，上前開了門。但見一團暗紅色的人影靜靜地站在門外，臉上蒙面，雙眼直望向大首領，陰森森地道：「魏博的生意是血盟的，無恥殺道，竟敢不顧規矩，橫刀搶奪！」

大首領安坐屋中，輕哼一聲，似乎不屑一顧，說道：「血盟的小角色，也敢來跟我囉嗦？」

門外那團暗紅影子低吼一聲，猱身衝上，從袖子中揮出一柄形狀詭異的兵刃，直往大首領的咽喉割去，出招極為快捷狠辣。

裴若然一驚，想衝上阻止，手上卻沒有兵器。正慌亂間，但見大首領安坐不動，等那團紅影來到身前一尺時，忽然右掌疾出，奪下了對手的兵刃，接著揮出左掌，打向那團紅影的臉面。只見大首領的掌心一片深藍，散出一股腥臭之味。裴若然心中一驚，立即屏息後退數步，那團暗紅影子驚呼一聲，想要後退，卻已不及，大首領這掌正正打在他的臉上。

那人慘叫一聲，仰天跌倒在地，雙手摀著臉面，口中荷荷而叫，卻已發不出聲音。裴若然看得清楚，那人被大首領左掌接觸到的肌膚登時轉為藍色，快速潰爛，不多久便只剩下眼眶中的眼珠，幾乎跌落出來。

裴若然直看得毛骨悚然，驚懼無比，暗想：「這是什麼武功？大首領手掌中藏了何種劇毒，竟如此厲害！大首領身上不帶兵器，原來他身懷這等詭異武功，自然不需攜帶兵器了。」

大首領好整以暇地站起身，左手攏在袖子中，右手從懷中取出一只金色小瓶，用指甲彈開瓶蓋，在那蒙面人身上傾倒了一些粉末。那蒙面人的身子頓時發出嗤嗤之聲，冒出縷縷白煙，漸漸縮小，最後化成了一灘深色的血水。

裴若然吞了口口水，腹中翻騰欲嘔，只能勉強忍住，完全說不出話來。

大首領望了她一眼，微笑道：「天微星，今日算妳走運，讓妳見識到我們殺道三項祕傳絕技中的兩項：腐屍掌和化屍粉。」他將那金色小瓶托在手中，說道：「這便是化屍粉，能在幾瞬間將屍體化爲烏有，妳親眼見識到了。」

他又伸出左手，掌心中仍是一片深藍色，說道：「這門功夫叫做『腐屍掌』，我的手掌只消碰觸到對手的肌膚，對手便會立即血肉潰爛而死。」

裴若然心中震驚，忍不住好奇，問道：「大首領說殺道有三項絕技，那麼第三項是什麼？」

大首領饒有趣味地望著她，說道：「那第三項最爲厲害，稱爲『殭屍散』。那是一種無色無味的毒藥，隨風傳散。中者全身僵硬，嘔血不止，瞬間便成爲一具殭屍。腐屍掌和殭屍散都沒有解藥，中者立斃。這三項絕技，向來僅由道主保有。」

裴若然點點頭，心想：「只由道主保有，因此足以震懾其他道友。」她望了望地上的那灘血水，又問道：「請問大首領，血盟是什麼？」

大首領點點頭，似乎頗贊許她有此一問，望了望手中那柄形狀詭異的兵器，說道：「血盟乃是殺道的大對頭。殺道成立在先，血盟成立在後。血盟人數雖少，近來也幹了不少轟轟烈烈的案子。血盟盟主人稱『血居士』，號稱天下第一殺手。」

裴若然心想：「原來除了殺道之外，還有其他的刺客流派。」又問道：「我們留在此地，需防範血盟再次來尋釁麼？」

大首領揮揮手，說道：「不必擔心。我除掉了這個血盟中人，明日便將他的兵器送還血盟。血居士知道是我出的手，絕對不敢再來找麻煩。」

裴若然口中稱是，卻始終難以放心。

當夜她回到房中，躺在床上，無法入睡。她從未見過「腐屍掌」如此恐怖的功夫，心想：「殺道中還有多少我沒見過的祕傳殺術？大首領這一招委實恐怖至極。他保留這些高明殺術，並未傳給我們這些年輕弟兄，想是藉以震懾控制我們。小虎子即使內外功夫極高，卻也敵不過這等殺人於無形的毒術。」

她又想起自己的任務和小虎子留在魏博的挑戰，心中擔憂不已。她知道兩人的命運將在未來的三個月中決定：小虎子得辦成第三關的第一件任務，而她得向大首領證明自己是個得力的手下，是個能夠辦好事情的執事，往後才能在殺道中站穩了一席之地。

裴若然躺在黑暗之中，思前想後，明白了一件事，魏博這一趟任務，自己應能輕易全身而退，但小虎子乃是人人注目的殺手，一旦下手殺了田季安，要全身而退便絕非易事。她的任務，究竟應以幫助小虎子刺殺田季安為先，還是以幫助小虎子逃脫為先？如果無法保得小虎子的平安，她算達成了大首領的測試麼？

次日清晨，裴若然一早便起身，在大首領房外等候。大首領見到她，並沒有說什麼。用過早膳後，大首領便去向魏博鎮主田季安辭別，獨自啓程南歸。

裴若然眼見大首領不再給她任何指示，明白他意在讓自己獨當一面，懂得隨機應變，當機立斷，但內心仍不免十分徬徨。

當日裴若然便搬去小虎子的居處住下，好就近照料他。離小虎子近了些後，她的心情也稍稍平穩了些。然而她還未與小虎子說上什麼話，田季安便已差手下隨從來請天猛星去相見，說有要事商量。

小虎子顯得有些驚惶，問道：「他要找我去商量什麼要事？」

裴若然安慰他道：「別擔心，大首領剛走，田鎮主見身邊多了一個可以任意差遣的殺手，想必感到新鮮，特意找你去說說話，探探你的底細。他此刻應當沒有什麼正事要交給你辦，不必擔心。他問你什麼，簡短如實回答便是。」

她想了想，又低聲道：「你過往家中之事，當然不能說出，就說你是出身長安的街頭乞兒好了。」

小虎子點了點頭，說道：「妳不跟我一起去？」

裴若然聽出他言語中的惶恐依戀之意，微微搖頭，說道：「我留在這兒，是爲了服侍你起居，鎮主叫你去商量事情，我怎好跟去？」

這時田季安派來的隨從在門外高聲道：「鎮主命備馬，天猛星的馬伕在此麼？」

裴若然便去喚龐五過來，請他備好鞍轡，隨小虎子同去。

小虎子穿著一身大紅衣衫，耀眼奪目，騎在那匹胡馬身上，更顯得英姿颯爽，風采照人。裴若然看在眼中，卻只感到一陣揪心的憂慮和難受。

小虎子和龐五跟著田季安的侍從離去後，裴若然便留在房中等候，心中的焦慮如慢火一般，愈燒愈難耐。她知道自己可以跟去探視小虎子的情形，但此時身處敵營險地，她扮演的又是地位低下的婢女，若被人見到她四處亂走，識破身分，或生起疑心，可就壞事了。

於是她耐心在房中等候，先將房中打掃了一番，看遍了房中各種擺設；之後又去房外的小庭院中灑掃，將周圍的地勢方位看得仔仔細細，摸清了幾條可供逃脫的路線，這才回房，繼續等候。

小虎子這一去，卻直到深夜三更過後才歸來。

裴若然連忙出門迎接，說道：「你回來了。」她聞到小虎子身上傳來濃厚的酒味，微微皺眉，說道：「先洗把臉，快躺下歇息。」轉身取過一盆熱水，捧上一條毛巾，給小虎子洗臉，低聲問道：「你還好麼？」

小虎子沒有回答，接過毛巾洗了臉，躺倒在榻上，吐出一口長氣。

裴若然在燭光下見到他的臉面，但見他毫無血色，雙眼緊閉，不言不動，心中知道事情大大地不對頭了，低聲道：「你衣衫全被汗水浸溼了，快換件衣衫再睡。」

小虎子始終未曾出聲，任由裴若然將他拉起，替他脫下溼透的衣衫，換上乾淨的衣衫，扶他躺倒，替他蓋上棉被，好似個布娃娃一般。

裴若然知道小虎子並非故弄玄虛，或是蓄意對己冷淡，他定然遭受到了十分重大的打擊，才會變成如此模樣。往年小虎子每回下山辦事，不管遇到如何慘烈的情事，他總會來到裴若然的房中哭訴一番，紓解心中痛苦悲憤。然而這回他竟然一言不發，面色發青，加上滿身酒氣，她知道事情定然比她想像得還要嚴重許多。

她心中忐忑，熄燈之後，便來到小虎子身邊坐下，伸手輕輕撫摸著他的臉頰，低聲道：「睡吧，有什麼事兒，明日再跟我說。」

小虎子忽然全身劇烈抽搐起來，裴若然嚇了一跳，趕緊坐起身，問道：「你沒事麼？」

他猛然坐起身，彎腰欲嘔。裴若然連忙拿起一旁的便壺，承接他嘔出的穢物。小虎子嘔了又嘔，直將肚中黃水都嘔了出來，腹中再無他物，才終於停下。

裴若然將便壺放到門邊，取過熱毛巾替他擦臉，感到他額頭冰涼，又見他眼中布滿了血絲。她一摸他的手，他的手掌也是一片冰涼。

裴若然心中擔憂，低聲道：「小虎子，你說出來，或許會好過些。」小虎子不斷搖頭，臉色難看至極，雙手抱頭，始終不肯言語。裴若然勸慰了許久，小虎子仍舊縮成一團，不言也不動。

裴若然無法之下，只好出屋去尋龐五。

龐五的住屋就在隔壁，屋中燈光尚未熄滅。裴若然輕輕敲門，裡面傳出腳步聲響，門開一縫，龐五的臉露了出來，說道：「是妳。這麼晚了，什麼事？」

裴若然輕輕推開房門，閃身進屋，低聲問道：「龐五，你告訴我，今晚發生了什麼事？」

龐五關上房門，請她坐下，自己也坐了，靜了一陣，才道：「這等事情，在藩鎮之中十分常見，只是天猛星從未見過，不免受到驚嚇。」

裴若然聽了，心中甚感不祥，問道：「究竟發生了什麼事？」

龐五摸著頦下粗糙的鬍鬚，緩緩說道：「北方藩鎮地帶，數十年來不受朝廷節制，民風剽悍，各自爲政。鎮主統治鎮民，也只懂得用嚴刑竣法。鎮中上至武將官員，下至平民百姓，皆須膜拜安史四聖，堅決反抗長安朝廷。若有人不拜四聖，或對朝廷表現得稍稍忠順一些，動輒全家遭到殺戮。」

裴若然嗯了一聲，心想：「我知道四聖，卻不知道什麼是『安史四聖』。」她將情勢想了一遍，漸漸明白：「藩鎮主割地稱王，自然想永遠脫離長安朝廷的掌控，因此鼓勵治下人人對朝廷反叛到底。然而他們鼓動人民反叛朝廷，自己卻不願被強悍的手下給推翻，因此只能嚴厲統治，動輒殺人全族，令屬下恐懼戰慄，乖乖聽命。」當下問道：「今日鎮主對哪一家下手了？天猛星動手了麼？還是在旁觀看？」

龐五聽她口氣平淡，說起一樁滅門慘案卻若無其事一般，不禁微感驚訝，回答道：「田鎮主手下有個叫衛敬忠的將軍，曾經被派去長安送信給皇帝。他在長安時大約受到朝廷招降，收了賄賂，回來後不斷與長安暗中通信，密報魏博的兵力情勢。前一陣子他的密信被田季安截到了，田季安遂決定今日出手收拾他。」

裴若然點點頭，說道：「鎮主想必大開殺戒，好殺雞儆猴。」

龐五道：「正是。今日他特意帶了天猛星去，就是想讓他瞧瞧自己的手段。田鎮主帶領了上千兵馬，團團包圍住衛將軍府。衛將軍自知無法抵抗，只得開門投降。田季安便將衛家老少、僕從婢女、士兵侍衛全都綁了起來，排排站在府外，這時前來圍觀的民眾總有數千人。田季安先讓衛將軍手下的士兵和侍衛一一出來，空手與自己持兵器的屬下打鬥；衛家士兵自然不敵，一一被殺死，血流滿地，屍體就扔在一旁，堆積如山。之後田季安開始對衛家的僕從婢女動手，這些人不懂得武藝，打鬥沒有看頭，田季安便乾脆將男的全數斬首，直斬得十幾柄刀的刀鋒都鈍了。他將衛將軍綁在一根柱子上，親眼看著他的手下如何一一酷刑伺候對付衛家的男女老少，接著殘酷殺死，最後只剩下衛將軍一人。」

裴若然只聽得毛骨悚然，心想：「小虎子今日見到的情景，只怕比谷中的第二關還要殘酷百倍。難怪他回來後不言不動，整個人有如傻了一般。」

她吸了一口氣，低聲道：「原來如此。」

龐五望了她一眼，心想：「天猛星受不了這等慘狀，若換成妳一個嬌滴滴的小女娃兒，想必更會嚇得當場昏倒！」他撇嘴笑了笑，語帶譏嘲地道：「南方來的，沒見過這等場面，自不免受到驚嚇了。」

裴若然聽了，心中暗暗惱怒，臉上神色不改，鎮定自如，微微一笑，淡淡地道：「我明白了。多謝告知。」起身行禮，告退出去。

龐五見她冷靜自持，更感驚訝，送她出門時，神色便不由自主地恭謹了些。

裴若然回到小虎子的房中，關上了房門，但見他仍在榻上縮成一團，身子不斷發抖。

裴若然在他身邊坐下，輕輕撫著他的肩頭，低聲道：「沒事了，我都知道了。」

小虎子並未回應。

裴若然伸臂將他摟在懷中，低聲道：「這兒不是人住的地方，是十八層地獄。小虎子，我們曾一起去過地獄一趟，如今又來到了另一個地獄。當年我們不是一起逃出了那個地獄麼？如今我們一定也能夠逃出去的。小虎子，你睜開眼睛，看著我。」

小虎子終於緩緩抬起頭，睜眼望向她，忽然如堤防崩潰一般，陡然痛哭失聲。

裴若然見他終於哭出聲來，這才放下心，緊緊地抱住他，輕撫他的背心，說道：「在山谷中那時，我也曾完全絕望，也曾接近瘋狂，你記得麼？任何人在痛苦絕望之中，都會崩潰的。我明白你此刻的感受。但是你千萬不要忘記，我們終究能夠離開這兒，離開地獄，回到人間。你相信我！那年冬天，我們在那山谷中待了足足三個月，當時連能否離開都是未知數，但我們畢竟撐到了最後。如今我們已然知道，待在這個地獄的期限只有三個月，那還有什麼好擔心的？田季安這人再殘忍瘋狂，也不關咱們的事。他在這地方便是皇帝老子，愛怎麼殺人便怎麼殺人，北方這許多藩鎮數十年來都是如此，鎮主掌控生死，無法無天。這並非我們所能改變的。」

小虎子哭了一陣，才哽聲道：「他是瘋子魔鬼便罷，我卻為何得眼睜睜地看他殺人如麻，血流滿地？我真希望田季安就此消失，衛家那些人便可以少受點折磨！」

裴若然心中一動，暗想：「小虎子已有刺殺田季安之心，那是再好不過。當他需要真正出手時，事情便容易許多了。」當下說道：「你說得對。田季安這人該死。他故意在你面前展露殘忍手段，你想是爲了什麼？自然是爲了嚇唬你，藉此懾服你。他自然知道，你一個十幾歲的少年，絕對未曾見過這等血淋淋的場面。他見到你害怕難受，心裡頭正得意呢。別擔心，就讓他得意去，讓他以爲你眞的被他嚇倒了。小虎子，我們出身石樓谷的弟兄，什麼場面沒有見過？要比心狠手辣，誰比得過我們？總有一日我們會讓田季安知道厲害。他嚇不倒我們，我們卻嚇得倒他！」

裴若然這番話說得慷慨激昂，小虎子聽了，終於止了淚，深深吸了一口氣，低聲說道：「三個月。」

裴若然點點頭，堅定地道：「不錯，就三個月！三個月過去，我們便能離開這鬼地方了。何況這三個月中，還有我陪伴在你身邊。」

小虎子似乎安心了一些，點點頭，又道：「三個月。」

裴若然接口道：「不錯，三個月後，我們一起離開這兒，再也不回來了。」

小虎子喃喃地道：「再也不回來了。」他說了這句話後，心中似乎好過了一些，重新躺下，閉上了眼睛。

裴若然臉上雖帶著微笑，心中卻越發焦慮。她雖勉強安撫了小虎子的情緒，卻知道未來這三個月定然萬分難熬。田季安殘虐狂暴，是個危險之極的人物；她和小虎子不過是兩個十來歲的少年少女，如何能與田季安相鬥抗衡？又該如何出手刺殺他，之後安全逃離魏博，回到石樓山？她雖出言安慰小虎子，說三個月後他們便能一起離開，其實她未曾說出的眞相是：她自己大可全身而退，而小虎子的處境卻極度危險，生死難料。

這些話裴若然當然不能跟他說，只能暫且深深藏在心底，過一日是一日。今夜算是度過了，但面前還有八十多個日子要度過。她也只能如此安慰自己：「如果我和小虎子、天殺星能夠撐過石樓谷的那個冬天，能撐過殘酷險峻的第二關，世間還有什麼撐不過的痛苦難關？」

第四十五章 成德

次日早上田季安並未再找小虎子去，小虎子的精神略略恢復了些，不再嘔吐，能夠在屋中行走，在裴若然的勸說下，吃了些清淡的米粥。

裴若然怕他回想起昨日的慘況，便要他留在屋中練功，先打坐調息，再練拳腳兵刃。她擔心被人見到，不敢出手跟他對打，只坐在一旁觀看，低聲指點。

當日傍晚，田季安派手下來請天猛星，告知鎮主正宴請手下大將，邀請天猛星赴宴。

裴若然聽聞後，對小虎子道：「田季安昨日大開殺戒，手下將領想必個個戒慎恐懼，人心惶惶。他今日設下宴會大請手下將領，我猜想應有兩個目的：一個是宣告衛將軍的罪狀，以儆餘人；二是安撫手下，讓他們繼續對自己效忠。他邀你出席，只不過是為了向手下示威，讓手下知道他身邊有個來自殺道的厲害殺手，誰若敢露出一絲反叛不服之意，他便可隨手除去叛徒，沒有人能逃得過。」

小虎子點點頭，說道：「因此我只需坐在那兒便是。」

裴若然道：「應是如此。我猜想田季安可能會讓你略顯身手，嚇唬嚇唬他的手下。你就盡量施展身手罷了，不必擔憂。」

小虎子聽了，略略放心，便單獨去赴宴。

裴若然等了半個時辰，便偷偷離開住處，來到宴會廳外探視。但見廳中聚集了數百賓客，宴會正酣，她見到小虎子坐在田季安身側，面色沉肅，默默飲酒，心想：「最好小虎子什麼也不必說，什麼也不必做，只需坐在那兒，便足以震懾田季安手下的將士了。」

她觀察了一陣，不見有異，略略放心，便潛出大樂宮，打算到城中探訪一番。

她施展輕功，躍過宮牆，穿過幾條巷道，卻見鎮上一片死寂，杳無人跡。

她甚感驚訝，暗想：「我前日來到魏博，見到市面繁榮，路上行人摩肩接踵，好不熱鬧。怎地還未入夜，大街上便連一個人影也沒有了？」

她小心隱藏在暗處，不讓人見到。觀察了一陣，只見街道上不時有士兵持著刀槍來回巡邏，卻不見半個平民百姓。她知道自己若貿然出現在大街上，目標太過明顯，一定會被人發現，只好趕緊潛回大樂宮。

隔日，裴若然閒閒向龐五問道：「龐五，我今晚想出宮去逛逛，透透氣，看看市面上有什麼好玩好買的。你說好麼？」

龐五連連搖頭，說道：「那可不行！這兒有宵禁，晚上怎能出去？」

裴若然裝出吃驚的神情，說道：「宵禁？什麼是宵禁？」

龐五道：「就是禁止百姓夜晚時離開家門，在街上遊走。」

裴若然問道：「卻是爲何？」

龐五摸著鬍子，說道：「藩鎮地區向來如此，嚴禁百姓夜晚出來行走。天一黑，路上便不能有人行走，否則便是死罪。這還不是最嚴重的；這兒也禁止百姓聚集偶語，誰若敢聚在什麼地方竊竊私語，不管你是在寺廟裡也好，大街上也好，在自己家中也好，也不管你說的是張家長還是李家短，若有人告發，立即便是死罪。」

裴若然嗯了一聲，心想：「北方藩鎮瘋狂嚴厲之處，委實令人難以想像。」她被大首領道擄走之時，年紀還十分幼小，對本朝史事所知不多，在石樓谷和如是莊中與世隔絕，這北方藩鎮更是重武輕文之地，連書籍都很少，識字的人更加稀少，自也沒有什麼史書可供她查考。她極想知道關於四聖的事情，只好向龐五探聽，問道：「請問，四聖究竟是什麼人？」

龐五似乎甚感驚訝，說道：「妳不知道四聖是誰？」

裴若然搖了搖頭，說道：「弟兄們在石樓谷中時，每日清晨都崇拜四聖，卻從未有人告訴我們四聖是誰。」

龐五摸摸鬍子，說道：「我所知也不多，便跟妳說一說也不妨。所謂『四聖』，供奉的乃是安祿山、史思明、安慶緒和史朝義。這兩對父子在六十多年前發動了『安史之亂』，打進長安，不但逼得大唐皇帝逃去蜀地，更將整個大唐王朝弄得天翻地覆，從此國勢大衰。」

裴若然道：「原來如此。」

龐五又道：「自安史之亂以來，北方各節度使擁兵自重，各自爲政，想順就順，想反就反，再也不聽朝廷的指令。藩鎮首領大都是北方胡人，對安史父子尊敬推崇，盡力仿效，因此勒令當地百姓供奉崇拜『四聖』，將四人當成神明菩薩一般膜拜不已。五十多年過去，經歷了至少兩個世代，在藩鎮地區出生長大的百姓自然只知有『四聖』，不知有大唐天子了。」

裴若然點了點頭，說道：「多謝告知。」她對藩鎮地區的風俗民情認識漸深，心想：「藩鎮地方古怪已極，不可以常理度之。我們在這兒待的時候愈短愈好，不然別說小虎子，只怕連我也會一塊兒發瘋。」

她一心早日逃離此地，於是便開始著手勘查大樂宮的方位以及魏博的地形。她身為殺手天猛星的「婢女」，大樂宮中人不清楚她究竟有何職責，都對她側目而視，敬而遠之。她便也整日留在住處，深居簡出。小虎子在時，她便服侍陪伴他；他不在時，她便一個人留在屋中，假做縫衣納鞋。其實她從來也不會做這等針線活兒，這時也只是裝模作樣一番。旁人見她總是房門緊閉，便也不敢打擾。她往往趁夜出門探勘，將大樂宮走遍了，何處有守衛巡邏、何處設有暗哨，她都調查得一清二楚。

裴若然摸清了大樂宮的方位守衛之後，便開始出宮探查，起先是觀察宮外的守衛輪班，之後開始勘查離開宮牆十餘丈外的守衛崗哨，之後再探究離開魏博的道路和各地的關卡守衛，試圖找到一條可以逃離魏博鎮的路徑。她輕功高明，身手巧捷，人又極為警覺精明，夜夜出去探訪，始終未曾被人發現。

小虎子自然知道她每夜外出探訪，有一回便問她道：「六兒，妳夜夜出外，都探查到了些什麼？」

裴若然道：「魏博鎮主情勢不穩，我擔心這兒隨時會出事。一旦出事，你我便須立即走避，遠離災難。因此我想弄清楚地形，找到一條穩妥的逃脫路徑。」

小虎子微微揚眉，問道：「妳認爲會出什麼事？」

裴若然道：「很多事都有可能，刺客，外敵，將叛，兵變。」

小虎子聽了，若有所思，點了點頭。

此後每當田季安夜晚不設宴時，小虎子便也穿上夜行衣，潛出住處，趁夜勘查地形。裴若然知道他身手高明，不會出什麼差錯，便也不過問他都去了哪兒。但是她在暗中觀察，知道小虎子往往來到田季安的居處左近，留心觀察探訪田季安的起居作息，尤其是田季安每夜留宿之處。裴若然心中雪亮，知道小虎子留心田季安的寢房，表示他已有心刺殺田季安。她暗暗感到寬慰，但卻克制自己，一句話也未曾多說。

十餘日過去了，這日田季安派人邀請天猛星去吃茶，說要跟他閒談。裴若然聽說既不是宴飲，也不是派天猛星出手去辦什麼事，與小虎子討論之後，便決定跟隨前去瞧瞧。

兩人來到田季安的廳堂，見到田季安坐在堂上，那美少年「少宮主」跪在一旁伺候，輕輕地替田季安搥腿。少宮主抬頭見到小虎子，微微一笑，顯得十分親和友善，尖聲說道：「天猛星，你來啦！」當他見到跟在小虎子身後的裴若然時，頓時收起笑容，轉過頭去，臉上露出不屑之色。

裴若然心中一凜，暗想：「他爲何對我心存敵意？莫非他對小虎子有意？還是因爲他身為鎮主的男寵，見到別的婢女跟在天猛星身邊，便起了較勁的心思？」

她一時也想不明白，只垂首低眉，恭敬地向田季安和少宮主行禮，退在一旁，心想：「我已勘查了大樂宮的方位和守衛，下一步得用心弄清楚田季安身邊的人事和手下。」

田季安見小虎子帶著婢女來，並沒有說什麼，只擺手讓他近前，坐在自己身邊，命手下奉茶上來。裴若然和那美少年一般，跪在小虎子身邊服侍。她放眼望去，見到堂上還有四位將軍，都是田季安的親信。這四人她都曾見過，知道他們大多儒弱順從，才能在田季安手下活到此時。其中一人年紀較大，頭髮花白，她認出是田季安的叔叔，名叫田興。她曾聽龐五說起過，這人性情寬厚平和，在藩鎮將軍之中算是較為溫和正常的。

田季安喝了一口茶，說道：「天猛星，你知道麼？成德節度使王士眞遭人刺殺後，他的長子王承宗便立即自稱留後，掌握了成德兵權。」

小虎子對這些權力傾軋既不懂得，也毫無興趣，只簡短答道：「是。」

裴若然暗暗皺眉，心想：「莫非他想派小虎子去成德，去將王士眞的兒子也殺了？」

田季安望了望堂上的四名將軍，又道：「王承宗這小子乳臭未乾，什麼事都不懂，生怕自己的位子坐不穩，竟然把德州和棣州拱手獻給了朝廷。我得知之後，立即派人去罵了他一頓，告訴他此舉有多麼愚蠢，他才後悔，聽了我的話，將德州刺史薛昌朝給囚禁了起來。」

眾將軍都唯唯稱是。

裴若然心想：「王承宗對田季安竟如此言聽計從，想必不知道派遣刺客暗殺他父親的人，正是田季安。」

田季安道：「皇帝要他放了德州刺史，他不肯放，皇帝便削了王承宗的爵位，還派了二十萬軍隊征討成德，又命盧龍節度使劉濟出兵攻打。王承宗怕了，派人來求我出兵相助。諸將，你們怎麼看？咱們該不該出兵相救？」

裴若然在旁聽著，心想：「你和王士真乃是宿敵，才會派小虎子去刺殺他。如今你又怎會出兵相助王士真的兒子？這提問背後一定有詐。是了，他一定早有主意，眼下不過是逼手下將軍表態。」

那四個將軍互相望望，一個黑瘦老將當先開口，說道：「成德乃我鎮世敵，數代深仇，難以抹滅。如今皇帝出兵討伐成德，那是他們自作自受，最好被皇帝軍隊掃蕩殆盡，片甲不留。我等豈有出兵相助之理？數年前成德軍隊與我鎮爭奪地盤，殺我士兵百姓無數，血海深仇，魏博士兵絕難忘懷。若要派士兵去相助成德，只怕激起兵變！」

這話一說，其他將軍都嗡然議論起來，紛紛表示贊成。

另一個白臉將軍朗聲道：「成德多年來與我魏博爭搶地盤，十分難纏。依我說，就趁這個機會派兵去，且莫急著幫他抵擋皇帝軍隊，先割占他幾塊地，一吐惡氣再說！」

第三個肥壯的將軍則道：「我們不如跟皇帝軍隊聯手，將成德掃平了，再跟皇帝老子說，成德這塊地歸我們魏博掌領！」

田季安聽了，不置可否，眼光望向最後一個將軍。

最後那個將軍正是田興。他摸摸花白的鬍鬚，說道：「鎮主見識高超，高瞻遠矚，遠勝我等屬下，運籌帷幄之中，向來決勝千里之外。至於成德此刻的情勢，局勢複雜多變，先是王士眞受刺，跟著王承宗襲位，與皇帝大起衝突。我鎭若出兵襄助，有其利，亦有其弊。不出兵的話，也有利弊得失。鎭主燭照千里，心中早有定見，何須我等多做揣測，紛擾囉嗦？」

田季安聽他不肯表態，模稜兩可，嘿了一聲，說道：「叔叔何妨一抒己見？」

田興想了想，才道：「啓稟鎭主，依愚叔所見，上天有好生之德，干戈殺伐，若不必爲，便不應爲。成德主動挑釁朝廷，原本與我鎭無關。倘若貿然出兵襄助，令本鎭捲入長年爭戰，而其中並無大利可圖，愚叔以爲並非明智之舉。」

其餘三個將軍聽了田興的意見，有的支持，有的反對，議論紛紛，聲音愈來愈大，幾乎吵了起來。

裴若然心想：「這田興油滑得很，滿口奉承，就是不肯說出自己意見。但他持言平和，倒也並非奸佞之輩。」

她耳中一邊聽著將領們討論，一邊將局勢想了一遍，伸手輕拍小虎子的肩頭，在他身後低聲說出了她的想法。小虎子並未回頭，只默然而聽，微微點頭。

田季安聽完了四位將軍的意見，舉起手，讓四人靜下。他忽然轉向小虎子，問道：「天猛星，你倒說說，我該不該出兵幫助王承宗？」

裴若然向小虎子使了個眼色，他倆何等親近熟稔，小虎子一見到她的眼色，便明白她的意思，裴若然要他將她方才所說複述出來。

小虎子當下假裝想了想，才道：「鎮主命屬下刺殺王士真，想必因為不願見到王士真勢力坐大，持續與本鎮爭奪地盤。如今王士真的兒子繼位，將兩個州送給了朝廷，又引得皇帝派軍隊攻打，狼狽之極。這王承宗想來是個頭腦簡單、容易操控的傢伙。鎮主若想讓他繼續做這成德鎮主，繼續與朝廷作對，好藉機擴張魏博的勢力，不如便出兵幫他一幫。」

裴若然屏住氣息，不確定自己教小虎子說的這番話究竟是對是錯，田季安又會如何反應。

不料田季安聽了之後，雙眼發亮，坐直了身子，一拍大腿，說道：「天猛星，你真的只有十四歲？」語氣中顯然對天猛星的這番話極為讚賞。裴若然聽了，這才暗暗鬆了口氣。

小虎子點點頭，說道：「回鎮主的話，屬下確實十四歲。」

田季安捋鬚大笑，對手下將領們說道：「你們聽聽，一個未滿十五歲的小孩兒，見解竟如此高明！可把你們這群腦滿腸肥的豬頭全給比下去了！」

眾將軍臉色尷尬，但仍趕緊滿口恭維，隨著田季安一起讚嘆天猛星天縱奇才，英雄出少年云云。

田季安不斷點頭，說道：「天猛星這番話，說到了我心坎裡。我正想出兵去相助王承宗。我聽聞消息，說盧龍劉濟正率領軍隊攻打成德，更派出刺客意圖刺殺王承宗。軍隊那兒，我自會派手下將軍前去攔阻；刺客那兒，卻須請天猛星出手了。」

小虎子不禁一怔，心想：「原來他竟想派我去攔阻盧龍派出的刺客，保護王承宗！我才剛刺殺了王士眞，現在卻要保護他兒子不被刺殺，豈不諷刺？」心中甚感荒唐無奈，暗想：「罷了，罷了。只要能離開魏博這鬼地方就好，管他要我去做什麼！」

他定了定神，開口說道：「鎭主有命，屬下自當遵從。屬下這就去成德，盡力保護王承宗，令刺客無法下手。」

田季安點頭道：「甚好。然而我這兒也不能少了你，因此你不能離去太久。我請你保王承宗十日，十日之後，我的軍隊便會到達成德，那時你便可以回來了。」

小虎子問道：「不知盧龍劉濟派了什麼人出手刺殺王承宗？」

田季安摸著鬍子，說道：「今日天下殺手，大多出自殺道、血盟。我猜想盧龍劉濟聘的不是殺道的刺客，便是血盟的手下。」

小虎子曾聽裴若然說過「血盟」中人偷襲大首領之事，心中一跳，知道血盟乃是殺道最大的對頭，彼此爭勝，互不相讓。他想了想，說道：「啓稟鎭主，倘若盧龍派出的殺手來自殺道，屬下可不能與本道中人作對，出手攔阻。」

田季安搖頭道：「這不打緊。你們道主臨走之前，特意向我保證，這三個月中你只需聽我指令，就算我的命令與殺道有任何衝突，他都不會計較。他留給你的指令，不正是要你一切聽從我的命令麼？」

小虎子臉上露出爲難之色，心想：「大首領確曾這麼說過，但是若我出手攔阻殺道中人，大首領日後若追究起來，可就難辦了。」

田季安笑道：「你不必擔心。你們道主早就預料到可能有此情況，因此在我這兒留了封信。你看看吧。」說著遞給他一封黃紙，上面寫著一行字：

「天猛星留居魏博期間一應遵從田鎭主指令不可違背即與殺道相忤亦須遵從」

小虎子曾在山壁上見過大首領的留字，認得出是大首領的字跡，心底頓時勾起了那段不愉快的回憶，只能勉強克制，點了點頭，說道：「屬下明白了。屬下今日便啓程。」

田季安笑道：「好極。」瞥了裴若然一眼，說道：「你這婢女帶不帶去？」

小虎子微一猶疑，隨即說道：「屬下出門辦事，帶著婢女只怕礙事，自當留下。」

裴若然低下頭，面上無波，心中卻想：「小虎子當著田季安，當然只能這麼說。然而他是否有意不想讓我跟去？那又是爲何？」

第四十六章 決鬥

裴若然替小虎子整好行囊，龐五替他備好馬，當日便啓程，在田季安手下元老六的帶領下，再次趕往成德。

上回他受命刺殺成德節度使王士眞，與裴若然一道快馬趕去，取得王士眞首級後便匆匆趕回，在成德待了不到一個時辰；這次他卻得在那裡待上十日，還得戰戰兢兢地守衛王士眞的兒子王承宗，讓他不被刺客殺死，想來眞是既諷刺又可笑。

小虎子跟著元老六進入成德境內，這是他第一回在日間見到成德鎭，只見此地比魏博更加乾旱一些，市容不如魏博那麼熱鬧，平民的衣著服飾也更加胡化，路上聽見的對話大多不是漢語，即使是漢語，口音也頗難辨認。

他對北方頗有惡感，不願在街上多逛多看，問元老六道：「王承宗也住在軍營中麼？」

元老六道：「我也不很清楚。他父親死後，他接管了成德軍隊，我猜想應當也住在軍營中吧。我們先去找到了人，才好保護他。」

小虎子卻搖搖頭，說道：「守在他身邊並無用處。我得去找出意圖刺殺他的人。」

元老六微微一愣，脫口道：「怎麼找？」

小虎子道：「刺客出手，自有法度。只要那刺客已來到城中，我就有辦法找出他。」

元老六面露懷疑之色，說道：「待在王承宗身邊，守株待兔，不是更有把握阻止刺客麼？」

小虎子再次搖頭，說道：「倘若刺客已來到目標身邊，那就已經太遲了。」心想：「如果我已找到目標，並想好刺殺他的方式，他身邊就算有再多守衛，都已無用；我絕對能夠殺死目標，差別只是在於我能否順利走脫，以及必須付出多少代價而已。」

這等刺客的手段心思，自然不足為外人道。元老六無法明白，雖仍心存懷疑，卻也不敢多問，只道：「既然如此，那我們便在城中找個地方下榻，你慢慢在城中尋找刺客吧。」

於是元老六帶小虎子來到一間不起眼的客店，要了間客房。小虎子無心在房中多待，立即便要出外探訪。

元老六問道：「你不熟城中道路，我跟你一塊兒去吧。」

小虎子道：「也好。便請元六爺帶我去城中最大的寺廟。」

元老六奇道：「卻是為何？」

小虎子道：「並不為何，我只是想去看看。」

兩人再次來到大街上，元老六帶著小虎子來到城中最大的寺廟「開元寺」。小虎子來到寺外的一棵大樹下，站了半晌，便對元老六道：「元六爺，請你先回客店去。」

元老六奇道：「你要獨自留在這兒？你能夠找路回去客店麼？」

小虎子點頭道：「我找得到路。快去！我遲些再回客店，與你會合。」

元老六見他神色凝肅，不敢多問，快步離去了。

小虎子獨自站在開元寺外的空地之上。此時暮色漸濃，香客都已漸漸散去，寺廟外的空地上只有幾個僧人持著掃帚，緩緩清掃地上的落葉。

小虎子靜靜呼吸，感受身邊的動靜。他從七八歲起便日夜身處於弟兄之中，過去幾年更日夜處於殺手群中，早已能覺察出殺手身上的殺氣。他才來到這寺院，便感受到一股濃厚的殺氣，知道這左近定然有殺手出沒。他在如是莊受過訓練，知道殺手每到一處新的地方，若沒有當地人帶路，最好的藏身之處便是寺院。寺院中香客信徒眾多，人多混雜，只需略爲裝扮，便能不引起他人的注意。他要元老六帶他來這間寺院，就是猜想不論殺手來自何地，都很可能先找一間寺院落腳，休整一番後才動手。看來他的猜想並沒有錯，那個殺手果眞已藏身於這間寺院之中。

他在寺院外走了一圈，繞到寺院之後。但見後院中央有棵大棗樹，棗樹下站了一個人，一頭長髮披散，正直直地望著他。

小虎子見到那人的身形，全身登時僵住。他一眼便看出，那人正是自己的大對頭——天殺星！

天殺星眼神如往年一般冷酷無情。他站在棗樹之下，直望著小虎子，眼露寒光，殺氣逼人。

小虎子低聲道：「是你！」

天殺星凝望著他，沒有言語，緩緩從袖中抽出雙匕首。

小虎子心中明白，天殺星天性冷酷，絕不會跟任何人敘舊念情，何況是他仇恨已久的天猛星！兩人在谷中交過手，勢均力敵，但小虎子略勝一籌；出谷之後仍舊明爭暗鬥，彼此爭勝，若非裴若然堅決立於兩人之間，維持和平，兩人早就要一決死戰，拚個你死我活了。小虎子卻未曾料到，他們的決戰竟會發生在遙遠的成德鎮開元寺中！

小虎子什麼也沒有說，只握緊了破風刀的刀柄，身子陡然往後拔起，躍上圍牆，隨即閃身出牆，快奔而去。天殺星如影隨形地跟上，兩人快奔至寺後的一片棗林之中。小虎子停下腳步，回過身來，天殺星在他十餘丈外止步。

小虎子看清楚了天殺星的衣著，並非殺道弟兄慣著的黑衣黑褲，卻是一套暗紅色的短衫窄褲，心中疑惑，忍不住問道：「是誰派你來的？」

天殺星靜默不語，過了一陣，才道：「血盟。」

小虎子不禁震驚，脫口道：「血盟？你爲何替血盟辦事？」

天殺星露出陰鷙的微笑，說道：「大首領，賣血盟。」

小虎子呆了一會兒，才明白他這句話背後的意義，暗想：「我離開之後，如是莊竟有如此大的變化！大首領竟將弟兄賣給了對頭血盟！」問道：「還有誰被賣了？」

天殺星道：「天富星。」

小虎子心想：「就是那個矮小瘦弱，受我恩惠卻背叛我的傢伙。」忍不住道：「那小子有什麼用處？」

天殺星露出白森森的牙齒，說道：「他無用。我有用。」

小虎子嗯了一聲，心中甚感混亂。他原本對天殺星無甚好感，知道他被賣走，不再是殺道的一員，自己不必時時見到他，原是好事；然而物傷其類，得知同年弟兄被賣到對頭陣營中，他也不禁爲自己的處境和未來感到憂慮悲哀。

小虎子撇開這些思緒，問道：「你來成德做什麼？」

天殺星凝望著他，說道：「你？」

小虎子道：「我先問，你先答。」

天殺星嘿了一聲，說道：「殺人。」

小虎子道：「血盟派你來這兒，當然是殺人。殺誰？」

天殺星不答，反問道：「你？」

小虎子道：「我不是來殺人的。」

天殺星撇嘴冷笑道：「天猛星，不殺人，做啥？」

小虎子遲疑一陣，未曾回答，卻轉開話題，忽道：「天微星在魏博。」

天殺星瞇起眼睛，說道：「我知。」頓了頓，冷然道：「爲何，提她？」

小虎子也不知道自己爲何要提起天微星，這似乎等同在天殺星面前示弱，當下說道：「不爲什麼。你是來殺王承宗的麼？」

天殺星不置可否，只道：「是，又如何？」

小虎子聽他這麼說，便知道他確然是來殺王承宗的，心中再無疑問，搖搖頭，說道：「你若是爲殺他而來，那麼我便是來阻止你的。」

天殺星眼中閃出精光，冷然道：「不妨試試！」語畢舉起雙匕首，擺出搶攻的架勢。

小虎子見他如此，知道眼前便是一場硬仗，拔出破風刀，吸了一口長氣。

小虎子與天殺星對峙了一會兒，忽然之間，兩人同時搶攻，雙匕首和破風刀在半空中相交，發出噹的一聲響，兩人立即分開，各自後躍，還未站穩，又同時衝向彼此，揮兵刃搶攻。

天殺星往年在石樓谷中時，便以身法輕靈、出招快捷見長，出谷之後，更隨著師傅們苦練殺人之術，攻招比往年還要凌厲，匕首直取對手要害，只要匕首一挨近對手一尺之內，便能奪命，招招殺氣襲人。

小虎子從小就見識過天殺星的武功，更曾在兵器大比試中與他交手；出谷之後的數年中，他也不斷暗中留意天殺星的武功進展，知道對方的招數越發狠毒，出招更是志在取敵性命，不擇手段。但他自己的武功也大有長進，除了筋肉增強之外，內力也加深不少，出招更加精準迅捷。兩人數年來未曾交手，此時終於有機會一決高下，都不敢輕敵，各自施出渾身解數，奮力一搏。

對天殺星來說，這是他向天猛星報仇爭勝的大好機會，也是他能否完成第一件任務——殺死王承宗——並取得血盟盟主信任的重要關鍵。因此他出招時不遺餘力，招招辣手，志在殺敵奪命。

兩人出手愈來愈快，剛開始只是略交一招，便即後退穩守；之後天殺星完全扔下謹慎保守，決心連續搶攻，擋避對手招數之餘同時反攻，甚至不去擋避對手攻招，只顧搶攻，只求傷敵，不求自保。天殺星知道天猛星和自己不同，他不喜殺人，總是盡力避免殺傷；兩人在谷中最後一次決鬥時，天猛星明明能夠一刀攔腰斬斷自己，卻改以刀背出擊，令自己僅只受傷，未曾喪命。天殺星明知對手心慈手軟，又怎能不多加利用？

小虎子當然深明天殺星的心思，沉住心氣，仍舊以精準迅捷的刀法對敵，招架搶攻一氣呵成，輕快如雲，流暢如水。他想起自己和裴若然對招之時，她時時告訴自己：「你的招式快是快，但是還不夠活潑靈動；準是準，但是還不夠出神入化。」

他始終不明白她的話是什麼意思，她的武功並不比他高出許多，但是眼光卻遠超同儕。她在谷中時，便時時留心觀察每個弟兄比試時的一招一式，記住他們的長處短處、擅長的絕招，並想出對付他們的方法，因此她能夠打敗許多身型比她高壯、武功比她精深的弟兄。

她所說的「活潑靈動」和「出神入化」，並不只是口頭說說而已；小虎子看得出，她自己出招時總有著一股靈巧的氣韻，讓人難以捉摸；打鬥時往往突然使動出人意料的招數，精妙出奇，令人不得不衷心讚賞。這是裴若然的長處，也是她始終能維持高人一籌的祕訣。她不斷要求小虎子做到活意、出奇，就是因爲小虎子性情耿直，頭腦簡單，出招往往太過精準，太過一板一眼，只要見過他動手一次，就能料知他下一招會怎麼出，因爲他將所有招式都練得太過熟練，已經被招式綁死了。裴若然不斷逼迫他，要他嘗試放下招式，隨心所欲地出招，這樣才能多一分「活」，多一分「奇」。

這一個多月來，小虎子在魏博與裴若然朝夕相處，裴若然擔心他受不了田季安的殘忍殺戮，緊緊逼他練功，耳提面命，不斷提醒他要注重變化，用心於奇巧。慢慢地，他終於有了一些體悟，出招時已不若往年那麼死板規矩，漸漸能有一些行雲流水的動態，以及險峰危崖的奇峭。他晚上從田季安的宴會回來時往往喝得爛醉，裴若然絕不讓他醉倒睡著，一定用冰水將他凍醒，逼著他打坐練氣，直到他能夠定下心來積氣運行，連運幾個大周天，完全驅逐了酒意，才讓他安睡。因此短短一個月間，他的內功也大有進境。

此時當小虎子面對天殺星陰毒的招數時，心中不禁想起了田季安，以及田季安種種殘暴血腥的作爲。他仇恨不齒田季安，連帶得對天殺星也心生憎恨。這股恨意聚積在他胸口，愈來愈濃厚，這時被天殺星激發起來，陡然爆發，令他出招愈來愈威猛。

天殺星自然也已注意到，小虎子出手比往日更加猛烈，雖不似自己那般招招都欲致敵死命，但也絕對存著憤而傷敵之心。天殺星心生警惕，出手更加快速狠辣，逼得小虎子不得不收回攻招，先求自救。

如此交了上百招，兩人心中雪亮，對手都已不是童年時彼此比試過招的伙伴了。兩人都已長大，都已成熟，各自打鬥的氣勢也有所轉變。往年兩人之間只不過是爭勝爭雄，爭一口氣；今日的打鬥在爭勝爭雄之外，還多了一分意氣之爭、正邪之爭、是非之爭，只不過兩人都以爲自己是正，對方是邪；自己爲是，對方爲非。

一個時辰過去了，兩人在林中盡全力搏鬥，都已汗流浹背，衣衫盡溼。

天殺星勉強沉住氣，繼續搶攻；小虎子則緊繃著臉，穩紮穩打，專注應對。他心中已沒有別的念頭，只有接連不斷的接招、拆招、還招、攻敵。在這心神一片空明之中，裴若然曾督促他採用的「活潑靈動」、「出神入化」等訣竅終於慢慢浮現；他的招數變得越發輕靈，不時施展出人意表的奇特招數，有若神來之筆，天殺星面露驚訝之色，被逼得不斷後退閃避。

天殺星早已看出小虎子的招數靈活了許多，招式轉變之間卻又增加了不少變化，甚至不時出現幾手天外飛來的奇招。天殺星心中暗暗焦急，忽然改變招式，手中匕首橫劈而去，卻是天空星最慣使的一招狼牙刀的招數「狼心狗肺」。

小虎子哼了一聲，往年所有弟兄之中，他最痛恨的便是天空星。他見到天殺星忽然使出天空星的招數，不禁怒氣勃發，破風刀高舉過頂，直向對頭的左肩劈下。

天殺星早已料到他會出這一招，心中大喜，左手匕首陡出，巧巧擊上了破風刀的刀身。

這一擊極爲精巧，小虎子一刀斬下，無法收勢，而這一匕首又正正擊在刀身虛弱之處，借力打力，將他的刀往高處挑去。

小虎子一驚之下，只覺虎口劇痛，手掌一鬆，破風刀竟遠遠地往後飛了出去。

天殺星嘴角露出冷笑，他以一柄匕首擷取對手的兵刃，還剩下一柄匕首。這時他右手匕首急出，直指小虎子的咽喉，眼看便要刺入他的肌膚。

小虎子知道自己的生死就在這一瞬間，危急之中，忽地大喝一聲，一掌擊出。他體內眞氣澎湃洶湧，一股強勁的勁道從手掌中急衝而出，打向天殺星的胸口。

天殺星感到一股大力向著自己襲來，頓覺胸口瘀塞，氣息阻滯，不由自主向後飛去，跌落在地。他正想翻身跳起，卻覺全身僵硬，再也無法動彈，不禁驚慌失措，驚叫了一聲。他完全未曾料到小虎子的內息已渾厚至此，一掌擊出，竟能封閉自己胸口的氣血流動，令自己內息受阻，穴道被封，就此無法動彈！

小虎子也沒料到這淩空一掌竟有如許威力，喘了一口氣，追上兩步，舉刀對著躺在地上的天殺星，一時不敢相信自己竟眞的擊敗了他。

他喘著氣，慢慢明白過來。今夜他能夠略勝天殺星一籌，只因在過去這段時日中，身處地獄般的魏博鎭，伴隨著殘忍嗜殺的鎭主田季安，身心飽嘗苦痛，唯有靠著刻苦練功，才能暫時忘卻迴避痛苦。加上有裴若然陪伴在自己身旁，不斷安撫照顧，逼迫督促練功，才能讓自己維持著昔日的身手，甚至令他的武藝更上一層樓。

小虎子也領悟到，自己占了這許多的優勢，顯然出自大首領的蓄意安排；同樣的經歷若加諸於天殺星身上，他想必不會覺得身處魏博乃是多麼艱辛的苦痛挑戰，也不會需要裴若然在旁陪伴安撫。

他想到此處，心中頓時對裴若然升起無盡的感激。他深切明白，她對自己的一片關懷愛護，實是世間最最珍貴之物。

小虎子同時也想到，自己若殺死天殺星，裴若然將會多麼悲痛難受。想像裴若然發怒倒還容易，想像她傷心的模樣可就難了。記憶中裴若然永遠是那麼的冷淡自持，平靜自若。她可以嚴肅，可以憤怒，可以鎮定適恆地做出種種重大的決斷，發號施令，毫不猶疑；但是小虎子卻無法想像她悲傷難受的模樣，彷彿她的情緒之中獨缺悲傷這一項，彷彿世間什麼事都不能夠傷到她的心。

但是小虎子清楚知道，再堅強的人也有弱點，而裴若然的兩個弱點正是她所關心的兩個人——他自己和天殺星。她盡心竭力地幫助照顧自己，百般勸導撫慰自己，正是因爲她害怕自己會發瘋或死去；她不願意見到她所關心的好友遭遇重大挫折，一蹶不振，因此她也絕對不會願意見到天殺星橫死異鄉。

小虎子想到此處，心中已有決斷。不管他有多麼仇視痛恨天殺星，也絕不能下手殺死他。至少不是在此時此刻。

小虎子低頭望向天殺星，勉強撫平心中此起彼落的思潮，深深地嘆了一口氣。

第四十七章 淮西

天富星躺在房中，望著屋頂發呆。他耳中聽著同室而眠的天殺星的呼吸聲，心中思潮起伏，無法入睡。

在大首領帶著天猛星和天微星離去之前，便命令他搬去天殺星的廂房，與天殺星同室而寢。天富星很清楚天殺星是個什麼樣的人物，自不免感到心驚肉跳，但大首領有命，他也不敢不從。

自石樓谷那時起，天殺星便已是孤僻怪異的性子，除了天微星以外，絕不與任何其他人說話或交往。任何弟兄開口對他說話，他都從不回答，好似聽不見一般，逕自轉身離去。只有大首領或師傅對他發話時，他才稍稍有些反應，但最多也只以搖頭和點頭回應，極少開口。有時師傅對他說的話太過冗長複雜，他便雙目直視，聽如不聞，不等師傅說完便自轉身走開。

如是莊中眾人見慣了天殺星冷淡怪異的模樣，早已放棄，誰也懶得跟他言語。如果師傅們有何要事須通知天殺星，通常便直接交代給天微星，因爲他們知道只有天微星願意跟天殺星說話，也只有天微星對天殺星關心照顧，願意花工夫去知會他一切應當知道的事情。

天富星自然清楚天殺星天生古怪，是個無可救藥的「目無情」或「童昏」。他曾聽天微星說起，她在石樓谷中初見天殺星時，天殺星完全無法言語，甚至無法聽懂她說的話。她花了無數心血，耐心地傾聽他說話，試圖明白他的心思，天殺星才終於願意對她開口。然而即使面對裴若然，他也只說得出三兩個字，往往語不成句。

天富星知道過去這六七年來，天微星始終盡心照顧著天殺星，天殺星對她也極爲信任倚賴。如今天微星走了，大首領竟指派他去照顧天殺星！天富星不禁苦笑，心想：「這簡直是魚目混珠，狗尾續貂；我有幾分幾兩，如何能與天微星相比？根本就是天差地遠，雲泥之別。天微星能夠做到的事，我可絕對做不到。」

他明白大首領命自己與天殺星同住，用意就是要他監視著天殺星，不讓天殺星出什麼差錯。但天富星知道得很清楚，即使天殺星眞要出什麼差錯，自己也阻止不了。

第一天晚上，天富星將自己的床褥搬到天殺星的房中，戰戰兢兢地陪伴著天殺星。他哪敢指望自己能照顧天殺星，只盼天殺星別突然凶性大發，揮匕首殺死自己便是。他爲求自保，本著耗子的天性，雖和天殺星同住一室，卻縮在陰暗的房室角落，安安靜靜，一聲不出，天殺星也似乎並未注意到室中多了一個人，對天富星視如不見。

天富星跟天殺星相處了兩日後，便看出天殺星心神不寧，顯得比平日煩躁不安。他冷眼旁觀，老早看清天殺星、天猛星和天微星這三人之間親密微妙而又緊繃的關係。對天微星這個女孩兒，天富星倒是眞心佩服敬重，知道她不論武功智計、毅力性情，都是弟兄之中最優越的一個；而她偏偏又與天猛星和天殺星這兩個大對頭分別結成好友，親厚眞誠，毫無虛假。

天富星也知道天殺星恨天猛星入骨，最大的原因，便是天微星和天猛星太過親近。天微星在此事上率眞坦誠，從不曾掩飾隱瞞她對天猛星的深切關懷。天殺星大約已然體認到，天微星對自己和天猛星同樣關懷，同樣在乎。要她不關心天猛星是不可能的，就如要她不關心天殺星一樣，她無論如何都無法做到。因此天殺星只得包容她對天猛星的關懷，即使心中極端厭惡反感，也只能視而不見。

如今天猛星被大首領選中，率先開始過第三關，而天微星被派去「陪伴」天猛星，這對天殺星來說，無論如何是件極不公道之事。哪個殺手需要人陪伴才能辦事？天下哪有這等無用的殺手？爲什麼天微星被派去陪伴天猛星，自己卻是孤單一人？

天富星知道，這顯然出自大首領的精心安排；天猛星即使想要人陪伴，或天微星因擔心天猛星而自告奮勇想伴隨他出門辦事，若沒有大首領的首肯，絕對沒有哪個弟兄可以如此擅作主張。然而他卻想不明白，大首領爲何要這麼做？天猛星武功確實甚高，但性情太過仁善軟弱，殺個人便要痛哭流涕，這樣的殺手有個屁用？他天富星都看得清楚的事，大首領又怎會看不清楚？

總之天殺星比平時更加陰鬱冷峭，煩躁不安。天富星見天殺星早早便起身去如電堂練功，往往練到三更半夜才回來，一身汗水，倒下便睡，似乎整日都未進食。有時天殺星半夜會突然坐起身，抓起枕頭旁的雙匕首，對著空中猛力揮砍，口中喃喃咒罵，也不知道在罵些什麼，只聽見「殺！殺！」之聲不斷，嚇得天富星只躲在棉被中，縮成一團，雙手緊握鬼頭刀，全身簌簌發抖，直到天殺星噩夢結束，再次睡下爲止。

天富星陪伴了天殺星數日，夜夜不得安眠，搞得自己險些情緒崩潰，忍不住暗罵：「天殺星這小子滿心憤怒不平，發瘋似地苦練武功，連做夢也忙著砍人殺人！我和他相處多日，尚未被他殺死，也算命大。只盼大首領快快回來，讓我早日脫離苦海！」

天暴星、天空星這時年紀都已大了，大多時候都躲在自己的房舍中，和婢女們飲酒狎玩，甚少露面。但他們當然也已聽說天猛星開始過第三關、天微星前去陪伴、天富星受命搬去天殺星住處等情，都忍不住跑出來取笑天富星一番。

天空星攬著他近日中意的兩個舞伎，特意去食堂找天富星，拍拍他的肩膀，對他笑道：「天窮星，別擔心！你死在天殺星手下之後，我定會替你收屍安葬，燒香祭拜的！」

天暴星則叫了天富星到他的房舍去，一邊喝著酒，一邊醉醺醺地道：「天猛星、天殺星和天微星三個傢伙，都是我天暴星最看不順眼的。如今走了兩個，還剩一個，就交給你天窮星去對付吧！哪日你幹掉了天殺星，早點來跟我報喜訊！」

天富星爲人圓滑，向來不得罪任何弟兄，聽天空星和天暴星取笑自己，只能滿面苦笑，向兩人拜謝，戰戰兢兢地回到天殺星的住處。

一個多月後，大首領終於回到了如是莊。當日他便召天殺星來見，並且叫了天富星一起去見。

天富星大大鬆了一口氣，卻不知道大首領爲何將自己也叫上，心想：「大首領大約要問我這陣子天殺星狀況如何，我該如何回答？我是否該告訴大首領，天殺星是個極為恐怖的瘋子，每夜都做噩夢，抓著匕首亂砍亂殺？」但也只能硬著頭皮，跟著天殺星一起去拜見大首領。

大首領雖風塵僕僕，但顯得神采奕奕。他一見到天殺星，便開門見山地道：「天殺星，我有任務交給你。眼下天微星不在莊裡，沒有人能代我傳話，我只好親自交付這件任務。」

天殺星抬眼望著大首領，臉上冷冰冰地毫無表情，靜默不語。

大首領知道他向來如此，也不以為忤，微微一笑，說道：「你若準備好接受我交派你的任務，便點點頭。」

天殺星點了點頭。

大首領道：「甚好。我要你到淮西鎮去辦一件事。淮西節度使名叫吳少誠，這人多次率兵抵抗朝廷，朝廷屢戰屢敗，無可奈何之下，只好下詔赦免吳少誠，正式任命他為淮西節度使，又封他為濮陽郡王。這吳少誠專霸一方，驕縱跋扈，不可一世，卻專寵一個下屬，將他收為義弟，改名叫吳少陽。吳少陽野心勃勃，暗中謀畫殺死義兄，奪過淮西的權柄。此番委託我殺道出手的，正是這個吳少陽。」

天殺星又點了點頭。

大首領道：「吳少誠年紀大了，身子不好，打算傳位給自己的兒子吳元慶。吳少陽企圖爭奪節度使之位，當然不願意見到吳少誠傳位給兒子，因此他聘請咱們殺道出手，替他殺死吳元慶一家，連帶他的幾個兄弟也都殺了，以絕後患。之後吳少誠倘若未自行老死病死，便將他也殺了，幫助吳少陽坐上節度使之位。這麼說，你聽得明白麼？」

天殺星直瞪著大首領，面無表情，毫無反應，旁人很難看出他心中在想些什麼。

天富星在旁傾聽，心想：「原來是這麼回事。淮西鎮主吳少誠是個笨蛋，義弟吳少陽是個壞蛋，兒子吳元慶是個倒楣蛋。」這麼一想，心中便樂了，嘴角露出一絲笑意。

大首領望了天富星一眼，又見天殺星仍舊面無表情，似乎有些擔心，對天殺星道：「你若明白了，便點點頭。」

天殺星再次點了點頭。

大首領顯然仍不放心，說道：「這樣吧，我讓天富星跟隨你去，好做個照應。」

天富星不禁一呆，脫口道：「讓我也一起去？我能幹什麼？」

大首領橫了他一眼，說道：「給我閉上嘴！我說過了，我讓你去做個照應。天殺星需要什麼照應，你便想法子照應他，懂了麼？」

天富星暗暗明白：「大首領不能確定天殺星能否聽懂他的指示，因此要我跟著去，確定天殺星辦對了事兒，殺對了人，不致亂來一氣。」想明白後，不禁慄慄自危：「天殺星這人恐怖古怪，手段毒辣，不可預測，我哪裡照應得了他啊？他若不聽我的話，我可管不了他，卻該怎麼辦？」

大首領又道：「我會派人替你們帶路，送你們到淮西，將我的密信呈交吳少陽。到了淮西後，一切由你們做主定奪。等事情圓滿辦成了，再自行回來，不需倉促辦事。」

天殺星點了點頭，一言不發，轉身離去。

天富星見大首領揮了揮手，顯然命令自己也跟著出去，只得趕緊起身，跟在天殺星身後走去。但他心中惶惑不安，剛走出堂外，終於鼓起勇氣，停下腳步，打算回頭去求大首領改變心意，換個弟兄去「照應」天殺星。

他還未踏入堂中，便聽大首領對坐在身旁的潘胖子道：「老潘，你帶天殺星去淮西。留在那兒觀察他，一舉一動都要向我報告。」

潘胖子聽大首領命他一個道友親自出馬，似乎有些驚訝，躬身答道：「是，謹遵大首領之命。」微一遲疑，又道：「他若做錯什麼，我該出手阻止糾正麼？」

大首領搖搖頭，說道：「不，你只需在旁觀察便是，千萬不要出手干預。我想知道他是怎麼辦事的。這孩子武功高絕，反應靈敏，我已有很多年沒有見到資質這麼好的弟兄了。只是他性情古怪，難以預測，沒有天微星在旁照看著，我無法知道他辦事是否牢靠。」

天富星耳聽兩人談話隱密，顯然沒有讓自己聽見的意思，這時若退出堂去，又定然會被他們發現，只得縮在垂簾之後，大氣也不敢出一口。

潘胖子若有所思，說道：「然而您卻讓天微星跟在天猛星身邊，去魏博辦事。這卻是爲何？」

大首領微微一笑，說道：「你說呢？」

潘胖子想了想，說道：「依我看來，大首領還是較爲愛護天猛星。」

大首領沉吟一陣，才搖頭道：「不，話不能這麼說。我對天殺星和天猛星兩個同樣重視。我早就跟你說過，天猛星是個武學奇才，資質比天殺星還要高出一籌。只是他性情太過仁厚，成不了大器。我認爲他羽翼一成，便有可能不服命令，甚至一舉叛道，這可是本道的大忌。我必得將他逼上絕路，才能徹底改變他的性情，令他變得軟弱無依，乖順服從。我必須使出最激烈的手段，但是又不想太早將他逼瘋，因此須得將天微星安插在他身旁，確定他不會就此發瘋。」

潘胖子道：「大首領又何能確知，有天微星在他身邊，天猛星便不致發瘋？」

大首領微微笑著，神情顯得甚是得意，說道：「當年在谷中過第二關時，我將天猛星關在石牢中，就是想將他逼上絕路。後來他眞的險些兒發瘋了，幾乎割腕自殺，我只好假裝是天微星，在他牢外的石牆上留話，果見他深受安慰，就此振奮起來，放下了自殺的念頭，在那石牢中苦撐了半年，將內功練至小有成就。今日我派他去魏博，只要有天微星陪在他身邊，不管田季安給他吃了多少苦頭，讓他見識到多少血腥殘殺，他都不會發瘋的。」

潘胖子道：「原來如此。」他想了想，又問道：「那麼大首領打算如何培養天殺星？」

大首領沉吟一陣，說道：「我讓他開始過第三關，是想知道他有什麼弱點。如果天微星是他唯一的弱點，那麼要消除這個弱點，並不困難。」

潘胖子臉色微微一變，說道：「大首領的意思，是要犧牲天微星？」

大首領不置可否，搖了搖頭，說道：「這三人中，我只需留下一個就夠了。到時是誰留下，就全看他們自己的造化了。」

即使天富星不敢稍動，這時仍不免吐出一口氣，發出些微聲響。

大首領立即警覺，一側頭，見到天富星還留在門口，當即瞪了他一眼，喝道：「天富星，你還留在這兒做什麼？」

天富星聽了，全身一震，他躲在簾後偷聽，被大首領抓個正著，情勢糟糕。他眼見大首領神色冷峻，只得趕緊跪倒磕頭，求情告饒，說道：「大首領見諒！弟子以為大首領還有事情要吩咐我，因此留在此地伺候。」

大首領神色略緩，揮手道：「我沒有別的事情吩咐，退下吧。」

天富星連忙答應了，手忙腳亂地退了出去。

次日清晨，潘胖子便帶了天殺星和天富星上路。三人坐在馬車上，天殺星眼光冷冷地望著窗外，不言不笑。

天富星瞥了天殺星一眼，心想：「與天殺星同行，便如伴著一塊木頭一般無趣。但怎麼說都比與他同寢一室好些；誰與他同寢，隨時都能不明不白地送掉性命，第二天早上再也睜不開眼睛。」

潘胖子百無聊賴，便與天富星攀談起來，說道：「天富星，你可知道，第一個下山辦事的弟兄是天微星，而當時帶她去的，正是我？」

天富星自然早知此事，此時乖覺地做出驚訝狀，說道：「當眞？當時情況如何？請師傅快跟我們說說！」

潘胖子笑道：「天微星那小娃兒啊，性情冷靜沉肅，聰明伶俐，眉目間透著一股掩藏不住的靈氣。她言語不多，但喜歡提問，而且問的問題往往切中關鍵。說眞的，我還挺欣賞這個小女娃兒的。她的脾性氣質、機智才能、武功手段，都頗有値得稱許之處。」

天富星聽得出，潘胖子言下若有憾焉。他的意思是，倘若大首領爲了培養天殺星而犧牲天微星，那也未免太可惜了。

潘胖子轉過頭，望了望天殺星清秀冷峻的臉龐，毫不避忌地對天富星道：「這個明明是個空子，大首領怎會看不出來？空子當然也有用處，只要摸透他的心思，便可以騙他去幹些玩命甚至自殺的活兒。但是咱們這些道友之中，誰也摸不透他的心思。唯一懂得他，能跟他說得上話，還能夠讓他幹些什麼的，只有天微星那個女娃兒。」

天富星沒想到一位道友竟會對自己說出這等心裡話，受寵若驚，想了想，說道：「潘師傅，照您這麼說來，大首領要使動天猛星和天殺星這兩把刀，還得倚賴天微星這個持刀之人。依我猜想，若非必不得已，大首領是不會輕易犧牲天微星的，不然這兩把刀不也等於廢棄了麼？再說，天微星本身也是一把刀，也好使得很。我若是大首領，必會保住天微星。至於天殺星和天猛星，失去其一都不可惜。」

潘胖子聽了，臉上露出贊許之色，點頭笑道：「天富星，你可一點兒也不蠢，這話說得極有道理。」

天富星連忙謙遜道：「潘師傅過譽了！我隨口胡說，還請師傅多多教導指正。」

潘胖子嘆了口氣，神色轉爲沉鬱，不再言語。

淮西離石樓山不遠，不過一日的工夫，三人便來到了淮西鎮。

潘胖子領著兩人來到淮西吳少陽將軍府外，請守衛入內通報，說「無非道長」派手下求見吳將軍。吳少陽尋求殺道協助之事極爲隱密，潘胖子因此以大首領的別號「無非道長」爲暗號求見。那守衛顯然不知「無非道長」是何方神聖，遲疑一陣，才進去通報。

過不多時，守衛匆匆出來，請三人從後門進入將軍府。但見這將軍府中戒備森嚴，手持刀槍的士兵層層疊疊，來回巡邏。守衛將三人帶到一間隱密的房室，一個尖臉白面的男子坐在堂上，神情滿是焦慮，眼神不定，雙拳忽握忽鬆，顯得極爲不安。他身邊站了至少十個侍衛，個個全副武裝，手握刀柄，凝神戒備。男子身後站了一個留著山羊鬍鬚的文人，看模樣是個師爺。

三人進屋後，守衛便砰一聲關上了大門，守在門口。

潘胖子快速地打量了這房屋一眼，看出這是間密室，周圍並無窗戶，只有身後那扇大門可以出入。他微微皺眉，天富星見了他的神色，心想：「這兒的主人看來並不信任大首領，竟擺出這等陣仗來見我等。」

但潘胖子身爲殺道道友，什麼大場面沒見過，這時神色自若地走上前，向白臉男子躬身行禮，說道：「潘某叩見吳將軍。將軍明鑑，敝上無非道人得知將軍有事相求，特遣小人來見，有親筆信在此，恭呈將軍審閱。」說著從懷中掏出一封信，一個守衛走上前接過了，呈交給吳少陽。

吳少陽並不接信，似乎恐懼信紙上有毒，只道：「打開了。」

侍衛打開漆封，取出信紙，攤放在吳少陽面前的矮几之上。

吳少陽瞇起眼睛，裝模作樣地看了一會兒，才招手讓身後的師爺近前，說道：「你讀讀，告訴我這信裡說些什麼。」

天富星看在眼中，心想：「這人和我一樣，不識得字。」

但見那師爺湊上前，低聲將信讀出：

「殺道主謹稟吳將軍足下：高手刺客一名，號天殺星，謹此奉上，任君使喚。」

吳少陽點點頭，瞇眼望向潘胖子，問道：「你就是天殺星？你不是姓潘麼？」

潘胖子忙道：「不，小人不是天殺星。天殺星是這一位。」說著向天殺星一攤手。

吳少陽轉頭望向天殺星，但見他蒼白瘦弱，不過是個少年，看來不但毫不起眼，甚且弱不禁風，加上神色淡漠怪異，不似常人，讓人一看便不舒服。

吳少陽皺起眉頭，難掩憤怒不滿之色，提高了聲音道：「信裡說的什麼天殺星，就是這小子？」

潘胖子道：「正是。」

吳少陽嘿嘿冷笑，陰陽怪氣地道：「你們道主，可眞夠義氣啊。」

潘胖子眼見吳少陽嫌天殺星太過年輕，就將發作，連忙說道：「啓稟吳將軍，天殺星乃是道主最得意的弟子。若非將軍命令吩咐，敝上還捨不得派他出來辦事呢。」

這話一說，吳少陽更加惱怒，拍几罵道：「混帳！什麼殺道道主，自以爲是天王老爺麼？王八羔子的，竟敢戲弄你老子？」

他接連罵了一串難聽已極的粗言穢語，潘胖子滿臉陪笑，彷彿司空見慣，絲毫不以爲忤；天殺星則將吳少陽的話當成耳邊風一般，全不理會，神色始終冷漠無情，怪異不減。天富星站在一旁，卻是渾身不自在，只能假裝自己是隻剛好飛過的小蟲子，一切都不關他的事，心中不禁暗暗佩服潘胖子的耐性定力以及臉皮之厚。

吳少陽罵了一陣，大約罵不出新的花樣，才終於停下了。

廳上靜了一會兒，潘胖子才躬身道：「吳將軍雄鎮一方，地位崇高，眾所仰望，敝上怎敢相欺？口說無憑，吳將軍想要天殺星殺什麼人，只要將軍指出，他一定能立即辦到。」

吳少陽嘿的一聲冷笑，忽然伸手向潘胖子一指，說道：「好！天殺星，你去將這姓潘的胖子殺了！」

潘胖子一呆，臉上笑容頓時僵硬，感到天殺星冷冷的目光正向著自己射來。

天富星心想：「吳少陽要天殺星下手殺死潘師傅，天殺星古怪難測，全無顧忌，搞不好眞會動手！潘師傅若不被他殺死，豈不自打嘴巴，壞了殺道和大首領的名聲？」霎時間背上也爬滿了冷汗。

但見潘胖子額頭冒出冷汗，勉強哈哈一笑，說道：「吳將軍說笑啦！咱們殺道自有門規戒條，絕對不可殺害同道道友。天殺星，你說是不是？」

天殺星面無表情，神色陰森恐怖，靜立當地，不言不動，似乎並不反對，也並不同意。

吳少陽冷笑道：「你方才說他誰都能殺，我第一個指出的人，他便不能殺！你奶奶的，快給我滾回去！你們都是些下三濫的騙子。什麼狗屁道主，我說是狗屁大騙子，混帳透頂！」

天富星聽他只罵潘胖子和天殺星，並沒將自己算進去，心中略略一鬆：「他沒將我當人看，可是好事一件。」

但聽吳少陽滔滔不絕地罵下去，天殺星忽然開口了，冷冰冰地說了六個字：「大首領，不騙人。」

吳少陽聽他突然開口發言，心中暴怒，一拍矮几，戳指罵道：「小瘦皮狗崽子！這裡哪有你開口說話的分兒？快給我閉上你的狗嘴……」

一句話還沒說完，忽然眼前一花，喉頭一涼，再定睛看時，只見一柄匕首抵在自己的咽喉；再定睛一看，才見到那匕首持在一隻瘦瘦白白的手上，而手的主人正是那白淨怪異的少年天殺星。

但聽嗆嗆聲響，全廳侍衛同時拔出刀劍，猛衝近前，喝道：「住手！不可傷我將軍！」

然而吳少陽已在天殺星的箝制之下，天殺星匕首只需輕輕一劃，立即便會沒命。

吳少陽知道自己的性命掌握在這古怪少年的手中，呼吸之間便可血濺當場，轉眼斃命，只嚇得額頭冷汗直流，恐慌之中，不得不放下先前的跋扈傲慢，連聲道：「小兄弟，有話好說！有話好說！」

天殺星手中匕首仍舊穩穩地抵在吳少陽的咽喉上，全廳一片寂靜，所有人都無法預料這少年將如何反應，下一步又會做什麼。

潘胖子手中也自捏著一把冷汗，不禁和天富星對望一眼，顯得有些手足無措。天富星心想：「天殺星行事完全不可預料，危險至極。今日這場驚險倘若度得過去，潘胖子定會立即向大首領稟報。」

一片死寂之中，天殺星再次開口，冰冷地道：「大首領，不騙人。」

吳少陽聽他說話一字一頓，口齒笨拙，好似一個四五歲的孩子，他即使生死在一線之間，仍不禁想道：「聽他說話的語調，倒像是個傻的。」連忙擺出笑容，哄他道：「是是是，大首領，不騙人！我胡說！我道歉！大首領，不騙人！」

天殺星並不回應，也未曾望向潘胖子徵求他的意見，幾個呼吸之後，他倏然收起匕首，退回原位，站在潘胖子身旁，一切只發生在一瞬之間，又好似什麼都未曾發生過一般。

潘胖子知道情勢危急，吳少陽下一步定會命令侍衛群起圍攻，亂刀殺死自己和天殺星一夥人，當即哈哈大笑，說道：「將軍好眼光，好氣度，好膽量！將軍故意示弱，好試試這小子的功夫，看看他到底有幾分真本領。小人佩服，佩服！」

這一番話說得極爲巧妙，天富星猜想吳少陽原本已決定下令侍衛一擁上前，亂刀砍死這一大一小，再加上一個不被當成人看待的自己，聽了潘胖子這番話後，吳少陽顯然冷靜了下來，重新考慮自己該如何處理眼前情勢。

天富星心想：「吳少陽應當不蠢。天殺星雖制伏並威脅他，但並未眞正殺傷他。殺道名聲極響，江湖早有傳言，只要依約付款，殺道便絕不會傷害雇主。吳少陽此刻最需要的，是天殺星乖乖替他辦事。他若認爲辦事最要緊，個人恩怨乃是其次，或許不會因小失大，仍舊願意雇用天殺星。」

天富星望著吳少陽的臉面，但見他的臉色果然漸漸和緩下來，顯然已壓下了心頭的恐懼怒氣，忽然抬起頭，哈哈乾笑了兩聲，說道：「潘先生猜得沒錯，我正是想試試這小子的能耐。不壞，身手不壞！既然如此，那就讓這位天殺星替本將軍辦事吧。」

潘胖子聽他說出這番話，這才終於鬆了一口氣，說道：「將軍英明！將軍有何吩咐，便請示下，天殺星定能替將軍辦成。」

吳少陽沉吟一陣，說道：「此事十分隱密。我要他去刺殺吳元慶一家，不能讓任何人知道此事出於我的指使，或跟我有任何關聯。」

天富星心想：「這吳少陽也未免太天眞了。他想殺死吳元慶的心思，遠在石樓山的大首領都知道得一清二楚，還需偷偷摸摸，遮遮掩掩什麼？」

潘胖子點了點頭，側眼望向天殺星，說道：「天殺星，你說如何？你辦得到麼？」

天殺星眼神冷酷，緩緩點了點頭。

天富星心想：「壞蛋要殺倒楣蛋，不知道天殺星是否眞的聽懂了？」

吳少陽斜眼望著天殺星，問道：「你眞辦得到？」

天殺星道：「領我去，辦得到！」

吳少陽嘿嘿冷笑，說道：「我若領你去，被人瞧見了怎麼辦？」

天殺星道：「都殺了。」

吳少陽聽他說出這三個字，也不禁打了個冷顫，沉默了許久，才道：「好！我們這就去刺殺吳元慶！」

第四十八章 滅門

當下吳少陽帶上了最信任的八名貼身侍衛，領著天殺星和天富星，十一人縱馬來到一座裝飾瑰麗的巨宅之外。天富星爲什麼也跟著一塊兒去，他自己也不大明白，但是潘胖子對他連使眼色，又對他大打手勢，擺明了是要他跟去。天富星猜想潘胖子是要自己去「照應」天殺星，確定天殺星不會亂來，或殺錯了人。

但見那座巨宅富麗堂皇，貴氣逼人。天富星直看得眼花撩亂，連忙垂下目光，不敢多看。天殺星則直視著前方，對宅中的種種裝飾視如不見。

吳少陽乃是淮西節度使吳少誠的義弟，深受吳少誠信任，在淮西一帶呼風喚雨，無人膽敢攔阻。這時他帶著手下侍衛闖到吳元慶的大宅之外，吳元慶宅中的侍衛原本便是他安排下的，一個侍衛早已在當地等候，打開後門，請一行人進入。

四個貼身侍衛當先闖入，天殺星和天富星也跟了進去，吳少陽和另外四個侍衛隨後跟上。一行人穿過黑暗的花園，來到一座閣樓之旁。

吳少陽指揮守衛分散躲藏，從窗戶往閣樓內探望，點了點頭。他對天殺星道：「人在裡面。」

天殺星探頭從窗外望去，但見閣樓中站站坐坐共有六個人，一個青年正與三個不知是侍妾還是妓女的女子飲酒玩鬧，旁邊另坐了兩個少年，正自賭骰猜枚，呼喝嬉笑。

天殺星低聲道：「哪一個？」

吳少陽道：「跟婢女調笑的那一個，便是吳元慶。其他幾個是他的兄弟，全都殺了吧。」

天殺星點點頭。天富星側頭望去，見那吳元慶是個二十來歲的青年，面容乾淨俊秀，心想：「這就是那個倒楣蛋了。」念頭尚未動完，天殺星的人已飛入閣樓之中，來到吳元慶的身後。

他身法輕盈，落地無聲，吳元慶更未曾察覺有人欺近自己身後。直到感到喉頭一涼，驚覺喉間多了一柄匕首，正要轉頭去望，天殺星一扯匕首，已割斷了吳元慶的咽喉。吳元慶咽喉間鮮血噴出，哼也沒哼一聲，便軟倒在地。

他身邊的三個侍妾婢女見狀，還未驚呼出聲，亦已被天殺星的匕首割斷咽喉。房中另兩個十多歲的少年這才留意到吳元慶和三個侍妾突然倒地，一齊跳起身來，驚恐地睜大眼睛，竟嚇得忘了驚呼求救。

吳少陽在窗外低喝道：「都殺了！」

天殺星跨步上前，匕首揮處，割斷了兩個少年的咽喉，鮮血噴了一地。

天富星望著滿地鮮血，不禁咬住了嘴唇。他自也不是吃素的，身為活著離開石樓谷、過了第二關的八個弟兄之一，又在如是莊學習殺術數年、不時下山出手刺殺，手下自也取過不少條人命。但天殺星殺人與眾不同，冷酷平靜得幾近可怖，連天富星看了也不禁背脊發涼。他吸了口氣，心想：「對天殺星來說，一個人和一頭牛、一塊石頭或一堵牆並無任何分別，都只是出現在他眼前的一件物事罷了。殺人對他來說，大約也和殺狗、砸碎石頭或推倒一堵牆一般，毫無難處，不需有任何掙扎。」

天富星想起自己曾多次偷瞧到天猛星下山辦事回來後，躲在天微星的房中訴苦哭泣的情狀。他並不至於害怕殺人，也不怎麼感到自責懊悔，但見到天猛星痛苦的情狀，仍不免心有戚戚焉。他心想：「如天殺星這般天生冷酷無情之人，自然無法理解爲何有弟兄會厭惡殺人，也不明白怎會有人爲了殺人而痛苦哭泣。」

吳少陽站在屋外，眼見天殺星出手迅捷如電，剛猛如雷，乾淨俐落，幾瞬間便已取去六條人命，也不禁吃驚，低頭望望那六具屍體，不自禁吞了口口水，一時想不出能說什麼。他原本以爲事情頗爲棘手，一不小心便弄得驚天動地，沒想到天殺星殺個把人就如斬瓜切菜一般稀鬆平常，波瀾不驚，轉眼間事情便已辦成。

吳少陽呆了半晌，見天殺星望向自己，等候指示，這才定下神來，說道：「吳家就這三個兒子，再沒有了。」想了想，又道：「去看看內房還有什麼人，全都殺了滅口吧。」

天殺星點了點頭，跨步走入內房。房中昏暗，似乎並沒有人。天富星擔心天殺星，也跨入屋中，拔出鬼頭刀，悄悄跟在他的身後。

天殺星站在門口，向著屋中凝目望了一圈，突見矮几之下有什麼物事動了一下。他走上前，用匕首挑開几巾，果然見到矮几下縮著一個人，正簌簌發抖。

天殺星伸腳去几下踢了一腳，說道：「出來！」

那人慢慢鑽了出來。天殺星低頭望去，見那人頭上梳了兩個髻子，髻上綁著紅色絲帶，竟是個年紀甚幼的小女孩兒。女孩兒抬起頭來望向天殺星，一雙大眼睛中滿是驚恐之色，張口欲叫，卻未發出任何聲音。

天殺星望著她的臉面，陡然呆在當地。

天富星甚覺奇怪，心想：「几下躲了什麼怪物，竟能讓天殺星如此發愣？」走上一步，見到那女孩兒的臉面，頓時明白天殺星爲何會呆住——這女孩兒長得太像天微星了！連天富星都記得，剛入石樓谷首次見到天微星時，她就是這個年紀，長得就是這個模樣。天殺星想必比其他人記得更加清楚。

天殺星舉起匕首，卻始終無法落下。他可以殺死天底下的任何一個人，但是面對這個女娃兒時，卻難以下手。天富星知道，天殺星這一生中只有一個他親近信任的人，那就是天微星。如果有一天他必須殺死天微星，他寧可先自殺！

天富星站在一旁靜靜觀望，一聲也不敢出。這女孩兒當然並不是天微星，多半是笨蛋吳少誠的女兒，倒楣蛋吳元慶的妹子。天殺星究竟會不會下手殺她？

天富星心跳加快，完全無法預測天殺星接下來會做什麼。他心想：「她是個女孩兒，橫豎無法繼承什麼官銜，不會妨礙吳少陽爭奪淮西節度使之位，不殺她也不要緊。」又想：「但是她人在這內室中，或許見到聽到了外邊發生的事情，自當滅口。」他想勸天殺星放過她，但當此情境，他生怕刺激天殺星，只能縮在一旁，噤不敢言。

過了許久，但見天殺星緩緩放下了匕首，似乎決定不殺這個女孩兒了。天富星暗自鬆了一口氣。

然而天殺星站在當地，一動不動，似乎不知道接下來該做什麼。天富星陡然明白他不想殺這女孩兒，或許還想救她的性命；然而他們都只學過如何殺人，從未學過如何救人。天殺星低頭思索一陣，忽然將沾滿血跡的兩柄匕首插入腰間，俯身抱起了那個女娃兒，從窗口躍出，奔到一堵牆前，翻牆躍了出去。

天富星看得呆了，趕緊追到窗前，天殺星卻已不見蹤影。天富星不禁暗暗焦急：「他去了哪兒？他打算如何對付那個小女孩兒？」不多時，黑影一閃，卻是天殺星躍下圍牆，從窗外鑽回房中。他若無其事地走出房間，對吳少陽說道：「沒人。」

自始至終，天殺星並未望向天富星一眼，好似天富星根本不在房中一般，即使天富星離他只有數尺之遙，並將一切經過都看在眼裡。

天富星心中怦怦亂跳，暗想：「這小女娃兒當眞命大，遇見天殺星這等黑白無常、牛頭馬面，去鬼門關前走了一遭，竟然留下了一條小命！」暗暗打定主意：「我得去找到這小女娃，想法子安置了她。」

吳少陽聽天殺星說屋中無人，立即道：「好極，我們快走！」

一行人悄悄從後門出去，縱馬離開，轉眼回到了吳少陽的將軍府。一來一去，花了不到半個時辰。

吳少陽極爲高興，臉上閃著興奮的光芒，一見到潘胖子，第一句話便是：「好！你這天殺星好！」

潘胖子望向天富星，天富星點了點頭，潘胖子便知道事情辦成了，這才鬆口氣，露出微笑，說道：「將軍過獎了。敝上知道將軍眼光極高，因此只敢派道中第一等的高手出來替將軍辦事。如今事情辦得讓將軍滿意，敝上得知後，定然甚感寬慰。」

吳少陽道：「滿意！不能再滿意了。」當即設宴酬謝潘胖子和天殺星一行人，席間山珍海味，歌舞樂伎，熱鬧非凡。

天富星心中掛念那個女孩兒，宴會酒過一巡之後，便說自己要去茅房，潛出吳少陽將軍府，悄悄回到吳元慶宅之外。這時吳家人已發現了血案，宅中燈火通明，擠滿了侍衛官兵，人聲嘈雜，但主人吳元慶和兩個弟弟已死，無人作主，宅中亂成一團，也不知那些官兵是在搜尋線索，意圖找到真凶，還是在毀滅證據，早早結案了事。

天富星辨清方位，來到吳宅的高牆之外，找到一條黑暗的巷弄。他緩步走去，黑暗中聽見角落傳來輕微的沙沙之聲。他循聲走去，只見角落中縮著一團黑影，簌簌發抖，正是那個女孩兒。

天富星低頭檢視，見她並未受傷，心想她大約被嚇得傻了，是以仍蹲在暗巷中發抖，並未離去。他想：「她此刻若回去吳宅，只怕也會立即被官兵帶走。她的幾個阿兄都死光了，阿爺病危，想必也無法保護她。吳少陽若知道她還活著，要殺要剮，自然不會手軟。我得先將她藏起來再說。」

於是他緩步走到女孩兒身旁，蹲下身來，笑著哄道：「乖，小娘子，娘子跟我來就給妳糖吃，我帶妳去安全的地方。」

女娃兒抬頭望向他，滿面驚疑恐懼。天富星擺出自己最友善親切的笑容，又說又哄，女娃兒卻始終僵著不動。

天富星不敢在此耽擱太久，乾脆伸臂將她抱起，匆匆離開了那條黑暗的巷弄，鑽入一條小巷。他本是淮西人，這兒正是他自幼生長之地。雖只是個在路邊乞討的孤兒，但這淮西鎮乃是他的地盤，加上此時手頭頗有些銀兩，他很清楚自己該如何安頓這個小女娃兒。

吳元慶和兩個兄弟慘遭滅門的消息很快就傳遍了淮西。吳少誠本已在病中，得知三個兒子遭人刺殺，激怒嘔血，纏綿病榻，揚言要抓到凶手，就地正法。

吳少陽怕他久病不死，次日晚間，便對潘胖子說道：「吳少誠老而不死，最好別再拖下去！」

潘胖子明白他的意思，當夜便命天殺星潛入吳少誠鎮主府邸，將他刺殺在病榻之上。

吳少陽高興已極，立即宣布吳少誠病死，掌控兵馬大權，自任爲淮西留後。

之後天殺星和天富星回到如是莊，不用他們報告，大首領早已對淮西發生的一切瞭若指掌，立即召見了他們，連聲誇讚，說道：「幹得好，幹得漂亮！你殺死吳元慶全家，將吳家幾個小兒子也斬草除根，全數殺光，吳少陽非常滿意，大讚我們殺道手段夠狠，辦事周到，主動將酬金翻了一倍。之後你出手殺死吳少誠，讓吳少陽名正言順地當上節度使，他更加高興了，對你盛讚不已。」

天殺星冷然聽著，等大首領說完了，才緩緩說道：「第三關，過了？」

大首領擺擺手，笑道：「別著急。第三關共有三件任務，這只是第一件。你這回事情辦得漂亮，第一件任務算是達成了。」

天殺星立即問道：「第二件？」

大首領臉上笑容收斂，眼光忽然望向門口。

天殺星回過頭，但見門口肅然站著一個高瘦得出奇的老者，一身血紅色長袍，抱著雙臂，面色陰沉。

大首領站起身，恭敬行禮，說道：「盟主親臨，未曾遠迎，萬請恕罪！」言語雖客氣，神色間卻隱含著難以掩藏的敵意。

那紅袍老者嘿了一聲，緩緩回禮，眼光落在天殺星的身上，又落在天富星身上。

天富星被他一望，頓覺萬分驚悚。天殺星一向天不怕地不怕，對大首領也毫無忌憚，但對這紅袍老人卻透露出一股難言的戒懼。

卻聽大首領道：「這就是天殺星，剛從淮西辦完事回來。」

紅袍老者點點頭，說道：「淮西，吳元慶宅血案！」

大首領道：「正是。盟主消息靈通，吳元慶宅血案，正是天殺星所爲。」

紅袍老者向天殺星上下打量，開口道：「一萬兩。」聲音尖細，好似逼著嗓子在說話一般，聽來十分不自然。

天富星滿心疑惑：「這人想對天殺星做什麼？」

大首領哈哈大笑，說道：「盟主眞會開玩笑。一萬兩怎麼夠？至少兩萬。」

紅袍老者沉吟半晌不語，尖著嗓子道：「兩萬的話，我要買兩個才成。」

這下換成大首領沉吟不答，過了好一陣子，才道：「兩個也行。我這兒有個善使鬼頭刀的殺手，你要不要？」

紅袍老者道：「叫出來看看。」

大首領指著天富星，說道：「就是這個，天富星。」

天富星聽大首領說起「鬼頭刀」時，心中已是一跳；再見大首領當眞指向自己時，更是大驚失色，全身顫抖起來，只差沒尿了褲子。

紅袍老者皺起眉頭，說道：「小癟三一個，有何屁用？」

天富星臉上帶笑，心想：「說得是，說得是。您老人家眼光獨到，精明警醒，我正是個沒用的小癟三，千萬別把我也買去了！」

大首領嘿嘿一笑，只淡淡地道：「天富星聰明機智，一柄鬼頭刀使得很是俐落。」

紅袍老者繼續冷笑，說道：「你要我付兩萬，打算賣給我一個殺手，一個癟三。道主，你這算盤未免也打得太精明了吧？」

大首領面色自若，說道：「癟三不癟三，都是殺手。我這批弟子當中，這個還算是有用的。天殺星誰的話都不聽，就聽這天富星的。你要不要隨你。若是不要，天殺星這筆生意便也作罷。」

天富星聽兩人當著自己的面談論他的能耐和價錢，直呼他是個「瘪三」，完全不將他當人看待，也不禁臉上微微發熱。但他知道自己的命運就將在這兩人的談論之中決定，只能如隻耗子般站在當地，一聲也不敢出，心想：「大首領想將我硬塞給這老人，大約因爲我對他毫無用處，白白送人也不嫌可惜。嘿，天殺星就聽我的？這是從何說起？他當我不過是一堆石頭，當我說話不過是風吹或放屁。哪日他肯正眼瞧我一眼，我就要偷笑了。」

紅袍老者嘿嘿冷笑，良久不語，顯然在考慮是否值得花兩萬兩銀子買回一個高明殺手，外加一個無用的負擔。他向天殺星望去，又瞥了天富星一眼，最後說道：「好！我就買下兩個。一萬五千兩。」

大首領一拍大腿，說道：「成！」

紅袍老者瘦瘦的臉上露出笑容，眼光落在天殺星的身上，說道：「跟我來！」

天殺星冷然望著那紅袍老者，耳中聽得大首領說道：「天殺星，這是血盟盟主。你跟他去，此後就是血盟中人了。」

天殺星似乎到此時才明白發生了什麼事。他轉頭望向大首領，臉上露出疑問之色。

大首領頓了頓，緩緩加上一句：「這就是第二件任務。」

天殺星點了點頭。他終於明白自己被大首領賣給了血盟，而這正是他過第三關的第二件任務。他轉過身，跟著血盟盟主走開。

天富星身爲這筆交易的附贈品，也只能拖著腳步，跟在天殺星的身後走去。臨出門時，回頭望了大首領一眼，想從他的臉色中猜知他的用意；但見大首領臉上毫無表情，眼中卻閃爍著難掩的得色。

天富星心想：「大首領派天殺星去淮西辦事，原本便意在引起血盟盟主的注意。如今血盟竟然厚著臉皮來向我們殺道買人，果然中了大首領的計。但是我倆就算武功再強，殺技再高，畢竟只是兩個少年；大首領到底想要我們做什麼？事先又爲什麼半句也不曾對我們透露？」

他懷著一肚子的疑惑不安，與天殺星一起跟隨那紅袍老者而去，就此加入了血盟。

第四十九章 孤女

小虎子低下頭，但見天殺星蒼白俊秀的臉上滿是恐懼，睜眼回望著自己。在成德開元寺中，小虎子一場硬仗下打敗了天殺星，將他制伏擒擄。天殺星當然應該懼怕，因爲他知道小虎子定然不會饒過他的性命。

然而小虎子並未舉起破風刀，一刀解決了天殺星。他心中想著裴若然對自己的種種關懷恩情，心情異常沉穩平靜。他知道自己不能讓她傷心，因此他不能殺死天殺星。他和天殺星都清楚知道，裴若然對他們有多麼重要。

但是小虎子也知道，倘若兩人位置對調，天殺星定會趁著這個大好機會，趁著天微星不在場之時，將自己殺死，毀屍滅跡。他一定會瞞裴若然一輩子，不讓她知道自己是怎麼死的。這棗林偏僻荒涼，四下杳無人跡。只要天殺星不說，她絕對不可能發現小虎子死於誰手，發生了什麼事。

小虎子清楚知道天殺星心中所想，不禁暗覺悲哀：「只可惜我不是天殺星，我永遠也做不出他會做的事情。」

他俯身抱起天殺星，舉步往河岸奔去。天殺星神色驚疑不定，但他穴道被制，全身無法動彈，只能任由小虎子抱著快奔。這時天色已然暗下，小虎子奔在河岸的沙地之上，靴子每一踩下，便發出沙沙聲響。

他感到天殺星身子僵硬，顯然極為戒懼，心想：「他一定以為我會將他扔入滹沱河中，讓他活活淹死，屍骨無存。」

小虎子暗暗冷笑，不去理會，只覺腳下愈來越愈重，已來到一片溼漉漉的河灘之上。他縱身躍出，風聲盈耳，撲面的風已帶著滹沱河水的氣息。

小虎子上回來到成德刺殺王士眞時，曾行經這滹沱河河岸，知道岸邊奇石崎嶇，多有可藏身的洞穴。元老六曾對他說過，此河潮汐定時，每回漲潮退潮爲時十五日，一個循環共需一個月。他知道自己若不殺死天殺星，即使封了他的穴道，或用繩索將他綁起，只怕很難將他困住超過三五日。他身邊定有其他幫手隨行而來，找不到他時，定會全鎮搜尋，試圖解救。

小虎子在河岸的大石上縱躍，五六個起落後，又往下縱落數丈，停在一塊岩石之上。此時一道江浪迎面撲來，打得兩人衣衫盡溼。小虎子轉過身，低下頭，鑽入了一個黑沉沉的岩穴之中。

這岩穴極爲潮溼，地上積水數寸。小虎子抱著天殺星踏入水中。積水漸漸加深，最後幾乎到達他的胸口。小虎子盡力將天殺星的身子舉高，不讓他浸入水中。如此行出總有數十丈，水又漸漸變淺，此地離洞口已遠，岩穴之中一片漆黑。小虎子摸黑慢慢往高處攀去，最後將天殺星放在一處較爲平坦的岩石之上。

穴中空曠，河水拍打著岩岸，水潮聲不斷，充盈耳際。小虎子能聽見天殺星粗重的呼吸聲，也能聽見自己微微的喘息聲。

他在岩穴中探索了一圈，確定此地地勢甚高，即使漲潮，潮水也不會淹入穴中，才涉水出穴而去，回到客店。

元老六見到他，忙問：「如何？見到劉濟派出的殺手了麼？」

小虎子搖了搖頭，沒有回答，自顧換下一身溼透的衣衫。

元老六見他全身溼透，汗流浹背，顯然經過一場激鬥。他瞇起眼睛，追問道：「跟人動手了？你沒受傷吧？對手是誰？」

小虎子搖頭道：「我沒事，並未受傷。元六爺不必擔心。」又道：「請元六爺替我取來一袋乾糧，一袋清水。」

元老六照做了，小虎子便帶著乾糧清水獨自離開客店。元老六雖滿心懷疑，但他對殺道中人滿懷恐懼，也不敢多問。

小虎子知道天殺星的幫手多半便在左近，因此謹慎小心，留心是否有人正跟蹤自己。他在成德鎮中閒逛了一圈，便發現了天殺星的幫手。那人扮成個市井挑夫，偷偷摸摸地從街角偷窺，但他一眼便認出來正是天富星。

天富星彷彿一隻猥瑣的耗子，只因他原本便出身市井，也不需要什麼裝扮，渾身上下便滿是市井流氣。小虎子發現天殺星的幫手竟是天富星，不知該好氣還是好笑，心想：「大首領怎會將天富星也賣去了血盟？這傢伙有用麼？」

小虎子知道天富星已見到自己，也知道天富星對自己恐懼非常，絕對不敢現身照面。

於是他蓄意放慢腳步，等天富星大膽跟上湊近時，忽然不經意似地回過頭，正好跟天富星打了個照面。

小虎子裝出驚訝之色，挑起眉毛，說道：「天富星！你怎會在這兒？是大首領派你來的麼？」他明知天富星跟天殺星一道，是天殺星的幫手，已然被大首領賣去了血盟，卻故意這麼問，想看看對方如何回答。

天富星被逮個正著，呆在當地，想逃已然不及，連忙擠出一個難看之極的笑容，恭恭敬敬地行禮道：「天猛大哥，嘿嘿，你當眞英明，什麼都瞞不過你！」

小虎子假做惱怒，說道：「大首領已派了天微星跟來，形影不離地監視我，外加一個龐五在旁虎視眈眈。他便如此不信任我，還要派你來跟蹤我？我什麼地方做得不好了，需要這麼大陣仗地監視我的一舉一動！」

天富星聽他這麼說，只道他當眞以爲自己是大首領派來的，暗暗鬆了口氣，連忙說道：「大首領的心思，我們做弟子的哪能摸得清呢？天猛大哥你也知道，小弟不過是奉命行事，你可別怪罪小弟啊。」

小虎子搖搖頭，擺手說道：「我怎會怪罪你？我只是心裡不痛快，大首領對我竟如此不信任！」

天富星趕緊陪笑安慰，說道：「天猛大哥千萬別這麼說。大首領對你可是萬分信任的，不然怎會讓你第一個開始過第三關呢？」

小虎子又抱怨了幾句，才道：「不多說了，我還有事情要辦，這就走啦。」

天富星卻拉住他，神色頗爲古怪，略一遲疑，才道：「天猛大哥，有一個人，我想讓你見見。」

小虎子想起天殺星還躺在岩穴之中，生怕他逃走，又不知天富星有何計謀，不禁暗暗生疑，問道：「什麼人？」

天富星遲疑一陣，才道：「是個小女娃兒。」

小虎子不禁一呆，說道：「小女娃兒？你要我去見一個小女娃兒？」

天富星道：「你跟我來便知道了，她在一間客店中。」

小虎子望向天富星，心中猶疑。但見天富星神色焦慮，並無狡詐陰險之色，心想：「我便去看看不妨。」說道：「好吧。你若搞什麼鬼，我可不輕饒。」

天富星忙道：「小弟怎麼敢！」當下在前領路，帶著小虎子來到一間隱密的小客店中。

小虎子跟在天富星身後，伸手握緊了破風刀的刀柄。他心中清楚，天富星跟自己雖是同道弟兄，卻可以毫不猶疑地殺死自己；他說要帶自己去見一個「小女娃兒」，聽來似乎並無危險，但殺道之中能夠輕易置人死地、隨手取敵首級的「小女娃兒」可多了，相信殺道之外也大有人在，因此十分謹愼戒備，不敢鬆懈。

兩人來到客店後的一間客房外，天富星輕輕敲了敲門，喚道：「元鶯，是我。」

過了一陣，門緩緩打開了，一個女孩兒站在門口，抬頭望向天富星，又望向小虎子。

小虎子見到了那個女孩兒的面貌，頓時呆在當地，無法動彈。

天富星見到他的反應，臉上露出隱晦不明的神色，一雙小眼盯著小虎子的臉面，留心觀察他的神情。小虎子不似天微星，不懂得裝出一張沒有表情的臉孔，也不懂得掩藏自己的心思；他在天富星面前便如一張紙一般，一切情緒全都讓人看得一清二楚。

小虎子完全被眼前這個女孩兒震懾住了。她長得實在太像裴若然！

當然也有許多不同之處：她的年紀比裴若然小得多，大約只有七八歲。小虎子第一次見到裴若然時，她正是七歲，而這女孩的神韻，氣質，體態，都像極了七歲的裴若然，那個活潑健朗、身手矯捷、擅長蹴鞠、女扮男裝的官家千金。

小虎子雙眼直盯著那女孩兒，女孩兒也睜著一雙清澈的大眼睛回望著他，眼神中帶著幾分恐懼，幾分戒懼，也有幾分好奇。

小虎子呆了許久，才吸了一口氣，問天富星道：「這個……小女娃兒，她是從哪兒來的？」

天富星讓那女孩兒回入屋中，關上房門，拉著小虎子在屋角坐下，說了他跟隨天殺星去吳少陽的地盤淮西，替吳少陽出手刺殺吳元慶一家，意外救下了這個小女孩兒的經過。

小虎子完全想像不到天殺星竟也會對人生起慈悲之心，放過這個女孩兒不殺。他當然明白天殺星爲何下不了手。裴若然對他太過重要，而這個女孩兒又長得太像裴若然，天殺星再冷血無情，也不能對著這樣一張面孔狠下殺手。

小虎子靜了一陣，問道：「你打算如何處置她？」

天富星聳聳肩，說道：「我託人一路從淮西將這女孩兒帶回石樓山腳，又帶著她來到成德。我想這麼帶著她東奔西跑也不是個辦法，只是一時的權宜之計罷了。總該找個地方，將她安頓下來才是。」

小虎子點點頭。然而他和天富星並無不同，都是才十四五歲年紀、身不由己的刺客。他們又怎知道該如何安頓一個七歲的小孤女？

小虎子思慮一陣，說道：「這樣吧，你將她帶去石樓山腳，我和天微星回去之後，她定能想出個辦法。」

天富星點點頭，又搖搖頭，說道：「天微大姊足智多謀，定能想出好法子來安頓她。但是你們不知何時才能回去，再說，石樓山腳離如是莊太近了，只怕不大妥當。」

小虎子明白天富星的心思。他眞心關懷這個小女娃兒，因此打死不願意讓她接近殺道，接近大首領。這事小虎子完全同意，於是小虎子又想了想，說道：「你說得是。這樣吧，我這兒有些金銀，你帶她去長安，找條偏僻的巷子，僱個口緊的老婆子，暫且安頓下來再說。」

他隨手從腰間取出十兩黃金，遞給了天富星。這是田季安給他的，自從他留居魏博以來，田季安爲了籠絡他，日日賞賜不斷，因此他收到的金銀寶貝簡直不可計數。大的物件他都交給裴若然保管，金銀則挑了一些帶在身上，隨手一掏，便拿得出這許多黃金。

天富星眼睛一亮，笑道：「天猛大哥，你可接了個美差哪。我們平日辦事，得到的酬勞連塡飽肚子都不夠！」他伸手接過了黃金，說道：「我一定盡力將吳家小娘子好生安置了。」

他抬頭望著小虎子，又吞吞吐吐地問道：「天猛大哥，你在此地，可見到……見到天殺星了麼？」

小虎子只能裝做不知，搖頭道：「天殺星？未曾見到。我不知他也來了成德。他是跟你一起來的麼？」

天富星聽他這麼說，不能確定他是否在誆騙自己，卻也不敢多問，只道：「不錯，他是和我一起來的。天猛大哥，你若見到天殺星，請告訴他我正找他。」

小虎子隨口答應了。

隨後小虎子離開天富星，確定他並未跟蹤自己，便獨自回到滹沱河岸的岩穴之中。此時潮水已開始漲起，小虎子度量潮水的高度，知道天殺星所在處並不會被水淹沒。而天殺星穴道解開後，若試圖泅水出去，這岩穴極深，他無法閉氣這麼久，未來十五日絕對出不了這個岩穴。

小虎子在黑暗之中聽見天殺星的呼吸之聲，爲了謹愼起見，他取出破風刀守住門戶，緩緩上前，再次點了天殺星胸口三處穴道，確定他無法動彈。

小虎子退開數步，心中忽然想起那個名叫吳元鶯的小女孩，想起天殺星饒她不殺，將她送出吳家的舉動，心中一動：「除了六兒之外，我和天殺星之間又多了一個小六兒。他既然能饒過吳元鶯不殺，還設法保護她，並非泯滅人性，毫無天良。我今日饒他不殺，還是做對了。」

小虎子定下心神，開口說話，只聽自己的聲音在山洞中迴響不絕：「天殺星，你聽好了，我不殺你。其中原因，你應當很清楚。」

天殺星並未回答。

小虎子續道：「這岩穴十分隱密，只有我知道這個地方。今夜河潮升起之後，這岩穴便會被水封住，半個月無法出入。此穴甚深，你不可能閉氣潛水出去。我在這兒留下一些清水糧食，你穴道解開後，自行取用，應能活過這十五日。十五日後，我早已離開成德，回到魏博。你刺殺不成，我的任務便算完成了。」

天殺星仍舊靜默不語。

小虎子不再多說，將一袋子糧食和一袋清水扔在天殺星身邊，接著便轉身走入水中，泅水遠去，只留下天殺星獨自躺在溼漉漉的岩穴之中。

小虎子離開河岸之後，想像天殺星此刻的處境，眼前是伸手不見五指的黑暗，耳中是一波波綿延不斷的江浪聲，未來十五日被幽禁在這岩穴之中，飽嘗擔憂恐懼。

小虎子忍不住露出微笑，心想：「就讓他獨自面對這分孤獨恐懼吧！我未曾取他性命，已算夠慈悲的了。他可以放過吳元鶯，我也可以放過他。」

小虎子在成德留了十日，直到第十日的子夜，確定天殺星未能逃出岩穴出手刺殺王承宗，這才和元老六一起離去，回到魏博。

殺手和殺手之間究竟發生了什麼事，小虎子既不說，也沒有人敢多問。然而消息很快便傳了開來，眾人都聽聞傳言，說道盧龍劉濟花下重金，聘請血盟殺手刺殺成德鎮主王承宗，但卻失手了，傳聞是被殺道中人阻殺於途，未能出手，便已喪命。

當裴若然向小虎子問起此事時，小虎子只道：「我在成德的寺廟中遇到一個血盟殺手，出手將他解決了。」其餘便不再說。

裴若然知道他不喜殺人，便也不再追問細節，似乎並未起疑；她自然想不到大首領會將弟兄賣給血盟，也未曾想到血盟派出的殺手正是天殺星。

小虎子心想：「回到如是莊後，她大約很快便會知道此事，但我並不需要提早跟她說明，或向她解釋什麼。我並未做出任何對不起她的事，甚至爲了不讓她傷心，不得不違心饒了天殺星不殺。我也不要她感激我，需要感激的人是我；她已爲我做了太多，我一輩子也還不清她的恩情。」

田季安得知天猛星擊敗血盟高手，防止王承宗遭人刺殺，阻卻了劉濟攻打成德的勢頭，這功勞不可謂不大。他對天猛星更加信任，當夜便賜宴狂歡，席間豔伎美酒浮濫，更有不少打扮得花枝招展的男寵穿梭其間，供賓客嬉弄狎玩。田季安愛好男寵，多年來專寵那號稱「少宮主」的美少年，任其在魏博境內呼風喚雨，作威作福；手下將領也大都癖好此道，男寵之風極爲普遍。

小虎子一看到這些男寵，便渾身不自在，這些男孩兒跟他差不多年紀，大多出身於卑賤低下的家庭，因長相美好而被擄入大樂宮服侍賓客，往往得當眾寬衣解帶，任人褻玩。小虎子無法不留意，田季安和他的將軍懷中抱著這些男寵時，眼睛卻不時飄向自己，若非他武功太高強，手段太厲害，他們定然極想染指於他。一想到此處，小虎子便渾身發麻，十分反感。

田季安不但好色，也兼好殺。當夜的宴席中，他便命人在堂下屠殺叛徒，藉以助興。於是筵席之上，堂上山珍海味、美酒佳肴、歌舞美伎穿梭不絕，堂下卻是酷刑殺戮、人頭落地，一片慘呼哀號，血流滿地。

小虎子從未如此如坐針氈，如此痛恨眼前見到的種種醜惡卑汙，血腥殘忍，只能藉喝酒來逃避，最後喝得爛醉如泥，被侍衛抬回屋去。

裴若然見到了，心中難受不已。她知道他寧可狂飲醉倒，也不願意見人受刑遭戮，更厭惡鄙視田季安手下將士的諸般惡行醜態。她雖不喜歡見他狂飲醉倒，卻未曾責備，只如平時一般，默默替他除衫洗浴，逼他靜坐練功之後，才讓他安睡。

如此又過了一個多月，裴若然日夜陪伴著小虎子，督促他練武，跟他說話閒聊，盡量讓他忘卻身在大樂宮中的種種痛苦折磨。

小虎子不時想起在成德見到那個小女孩，那個天殺星放過不殺、又被天富星救下的小女孩，吳元鶯。他想起她清麗秀逸的臉龐，柔和溫潤的眼神，不自禁將她和眼前的裴若然相比較。小虎子知道自己不應該這麼想，但他眞希望裴若然仍是七年前的她，跟吳元鶯一模一樣，那麼天眞，那麼純潔。但是裴若然已是今日的她了，她已變成殺道執事天微星。小虎子清楚知道她的武功殺術，她的心計謀略，她的老練能幹。她是個出色的刺客，也是個出色的人才。

但是小虎子寧願她仍是七年前的她，仍是跟吳元鶯一模一樣的那個她。

這段期間，田季安不時召小虎子去隨侍，命他在軍士面前展示武功，或派他去何處殺死哪個叛徒或敵人，取回首級，好讓他向將領們展示炫耀一番。小虎子在如是莊那四年中，不時跟隨師傅下山，服從指示出手殺人，不問原因，不需理由，只要師傅有命，弟兄們便得在短短的幾刻之間完成任務，置某人於死地。即使他極度厭惡殺人，也早已被訓練得殺人不眨眼，出手迅速精準，乾淨俐落，毫不猶疑。這時他的主人變成了田季安，他也只能勉強自己將田季安當成師傅，完全服從他的每一個指令。只要田季安說得出口，小虎子便能迅捷明快地取去目標的性命，完成任務，令田季安極爲滿意，大暢其懷。

小虎子知道田季安以恐怖手段統治魏博，身邊能有一個如自己這般高明的冷血殺手，絕對是田季安握在手中最厲害的一道殺手鐧。猜想田季安一定在動腦筋想將自己永遠留下，對他的種種禮遇優待，不過是爲了博取他的好感，盼望他自願投靠。

然而田季安並不知道，天猛星這個殺手最憎恨的就是殺人。只要田季安不斷殺人，不斷命令他去殺人，他便打從心底憎恨他、鄙視他、厭惡他，巴不得能立即離開魏博這個鬼地方。

這樣的日子極不好過。裴若然心中知道，小虎子的身心是經不起這等耗損折磨的。大首領想必也清楚，如果沒有她陪伴在他身邊，魏博的日子他絕對撐不上多久。即使有裴若然在旁安慰照看，小虎子也不可能撐過三個月而不崩潰。

裴若然心中估算：「大首領希望小虎子賺得田季安的信任，藉以順利出手刺殺。兩個月的光陰應該足夠，我想大首領不會冒這個風險，讓小虎子在這兒被田季安摧毀，定會在兩個月左右傳來刺殺田季安的命令。」

第五十章　密令

這日晚間，小虎子又被田季安召去宴飲狂歡，裴若然便在屋中等候小虎子歸來。將近子夜，但聽腳步聲響，一人來到門外，伸手敲門。裴若然一聽腳步聲就知道來者是龐五，上前開了門，見龐五神色焦慮，似乎發生了什麼大事。裴若然心中有數，並未開口詢問，只默然讓他進屋，關上了房門。

龐五四下望望，湊近前來，壓低了聲音，說道：「大首領有密令傳來。」

裴若然心想：「一如我所料，兩個月後大首領才傳令來，命小虎子出手殺死田季安，不遲不早。」

她神色平靜，淡淡地道：「大首領刺殺田季安的指示，終於傳到了麼？」

龐五大感驚訝，睜大眼睛望著她，脫口道：「妳早知道了？」

裴若然不置可否，說道：「大首領的心思，我等自然無法猜度。然而自從我們來到此地，情勢發展至今，看來也只有這一個可能。我早已做好準備，天猛星動手應當從速，今夜就完事，離開此地。」

龐五遲疑道：「天猛星動手之後，打算如何走脫？」

裴若然道：「走脫的計畫我已準備妥當，你不必擔心。」

龐五見她不但冷靜沉穩，而且早有計畫，不禁露出驚奇欽佩之色，說道：「大首領的旨意，是愈快下手愈好，最遲不能超過三日。」

裴若然點頭道：「既然愈快愈好，那就在今夜動手。請你將馬牽到大樂宮外的草地上吃草，天黑了就將馬繫在庭園東側的馬棚裡。你先行離開，不必等候我們。我估計天猛星將於今夜四更時分出手，我們可於五更前趕到馬棚，騎馬走叢林小道，趁黑從東角營離開魏博鎮。」

龐五聽她計畫得十分詳細，顯然已去宮外詳細勘查過，當下連連稱是，答應而去。

裴若然望著他的背影，露出微笑。龐五是大首領得力的手下之一，在殺道中擔任下屬，精明能幹，受到大首領的信任重用。但她從來不確定自己能不能完全信任龐五，甚至不確定自己能不能完全相信殺道的任何人。龐五跟隨他們來此，在替大首領傳遞信息之外，最主要的任務自是監視觀察裴若然和小虎子的言行舉止，好向大首領報告。此外還有什麼其他意圖，她並不清楚，只知道他對自己和小虎子並非全心信任，她當然也不能對他掉以輕心。

裴若然請龐五備馬，只不過是其中的一條退路；她不會將自己和小虎子的生死交給一個她不能完全信任的人身上。

小虎子從宴飲回來之後，便自來到房中，取出破風刀，在磨刀石上磨了起來，一來一回，專心一致。

裴若然來到房中，在他身邊坐下，說道：「我們來到魏博，到今日已是第六十一日了。」

小虎子倏然抬起頭，說道：「已過了兩個月，有什麼消息？」

裴若然露出微笑，說道：「不錯，有好消息。或許正是你此刻最想聽到的。」

小虎子眼睛一亮，說道：「我們可以離開魏博了？」

裴若然點點頭，說道：「還要更好。」

小虎子握緊手中的刀，說道：「妳說！」

裴若然知道他不喜歡猜測，便直言道：「大首領傳令來，要你殺死田季安，將他的首級帶回如是莊。」

小虎子先是呆了半晌，不可置信地望著她，接著仰天大笑，笑聲有如哭聲，說道：「好消息，好消息！」

裴若然聽他笑得如哭泣一般，知道他心中抑鬱難解，急於宣洩出來，便伸手握住他的手，故意說道：「你若不願意出手，讓我出手也行。」

小虎子止住了笑，神色凝肅，立即道：「不，當然由我出手！」

裴若然之前那些話原本就是意在激將，果然奏效，心中暗想：「以我對小虎子的了解之深，早知道他有心殺死田季安。如今他自願出手，那是再好不過。他有心殺死田季安，豈有不成功之理？」又想：「這應是他生平第一次自己想要出手殺人。大首領這齣戲安排得實在太好了。」

當天夜裡，裴若然替小虎子備好夜行衣和種種穿堂入戶的器具，包袱也都收拾好了。一切準備就緒，兩人一起潛行至大樂宮田季安的寢宮之外。

裴若然望向小虎子，低聲問道：「你可以麼？」

小虎子吸了一口氣，堅決地點了點頭。

裴若然伸手捏捏他的肩頭，說道：「好！去吧。」

小虎子縱身躍過牆頭，如影子一般，竄入了田季安的寢宮。

裴若然望著他快如鬼魅的身影，心想：「小虎子若非心思過於單純，心地太過善良，實是殺道弟兄中第一流的人才。」

裴若然待在寢宮之外，耐心等候。她早已學會控制自己的呼吸，壓制心中的焦慮。黑暗之中，她默默地數著自己的呼吸，計算時刻，腦中盤算著下一步該如何行動。

不到一盞茶的時分，但見一個人影從宮中飛出，輕輕巧巧地落在她身旁，正是小虎子。

裴若然見到他手中抓著一束頭髮，頭髮下是一個血淋淋的人頭，知道他已成功得手。她點了點頭，說道：「幹得好！」

小虎子臉不紅，氣不喘，平靜地道：「一刀斃命，倒是便宜了他！」

裴若然望了他一眼，心想：「小虎子之前每回殺完人回來，都不免充滿恐懼悔恨。這可是我第一回見他殺人殺得如此心甘情願！小虎子來此不過兩個月，便對田季安仇恨入骨，巴不得早日取其性命，還嫌一刀斃命太便宜了點。」當下點頭道：「你說得是，這人罪大惡極，殺他一百次，都抵不了他的罪孽！」

兩人將人頭裝入事先備好、裝滿粗鹽的木匣之中，密封匣蓋，以布巾包起。裴若然將木匣遞給小虎子，說道：「依照計畫，我們從夾道出宮，行小路離開魏博。跟我來。」說著當先奔去。

小虎子將木匣背在背上，跟在她身後，奔上一條黑暗的夾道，來到大樂宮的宮牆邊上，準備躍出牆去。這條路徑裴若然已探查過多次，知道此時不會有守衛巡邏，但她生性謹慎，仍舊停在牆角，靜靜等候，以確定左近無人。

便在此時，忽聽敲鑼打鼓聲響起，有人高聲叫道：「有人闖入宮中！宮衛警戒！」

裴若然聽了，不禁一驚：「小虎子下手才不過一刻的工夫，怎會這麼快就被人發現？」勉強鎮定，側耳傾聽，但聽宮門傳來哄然叫囂之聲，響聲震天，似乎有數百數千人之眾。她仔細傾聽，但聽呼喊的是：「田季安，滾出來！田季安，滾出來！」

裴若然鬆了口氣，略略放心，暗想：「他們還不知道田季安已經死了。」她猜想魏博的局勢正起著莫大的變化，對小虎子道：「此地不宜久留，我們快衝出去！」

兩人躍到牆頭上，但見宮牆外黑壓壓的，竟已擠滿了兵馬，不知有幾千人，不少人手中持著火把，火光下只見士兵人人手持兵器，團團圍繞著大樂宮，人馬躁動不安，似乎隨時能衝將進來。

小虎子倒抽一口涼氣，低聲道：「怎麼回事？」

裴若然皺起眉頭，說道：「兵變！」

小虎子呆了呆，說道：「那……那我們怎麼辦？」

裴若然咬著嘴唇，說道：「闖是闖不出這重圍了，只能孤注一擲，冒一冒險了。」

小虎子滿面狐疑地望著她，顯然不明白她打算做什麼。

裴若然吸了一口氣，對小虎子做個手勢，要他跟上自己，舉步往田季安的寢宮奔去。

小虎子又驚又疑，說道：「此刻回去，豈不自投羅網？」

裴若然見他未曾立即跟上，回頭望向他，向他點了點頭，表示要他相信自己，不必擔心。

小虎子想起他們在石樓谷過第二關時，自己曾全心信任裴若然的決斷，點了點頭，舉步跟上。

裴若然當先奔去，回到田季安的寢宮之外。但見寢宮外人頭攢動，黑壓壓地已聚集了數百人，有不少已衝入寢宮，一個將軍手中持著一個人頭，高聲叫嚷著什麼，其餘士兵一片叫囂，怒氣沖天。

裴若然凝目望去，見那人頭面目秀美，臉上抹著濃厚的胭脂，似曾相識；仔細一瞧，竟然便是田季安的男寵大樂宮少宮主！

裴若然心中一跳，隨即安下心，回頭對小虎子道：「他們殺死了少宮主。」

小虎子一時無法明白過來，說道：「殺死了少宮主？」

裴若然點點頭，忽然拉著他，一躍而出，來到寢宮大門之外。

一眾將領士兵見到天猛星和裴若然陡然現身，頓時靜了下來，眼光全都落在他手中所持的匣子之上。

田季安寢宮外一片死寂，數百人眾目睽睽之下，裴若然大步走上，打開匣子，取出田季安的人頭，雙手捧著高高舉起，讓眾人能夠看得一清二楚。

小虎子不可置信地望著她，張大了口，顯然不明白她此舉是何用意。

一眾將領的眼光全都落在田季安的人頭上，忽然各自舉起兵刃，高聲呼喊，群情激動。

小虎子原本心存戒懼，打算立即轉身逃逸，不料這幾百人口中叫喊的竟然不是「殺死刺客」，而是歡呼：「死了！死了！田季安終於死了！」

小虎子呆在當地，一時猶如身陷夢中，不知眼前正發生著什麼事。

但聽一個將領叫道：「天猛星剷除暴君，好個英雄！」

其餘將士紛紛附和，高聲叫道：「殺死暴君，除暴去惡！天猛星，眞英雄！」

小虎子皺起眉頭，他完全無法預料，自己出手刺殺田季安，不但未曾受到魏博將領的聲討追殺，竟還成了他們眼中除暴去惡的英雄！

裴若然看在眼中，嘴角暗暗露出微笑。她早已料到這是大勢所趨，因此胸有成竹，雖已備有刺殺成功後立即逃出魏博的計畫，心底卻知道他們可能並不需逃跑。她心思細密，看事情原本便比小虎子精準得多；眼見田季安手段殘忍，殺戮過多，早已弄得天怒人怨，眾叛親離，將軍率領手下兵變乃是遲早的事。而這些叛變將領想要的，正是田季安的人頭；小虎子恰巧早一步出手刺殺了他，田季安這一死，所有將領都將額手稱慶，認爲他惡貫滿盈，不但無人感到悲傷，更不會有人想替他報仇。

裴若然的猜測果然沒錯。恰好就在當夜，一眾將領發動軍變，攻打大樂宮，攻破大門後，直闖入田季安寢宮。將領在寢宮中大肆搜索，並未找到田季安，卻找到了平日仗著田季安的寵愛、作威作福的大樂宮少宮主，便將他亂刀殺死，斬下首級。之後眾將領繼續搜尋，才在床榻上見到一具無頭屍首，也不知是不是田季安的屍首。眾人面面相覷，都不知道此地發生了什麼事，也無法確知田季安的生死，頓時陷入一片驚慌疑惑。

正當眾將領在寢宮外聚集商議時，天猛星和裴若然出現了；他們手中持著的，正是眾將領闖入寢宮的目標，田季安的人頭。

裴若然知道，眾將領對天猛星這少年刺客一直深懷恐懼，敬而遠之；田季安又不斷將他端出來，擺在身邊向屬下示威，不免令將領們暗生憎惡厭恨。然而天猛星外表英挺，相貌堂堂，毫無陰沉之氣，同時言語不多，也不招搖張揚，眾將領對他倒是恭懼多於厭惡。當夜將領們群起造反，發動兵變，原本有些憂心忡忡，生怕殺不死田季安，反而讓田季安號召宮中侍衛前來勦滅叛軍，自己不免落個抄家滅門、酷刑慘死的下場。如今見到天猛星站在他們這邊，率先替他們解決了田季安，都不由自主鬆了口氣，衷心將他當成英雄看待。

裴若然心知機不可失，人心可用，因此抓緊時機，決定不逃走，反而將小虎子推了出去。當將領們開始歡呼時，她便知道自己估算無誤，小虎子出手刺殺田季安的時機剛剛好，恰恰早過他們一步。此後小虎子不但不必逃脫，更將成爲魏博將領眼中的英雄。

時值三月，春風和暖。

魏博的一場兵變，在田季安暴死之後，稍稍平定。圍繞在宮外激動的士兵也漸漸散去，各歸軍營。

田季安的人頭被放回匣中，置於大殿之上。十多名將領圍坐於大殿，討論魏博鎮的未來。

小虎子也坐在眾將領之間，但他始終未曾出聲。

裴若然站在小虎子的身後，靜靜地聽著眾將領你一句、我一句地爭辯，心中雪亮：「這十多個將領都非勇猛剛烈之輩，那些將領早就被田季安給殺光了。留下來的，都是在田季安的暴虐淫威下苟且偷安、不敢反駁的一群懦夫，並無一人能夠鎮得住其他人。如此討論下去，也不會有什麼結果。」

果然，當夜眾將領誰也說不倒誰，商議了一個晚上，唯一大夥兒能夠同意的提議，就是讓田季安十一歲的兒子田懷諫繼位爲魏博節度使。

裴若然和小虎子並不關心由誰繼位，他們的任務既已達成，便想早日離開魏博，回往石樓山。魏博將領卻苦苦勸留，祈求天猛星多留數日，直到局勢穩定之後再離去。

裴若然對小虎子道：「我們若要逕自離去，自然毫不困難，誰也攔不住我們。但我認爲可以多留一陣子，靜觀待變。」

小虎子微微皺眉，說道：「還要留多久？」

裴若然道：「我也不知道，暫且留到局勢穩定之後再說吧。或許大首領會有命令傳來也說不定。」她知道小虎子極端厭惡此地，又道：「你不必擔心，此刻田季安已死，我們兩人安全無虞，諒這些將領也奈何不了我們，沒什麼好怕的。」

小虎子搖搖頭，說道：「我不明白，我不過是個少年，年輕識淺，眼下田季安已死，眾將領並不需要我出手刺殺什麼人，卻為何硬要將我留下？這是什麼緣故？」

裴若然想了想，說道：「他們只是不安心。你是殺死田季安的大功臣，武功又高，說話總比其他人多一些分量。他們誰也鎮不住誰，只好繼續把你當成神主一般供著，試圖利用你。」

小虎子道：「難道我便留在這兒，任由他們利用？」

裴若然微笑道：「有我在此，沒有人能夠利用你。」

眾將領於是呈報朝廷，請以田季安之子田懷諫接掌節度使之位，朝廷很快便批准了。眾將領雖然誰也不滿意，但誰也沒有更好的主意，便舉辦了一個簡單的儀式，讓小孩兒田懷諫當上了節度使。

儀式結束之後，小虎子對裴若然道：「新節度使也有了，咱們可以走了吧？」

裴若然微微一笑，說道：「這田家小孩兒才十一歲，連大樂宮都沒跨出過，什麼都不懂。將軍們推他做鎮主，只是一時權宜之計，我瞧他這位子絕對坐不長。這地方還要亂一陣子。我們此刻可以走，但是這一走，下一場亂局我們便管不到了。」

小虎子知道她說得對，滿面煩悶之色，說道：「我們何須理會此地的亂局？任他亂去，橫豎不關我的事！我只想早日離開魏博。在這鬼地方多待一天，我就渾身不舒服！」

裴若然伸手捏捏他的肩膀，說道：「別擔心，有我陪你留下。田季安死去後，局勢已然好轉許多了。這兒的人都怕我們，我們卻不怕他們。我們若想走，隨時可以走。」

果然如裴若然所料，魏博的動蕩尚未結束。

田懷諫年紀幼小，生長於大樂宮，嬌生慣養，不明世事，更不曾從荒誕殘暴的阿爺田季安身上學到任何爲人處世之道。普天之下，他只信任一個人，那便是田家的家僮蔣士則。

這蔣士則年方二十，聰明伶俐，自幼伴隨田懷諫長大，不時在田季安身邊伺候，對田家諸事瞭若指掌。如今小主人忽然升格成爲鎮主，蔣士則立即抓住機會，緊緊跟在田懷諫身邊，事事都管。每凡將士下屬有事向鎮主報告，田懷諫年紀太小，根本聽不懂，便轉頭詢問蔣士則的意見。蔣士則便擅作主張，自行裁斷。田懷諫對蔣士則萬分信任，總是在旁點頭稱是，添上一句：「士則所言甚是，就這麼辦。」

不出五日，魏博眾將領士兵對蔣士則掌握大權極爲不滿，紛紛抱怨：「我們立田懷諫爲主，不是爲了讓那低賤的家僮呼風喚雨！之前鎮主的男寵大樂宮少宮主作威作福，如今又來了個家僮對我們頤指氣使，誰願意受這個氣？」

第六日上，在將領的鼓動下，兵士嘩變，抓起了蔣士則和田懷諫。至於接下來該由誰接掌魏博，眾將領仍舊爭爭吵吵，無有定論。

裴若然對小虎子道：「該是你說話的時候了。你去跟他們說，你支持田興擔任節度使。」

小虎子一怔，說道：「田興？就是田季安的叔叔麼？」

裴若然道：「正是。此人爲人還算寬厚正直，溫和退讓，不與人爭。由他來做鎮主，其他人都會服氣。」

於是在將領會議之上，小虎子第一次出聲說話。他照著裴若然的意思，說道：「我認爲田興將軍德高望重，眾望所歸，適合接掌節度使之位。」

眾將領聽他這麼說，全都呆了，堂上鴉雀無聲，彼此望望，又一齊望向坐在一旁的田興。田興乃是少數田季安頗爲信任的將領之一，爲人謹慎，從未做過什麼大事，也從未惹出什麼大禍。田興完全沒想到少年殺手天猛星竟會推薦自己擔任鎮主，張大了口，不知說什麼才好。

一個將領率先道：「不錯，鎮主還是該由田家人擔當。田家之中，德高望重的便屬田叔了。」

其餘人也紛紛附和，說道：「田將軍處事公正，大夥兒都尊重他，由他來當鎮主，再好不過！」

於是北方最大的藩鎮魏博鎮的節度使，便在天猛星的一句話下決定了。

田興接位之後，第一件事便是順從眾意，殺了蔣士則。至於田懷諫，有人說要殺，有人說不該殺，莫衷一是。

田興並非好殺之人，這孩子算來也是他的侄孫，又只有十一歲年紀，心裡並不願意殺他，最後決定將他送去長安，交給朝廷安置。

眾將領見他如此處置，都沒有異議。田興溫和又無野心，即位後不久便對朝廷上表，表示歸順朝廷。

第五十一章 回家

裴若然眼見魏博情勢穩定了，便決定與小虎子一起回往石樓山，拜見大首領，報告此行種種。

然而她完全沒有料想到，大首領一見到他們，便滿面暴怒之色，對小虎子叱罵道：「是誰讓你擅作主張，推薦田興接任魏博節度使的？」

裴若然聽了，心中極為驚訝。她一直以為擁護田興繼位，乃是他們在魏博做得最好、最對的一件事，足以自豪。誰都看得出，田季安是個狂暴嗜血的瘋子，接位的田興卻是個較為正常的人，即使並非什麼溫良忠信、仁慈善心之輩，至少不是個暴君。由他擔任節度使，當地的流血殺戮定會大大減少，居民應當能夠過上一段安居樂業的日子，不必整日擔驚受怕，活在腥風血雨之中。

裴若然不明白大首領為何會如此氣憤，也不明白自己做錯了什麼，但是一人做事一人當，她立即站出來，跪倒說道：「大首領明鑑，推薦田興擔任節度使，乃是我的主意。天猛星出言支持田興，也是出於我的教唆指使。一切錯處，全由天微星承擔。」

大首領嚴厲的眼光向她射來，冷然道：「天微星，妳身為道中執事，卻犯下這等錯誤！妳可知自己錯在何處？」

裴若然並不完全明白大首領的心思，只能叩首說道：「天微星年幼識淺，不明世事，請大首領指點。」

大首領怒氣稍減，說道：「妳什麼人不好挑，卻推出了個田興？這老傢伙懦弱怕事，一上任便對朝廷俯首稱臣，魏博往後該如何混下去？」

裴若然這才恍然大悟，心想：「原來大首領也不願見到魏博臣服朝廷！他希望藩鎮繼續割據，天下大亂！」當下說道：「原來如此。弟子知錯了。」

大首領神色溫和了些，說道：「好，妳說說，自己錯在何處？」

裴若然道：「天下大亂，藩鎮割據，正是我殺道藉以生存壯大的良好時機。田興歸順朝廷，需要我殺道出手的機會便少了許多，因此並非接掌魏博的理想人選。」

大首領聽她這麼說，這才點了點頭，負手在屋中走了一圈，停下腳步，說道：「這麼明白的事情，妳早該想到，爲何不阻止田興繼位，另行擁護他人？」

裴若然低下頭，說道：「啓稟大首領，天微星只學過殺人之術，並不明白什麼樣的人適合接掌節度使之位，也不知道該如何阻止什麼人接掌節度使。」

大首領哼了一聲，無言可答。

小虎子的眼光從裴若然望向大首領，又從大首領望回裴若然，靜默不語。他完全明白他們在談論什麼，卻完全不想明白他們所談論的事情。

裴若然所說的乃是事實；他們從七歲開始便在大首領手下受訓，所知道的一切都是大首領教出來的，不知道的一切也都是大首領一手造成的。在過去七年的時光中，他們專注於練武和殺人，確實從未接觸過權力鬥爭，甚至連四聖是什麼人都不知道。裴若然和小虎子能在魏博這險惡之地全身而退，已算很有本事的了。大首領若期望兩個十來歲的少年少女能夠在一場兵變叛亂之中看清全盤局勢，甚至做出抉擇，挑選一個跋扈叛逆的將軍來擔任魏博的新領袖，未免太過強人所難。

大首領想必有此覺悟，於是不再討論此事，轉開話題，對小虎子道：「天猛星，所謂第三關，是要你辦成三件大事。第一件便是刺殺王士眞，這件事你已輕易辦到了。第二件是刺殺田季安，這件事你也已辦到了。」

裴若然心想：「大首領收了田季安的錢，讓小虎子出手刺殺王士眞；不知他又是收了誰的錢，讓小虎子出手刺殺田季安？」

大首領說完便停頓下來，不再說下去。

小虎子忍不住問道：「大首領，請問第三件事是什麼？」

大首領沉吟一陣，說道：「在辦第三件事之前，我得先給你另一件任務。」

小虎子道：「請大首領賜告。」

大首領直盯著他，忽然問道：「天猛星，你可記得自己的出身來歷？」

小虎子當場僵住，不知該如何作答。

大首領神色嚴厲，說道：「在我面前，誰也不准說謊！記得便記得，不記得便不記得，何須猶豫掩飾？」

裴若然心中震驚：「小虎子一直以爲大首領並不知道他出身武相國家，原來大首領老早便知道了！」

小虎子呆了好一陣子，才開口說道：「啓稟大首領，我記得……我記得七歲前住在長安武家大宅，我阿爺乃是武相國。」

大首領點點頭：「不錯，你記得就好。我命令你回去長安，回到武相國家住下。」

小虎子呆了，脫口道：「大首領要我……要我回家？」

大首領道：「不錯。我要你回家去。你阿爺武元衡已被皇帝召回長安了。你回家之後，便跟武氏夫婦說，七年前你與主母不合，一怒逃家，如今痛改前非，乞請他們收留你。」

小虎子仍未從震驚中恢復過來，結結巴巴地問道：「那我……我該如何解釋，解釋過去這七年我人在何處？」

大首領揮揮手，說道：「隨便編個故事，敷衍過去便是。你又不是笨蛋，自己去想吧。」頓了頓，又道：「你明日便啓程。限你於一個月內，在武家安頓住下。我會在適當時機傳信給你，告知第三件任務。」說著便揮揮手，讓他退去。

小虎子啞口無言，只能跪拜爲禮，準備起身退出。

裴若然忍不住問道：「請問大首領，這回我也跟隨天猛星同去麼？」

大首領搖搖頭，說道：「不。讓他自己去。」他抬頭望向裴若然，又道：「妳此刻身爲執事，我有許多差使要交給妳去辦。而且妳也得開始過第三關了，在過完關、正式入道之前，妳不可離開如是莊一步。」

裴若然耳中聽著大首領的言語，心中驚疑不定。她知道自己被禁足了。

當日晚間，裴若然來到小虎子房中，但見他躺在床榻之上，神情徬徨失措，滿面疑惑。

裴若然在他身旁坐下，低聲道：「原來大首領知道你的身世。」

小虎子臉色蒼白，更說不出話來。

裴若然道：「大首領派你回家，背後一定藏有什麼隱密目的。你且莫擔心，我定會想辦法幫你探聽出來的。」

小虎子還未回答，裴若然也還來不及多說幾句，龐五便已來到小虎子的房中，說道：「大首領命我來替天猛星收拾打點，明日清晨便啓程。」

裴若然當著龐五，什麼話也不能說，只好出屋而去。小虎子也並未留她，只是呆呆地躺在那兒，一動也不動。

次日裴若然早早便起身，打算替小虎子送行，莊中僕役卻告訴她小虎子和龐五已在天亮前出發了。裴若然感到一陣失落，一顆心似乎也跟著小虎子飛去了。

自從裴若然回到如是莊後，大首領便命她從早到晚在有爲堂中伺候，聆聽他和其他道友執事談論道中諸事。裴若然明白大首領的用意，他想讓她參與殺道的種種事務，熟悉殺道的運作。比如，殺道如何與雇主接洽？如何商談酬金？什麼樣的雇主可以信任？什麼樣的生意應當推拒？接了生意之後，該派哪位道友負責出手？如何確定收到雇主的酬金？收到的金銀又存放在何處？

裴若然日日跟在大首領身旁，認眞學習，遇上不懂的事情，便趁夜晚無人之時，一一向大首領請教。大首領不厭其煩地向她講解，詳盡仔細，毫不保留。

裴若然隱約知道，自己能夠時時跟在大首領身邊，乃是莫大的機遇；但她不明白大首領爲何選中自己？道中還有許多其他的道友和執事，年紀都比她大得多，經驗也豐富得多。大首領選中自己，莫非只因她是個年幼女娃兒，較易掌控？

她每日忙碌至極，心中十分想念小虎子，也非常想念天殺星。從魏博回來之後，她便聽說天殺星和天富星一同被大首領賣給了血盟，成爲血盟的殺手。她不明白大首領爲何要將辛苦訓練出來的弟兄賣給別人，憑著天殺星的武藝身手，絕對是殺道未來的一棵搖錢樹，多少銀兩也不足以將他買去。

裴若然曾向大首領問起此事，大首領只是微微一笑，說道：「我當然不會白白將兩個得力的弟兄拱手送給血盟。這正是天殺星要過的第三關。他的任務並不容易，但我相信他能夠順利辦成。」

裴若然聽大首領這麼說，想起他曾將小虎子「借」給田季安，而這場交易的結果，是小虎子出手取了田季安的人頭。她心想：「人們該當從田季安身上學個乖。誰敢借用、購買、收留殺道的殺手，都不會有什麼好下場。血盟盟主一念貪小便宜，買了天殺星和天富星去，此舉想必將引火焚身，自取滅亡。倘若哪日天殺星和天富星提著血盟盟主的頭顱回來如是莊，我一點兒也不會驚訝。」

不論天殺星人在何處，總之他不在她的身邊；小虎子也已遠赴長安，回到了自己的家。在她身邊的弟兄，只剩下陰險狡詐的天空星和殘忍暴虐的天暴星，以及孤僻冷漠的天佑星和陰沉怪異的天異星。裴若然不禁時時悵然，若有所失。

小虎子受大首領之命回到長安，回到了武相國府。他起先不敢進入家門，只潛入家中偷瞧，見到了從未謀面的阿爺；他在襁褓中時便離開了阿爺，直到七歲離開長安，從未真正見過阿爺的臉容。這時他終於見到了阿爺，只覺阿爺看來十分蒼老瘦削，滿面皺紋，一頭灰髮。他完全沒有阿爺面容的記憶，只聽人說自己的阿爺丰神俊朗，是個才氣縱橫的詩人，這時眞正見到了，不禁略感失望。

小虎子暗中打探，得知自己失蹤後不久，阿爺便被皇帝召回長安重任門下侍郎，輔佐皇帝。他離家不過七年，阿爺便顯得如此蒼老衰敗；是因爲擔憂世局，操勞國事麼？還是因爲擔憂他那不知去向的庶出孽子？

他當然不敢自稱小虎子，大搖大擺地回家。他就算有膽走進這個家門，又能對阿爺和主母說什麼呢？

他心想：「我若這麼對他們說，七年前我跟主母鬧翻，賭氣離家出走，就此在外晃蕩了七年，眼下終於洗心革面，浪子回頭，決定回家了。嘿，阿爺還會認我這個兒子麼？至於石樓谷、如是莊這等地方，我自然打死也不能跟阿爺或主母提起半點。」

小虎子躊躇良久，想起大首領的嚴厲命令，只能硬著頭皮，來到武相國府門口。

看守門口的僕人老趙還認得他，見到他時，驚喜莫名，喊著將他迎了進去。

趙大娘、李大娘幾個也都認得他，驚訝萬分地搶上前來，對他左瞧右看，口中叨叨念念：「小雜種回來了，小畜生沒死在外頭，卻回家來了！想是還沒折磨夠他阿爺阿娘……」

倘若是往年的小虎子聽了這些言語，定會暗懷惱怒，心生憤恨；但今日的他卻知道他們說得一點兒也沒錯。他正是回來折磨自己的阿爺和主母的。

那天晚上，小虎子見到了阿爺武相國。他什麼話也說不出口，只流著淚，向阿爺跪倒磕頭。他也向主母跪拜，乞求她原諒。

武相國和武夫人都驚詫得說不出話來。武相國的神色帶著幾分不悅，但他是個溫文儒雅的君子，並未出聲責罵小虎子，只溫言對他道：「古人云，浪子回頭金不換。你還知道要回家來，便是好事。此後你留在家中，我請師傅來教你讀書，盼你認眞讀書，好好做人。你年紀還輕，只要走上正途，往後仍然大有可爲。」

這原是一番鼓勵的言語，聽在小虎子耳中卻備感諷刺淒涼。世間沒有人比他更加清楚，他年紀雖輕，卻早已沒有前途，沒有希望，沒有未來了。

主母對他的態度並不惡劣，反而出奇地客氣友善。小虎子聽趙大娘她們說，主母始終沒有生下孩子，武相國也沒有納妾。自從小虎子離開後，武家大宅便只餘一片空虛冷清，連庶出子女都沒有一個。

或許因爲如此，主母見到他時並沒有想像中那麼憤怒厭惡。也或許因爲她年紀大了，比較看得開了，暗忖武相國始終沒有子息也不是辦法，這個孽子雖叛逆可恨，但體內流著武相國的血，總比去叔伯家過繼一個姪兒來得好些。即使他頑劣不羈，或許能給武相國晚年帶來幾分慰藉喜樂也說不定。

小虎子就這麼回到了武相國家。他重新穿起錦衣，吃起玉食，雖然並不比他在如是莊時的衣食更加精貴，但他知道這就是他曾懷念不已的長安童年生活。

然而他心中十分清楚，他並沒有眞正地回到家。他念茲在茲的家並不是這個家，而是一個完全虛無的所在，只存於他的腦海之中。

他不敢讓自己完全絕望，心底仍舊緊緊抓著一個想法，也是他最後的一線希望——或許他可以回去蜀地找他的娘親。或許當他回到娘親身邊時，便是眞正回家了。但是連他自己也知道這希望實在太過渺茫微薄，幾近可笑。他出生不久後便離開了娘親，十多年過去了，娘親當然早已認不得他了，或許連世上有他這個兒子都不記得，也或許完全不在乎他這個兒子。

小虎子暗自思索，大首領怎會知道他的家世？當年他在東市被官兵捉走之時，並無人知道他是武相國的庶出兒子，不然官兵怎敢對他動手？當他在大車上醒過來時，見到屠狗夫和行腳僧，之後大首領出現，他也從未說出自己的家世。他只對六兒一個人說起過，難道是她向大首領透露的？

小虎子想到此處，不禁搖了搖頭。他不相信裴若然會出賣自己，如果連唯一的好友裴若然也無法信任，世間還有什麼可以信任的人事物？自己還有什麼值得活下去的理由？

他知道大首領突然命令他回家住下，背後一定有著不爲人知的原因和陰謀。大首領蓄意不讓裴若然跟他來，甚至將她留在如是莊，想來意在孤立自己，禁止她出手相助。在過去數年之中，裴若然想盡辦法幫助他，助他度過重重難關，這些他都點滴記在心頭，感激不已。然而如今裴若然不在他的身邊，他無可倚靠，只能勉強打起精神，試著靠自己去想通一些事情，靠自己去面對困境。

小虎子知道自己已慣於依賴裴若然，也清楚知道自己資質魯鈍，遠不如她聰明多智，料事如神，判斷精準。然而他也並非一味愚昧蠢笨，一無所知。他隱約想到，大首領蓄意派他回家，目的定是要他出手暗殺京城中的重要人物。他暗中思索：「那會是誰？我阿爺位高權重，時時接觸京城中的高官顯要，甚至日日能見到皇帝。莫非大首領想要派我刺殺皇帝，才特意讓我回家？」

小虎子想不透背後因由，只能暫時安於現狀，每日乖乖待在家中，跟著阿爺替他請的先生識字讀書。他發現已忘記了很多往年學過的字，一切都得重新來過。

小虎子向來只有「小虎子」這個小名，因此先生首先替他正式取名。他是庶出，不能排入族譜，乾脆便命名爲「武小虎」。

先生教他讀四書五經，讀典章史籍，也讀他阿爺和其他詩人的詩作。武小虎很快便重拾文字，能將文章讀得朗朗上口。他雖一點兒也不喜歡讀經書，但仍認眞誦念，只爲了不讓阿爺失望。

武小虎對詩情有獨鍾。夜晚獨處時，他一遍又一遍地吟誦娘親薛濤寫的詩，心中反覆掛念：「阿娘此刻身在何處？阿爺離開蜀地後，她單獨一人如何生活？她身邊有其他的親人麼？她還記得我麼？她曾爲我寫過詩麼？」

第五十二章 密信

龐五回到了如是莊後，向大首領報告道：「天猛星已順利回到長安，住進武相國家，安頓下來了。」

大首領點點頭，沒有說什麼。

當天晚間，裴若然忍不住問大首領道：「大首領，您怎知道天猛星仍記得自己的家世？」

大首領笑了笑，說道：「一個七歲的孩子，不論離家多久，都必然記得自己的出身來歷。天猛星出身長安武相國府，雖非嫡子，但也算出身貴宦。他自然會記得自己的父母家世。」

裴若然心中一緊，隨即想起：「大首領原本便知道我的出身，自然也知道我仍記得自己的家世。」

果然，大首領嚴厲的眼光射向她，面帶微笑，說道：「天微星，就拿妳來說吧，如此一個聰明機伶的女孩兒，又怎會忘記自己的父母和家世？若不是爲了回家，妳又怎會如此拚命地學武過關？」

裴若然心中震動，只能竭力維持平靜，垂首說道：「大首領英明神武，算無遺策。」

大首領哈哈大笑，說道：「妳也是奇貨可居。妳是裴度的女兒，早早便入選采女。妳可知道，當年妳被我帶走後，妳父母不敢報官，假稱將妳送到城外親戚的別業安住，不令見客，好讓妳嫻熟德容言功，做好入宮的準備。哈哈，哈哈！」

裴若然感到一陣難言的心寒：「大首領什麼都知道！他熟知我的家世背景，自然知道我曾入選采女。是了，不久之後，他也將命我回家，甚至順勢讓我入宮，方便刺殺宮中之人。嘿，他說我『奇貨可居』，就是這個意思吧！」

這段時日中，裴若然時時與其他道友打交道，對他們的了解愈來愈深。她發現七個道友分成三個世代：其中金婆婆和白骨精年紀較老，都是七十來歲的老婦；大首領和潘胖子則是同輩，年紀相若，約莫五十來歲；之前叛道遭戮的老八雲飛鶴，以及雲娘子、泥腿子和半面人四名道友則屬同輩，年紀都在三十上下。

大首領的武功威望顯然遠在餘人之上。金婆婆從不出手刺殺，只留在如是莊中專心種植草藥，研製毒物；潘胖子是大首領最得力的左右手，道中凡有重大事情，大首領一定會跟潘胖子商量。潘胖子對大首領十分忠心，爲他出謀劃策，認眞勤懇。即使偶爾潘胖子辦事不力，大首領也不怎麼追究，甚至盡量不派潘胖子出去辦太過困難的任務。

因此每當道中有較爲困難而重大的任務，大多便落在白骨精身上。白骨精年是個白髮老婆婆，滿面皺紋，年紀雖然已有七十來歲，但精神矍鑠，完全不像個老人家。她平日看來笑嘻嘻的，似乎對什麼人都頗爲友善。但是裴若然很快便發覺，其他道友都十分懼怕白骨精，因爲她孤僻陰險，笑裡藏刀，與任何人都沒有交情，隨時能夠翻臉不認人。她的兵器是一柄彎彎的鐮刀，專用來割人咽喉。

晚一輩的雲娘子、泥腿子和半面人武功略遜於四位前輩道友，但也各有本領，殺道的生意大多由這三人負責出手。雲娘子善使餵毒的蛇形鞭，觸身奪命；泥腿子精通空空妙手擒拿術，兵器則使一對短鐵戟，快捷奇巧，專戳敵人關節穴道；半面人使鬼頭刀，臂力奇大。其中泥腿子和半面人的交情最好，兩人都在莊中時，往往一起飲酒閒談，直至深夜。

潘胖子、白骨精、泥腿子和半面人四人住在如是莊東方的「泡影樓」，各自有獨門獨棟的華宅，占地甚廣，由十餘名僕從服侍飲食起居，生活十分奢華。他們平日很少離開自己的宅子，唯有傳授武功時會離開泡影樓，來到如電堂指點天空星、天暴星等新一代的弟兄武藝和殺術。

雲娘子身爲道友，泡影樓中也有她的宅子，但她很少住在那兒。莊中人人皆知，雲娘子是大首領的房中人，平時都住在大首領的居處「夢幻樓」，任意出入大首領的寢室，毫無顧忌，泥腿子和半面人往往對她側目而視，敬而遠之。

當大首領召集道友在有爲堂議事時，道友們不論是老一輩、中一輩的或是少一輩的，都對裴若然視而不見，從來不曾對她開口說話，甚至不肯正眼瞧她。裴若然總是安安靜靜地坐在一旁傾聽，道友們自顧彼此閒聊或爭論，彷彿堂上根本沒有她這個年幼的執事。

有一回，大首領命令裴若然去取帳簿，查出某筆生意的紀錄，並命她對著道友讀出當時的聘書。

她讀完之後，道友們卻故意轉過頭去，似乎並未聽見，面無表情。裴若然心中甚是惶恐，轉頭向大首領望去。大首領道：「你們都聽見了，有何意見？」

白骨精卻懶洋洋地道：「聽見什麼？我什麼也聽不見。」

半面人則大聲道：「蚊蟲嗡嗡之聲，我是聽見了一些。聘書麼？未曾聽見。」

大首領皺起眉頭，只好接過帳簿，將聘書再讀了一遍，道友們才繼續議論下去。

裴若然退在一旁，即使她善於掩藏情緒，這時也不由得滿面通紅，身子微微顫抖，心中清楚知道，自己已成了一眾道友的眼中釘、心頭恨。

大首領自也察覺其餘道友對天微星的冷落排斥，每當道友或執事向他請示道中諸事，他便回答：「這件事，你去跟天微星商量之後，再做定奪。」

道友們聽了，通常只是冷笑，絕不肯去找天微星商量什麼，對她的忌憚只有更加深重。執事們則不敢托大，大首領既然這麼吩咐，便去向天微星請示。

裴若然雖對道中事務頗爲熟悉，卻也有不少事情無法自己作主，便會再去向大首領請示。大首領總是反問道：「妳怎麼看？」等裴若然說出自己的看法後，大首領通常便道：「如此甚好，此事便由妳自行定奪，交代執事去辦便是。」

多次之後，執事們都清楚大首領有意將權力逐漸轉移到天微星身上，每有要事須請示大首領時，便會先去見天微星，請她裁決指示。裴若然也逐漸能夠獨當一面，獨自做出種種決定。她十分謹慎，即使是微不足道的小事，她也一定向大首領報告，讓他知道自己做過些什麼決定，請示是否正確。大首領通常不置一詞，只對她道：「往後遇上此等事務，妳自行處理便是，不必再向我報告。」顯然意在放手讓她處理道中大小事務。

在大首領的示意默許之下，裘若然在如是莊中的地位愈來愈高，言語也愈來愈有分量，隱然位於大首領一人之下，餘人之上。

然而其餘道友卻始終不買她的帳，不論大首領如何明示暗示自己正慢慢將大權轉移給天微星，他們卻堅持不肯找她商量或請問任何事務。即使大首領多次指示他們去找天微星商討某事，道友們卻相應不理。有時裘若然受到大首領的指令，去請問哪位道友的意見，遭到的待遇只有更加羞辱。白骨精讓她站在門外枯等，根本不開門；半面人破口將她罵出去；泥腿子蹺起腿，翻起白眼，更不回答；雲娘子則笑嘻嘻地跟她閒話家常，東拉西扯，就是不肯談任何正事。潘胖子稍稍好些，但也十分勉強，對她說的話，往往跟他當面對大首領所說南轅北轍，完全相反。

裘若然自然清楚，道友們對自己懷著愈來愈濃厚的敵意和戒心，顯然視她為莫大的威脅。若非大首領堅持讓她參與道友議事，其他道友定然堅決反對讓她這個尚未成為道友的小女孩兒與聞道中機密。

裘若然時時感到如坐針氈，動輒得咎，一日終於忍不住問大首領道：「大首領，我尚未成為道友，在此傾聽參與道友議事，是否不妥？」

大首領望向她，淡淡地道：「怎麼，妳怕了？」

裘若然道：「並非害怕，只是感到芒刺在背，深覺不安。」

大首領哈哈一笑，說道：「妳遲早是要入道的，早晚會成為道友。這事兒我早已跟其他道友說得十分清楚了。長江後浪推前浪，道中倘若全是老人，而無新人加入，何能帶來新氣象？又何必花這許多工夫送你們入石樓谷訓練？」

裴若然知道大首領並未回答問題的中心，想了想，決定單刀直入，將事情攤開來說，於是說道：「大首領說得不錯。然而其他道友視我為敵，認定我威脅到他們的地位。弟子以為這其中頗有蹊蹺。倘若大首領有心讓下一代的弟子入道，為何獨邀我一人？天空星、天佑星等也為本道立下不少功勞，人也聰明機警。為何不讓他們一起參與道友議事？」

大首領饒富興味地望著她，緩緩說道：「難道妳就不怕他們威脅妳的地位？妳當真認為這幾個弟兄視妳為同黨，出事時會站在妳這邊，全心支持擁護妳？」

裴若然頓時語塞。她心中十分清楚，除了天猛星和天殺星之外，其他五個弟兄都算不上是她的同黨。其中天富星、天佑星跟自己無冤無仇，應屬中立，其餘天空星、天暴星、天異星三個則是自己的死敵，仇恨深重。大首領問得好，自己應當提攜這些弟兄，讓他們跟自己平起平坐，徒然樹立更多的威脅麼？

大首領見她沉默不答，冷笑一聲，說道：「妳最好先想清楚了，再來向我提出這等疑問或要求。不然一個搞不好，便是引火焚身，損人不利己。知道了麼？」

裴若然只得低頭答應。

裴若然清楚道友們對自己滿懷敵意，同輩的弟兄大多也與自己是敵非友，因此她只能在殺道的執事和下屬之中尋求支援。幸而殺道自執事以下都對她萬分尊重服從，無人敢挑戰她的權威，對她十分恭敬。

裴若然首先找上了龐五；龐五曾跟隨她和天猛星遠赴魏博，兩人雖無深厚交情，但仍屬舊識。她有心籠絡龎五，便邀他宴飲閒聊，詢問他的出身來歷，家人喜好，表現得處處關心。龎五心中雪亮，天微星這小女娃兒心計深沉，是個厲害人物，又受到大首領的青睞重視，未來不可限量，因此也對她著意巴結。

至於其他如是莊中的重要執事和下屬，裴若然也一一用心結交籠絡。她並無錢財可以賞賜予人，但她掌管莊中一切飲食、差使和帳目，於是便特意照顧忠於自己的執事和下屬，多給他們一些油水，分派他們輕鬆一些的差使，不時動用帳上的零用雜目，請他們吃頓好的，添幾件新衣。

她又去尋找當年曾入過谷的伍長和老大們，想跟他們攀攀交情，卻驚然發現當年入過谷、帶領過弟兄的四十個伍長中，大半已然病死，剩下的則酗酒嚴重，喪失神智，而六個老大也死了四個，只有鬍子老大和屠老大還活著。

裴若然甚感奇怪，心想：「弟兄們出谷以來，不過幾年的時光，這些人怎地死了這麼多？」她詢問之下，得知有十幾個伍長是被弟兄毆打致死，心想：「當年他們恣意虐待折磨弟兄，打罵兼施，極盡凶惡之能事，可說是死有餘辜。大首領曾讓他們來向我們八個出谷弟兄跪地謝罪，但看來弟兄們並未忘記當年的仇恨。」

然而她仍不免懷疑：「倖存的伍長和老大又爲何個個酗酒，因而喪失神智？」於是便去見幾個倖存的伍長，也去見了鬍子老大和屠老大。然而他們全都喝得醉醺醺的，神智模糊，口齒不清，從他們口中也問不出什麼來。

裴若然不得要領，心想：「或許當時大首領挑選的這些伍長、老大，原本便是混跡市井的亡命之徒，喜好飲酒賭博，易於飲酒過度而失去神智。加上他們畏懼弟兄報復，心驚膽顫，因而發狂，也不無可能。然而這四十六人個個不死即瘋，倒也頗爲奇怪。」

總之，在裴若然的特意照顧籠絡之下，殺道中的執事和下屬大多對她感激涕零，感恩戴德，言出必從。

其餘道友將這一切都看在眼中，卻只冷笑以對。一來他們知道這多半出自於大首領的旨意，二來似乎也並不當一回事，任由天微星耍她的把戲去。

這日，裴若然在大首領的書房中侍奉，正忙著查核帳目時，金婆婆忽然出現在門口，說道：「大首領，屬下有要事稟報。」

金婆婆從不參與道友議事，更極少來到大首領的書房。大首領甚是驚訝，說道：「進來。」

金婆婆緩步走入書房，在書案前坐下了，神色沉肅，卻不言語。

大首領抬頭望向她，皺起眉頭，問道：「金身，什麼事？」

金婆婆翻起白眼，說道：「稟告大首領，老身今日下山去採辦藥物，收到一封給你的密信。」說著從懷中取出一封以漆封住的信，遞給大首領。

裴若然坐在一旁，側眼一瞥，但見信封上寫著「無非啓」三個字，下款則寫著「無善呈」。她心中一動：「大首領曾用無非道長的別號，這我是知道的。寫信的人叫做『無善』，那是什麼人？是大首領的師兄弟麼？」生怕大首領發現自己偷瞧，趕緊垂首低目，不敢多看。

大首領神色驚詫，連忙接過信，破漆開封，抽出一張素箋，快速讀畢，臉色大變，抬頭厲聲問道：「這封信是如何到妳手中的？」

金婆婆道：「自然是寫信之人交給我的。」

大首領倏然站起身，大聲道：「妳親眼見到他了？他在山腳？」

金婆婆道：「我親眼見到他了。不錯，他還活著。他親自來到石樓山腳，爲的便是等候從如是莊出來的人，好將這封信交給你！」她似乎愈說愈惱怒，到最後聲音甚大，彷彿在跟什麼人吵架一般。她氣鼓鼓地說完，更不行禮，轉身便走了出去。大首領張口似乎想叫住她，卻沒有發出聲響，轉眼金婆婆便已去得遠了

裴若然心中又是驚奇，又是懷疑，心想：「這封密信究竟是誰送來的？那人跟大首領之間有什麼過節，內容又說了些什麼？」

書房中一片寂靜，裴若然眼見大首領神色嚴肅，激動焦躁，遠甚平日，持信的手微微發抖。她心知事態嚴重，不敢開口詢問。

過了好一會兒，大首領才將信收入懷中，轉過身，背對著裴若然，說道：「立即召集道友在有爲堂聚會，我有要事宣布。」

裴若然趕緊答應，快步奔出書房。

不多時，五位道友便已齊聚有爲堂。大首領宣布道：「我有緊急事務，三日後須離莊一趟。這一去短則一月，長則三月。道中諸事，大事由潘胖子召集道友商量決定，小事便

由天微星全權處置。」

道友們聽了，都甚感驚詫，向彼此投去懷疑的眼光。潘胖子向來受大首領倚重，在道中資格最深，由他主事原屬應當，但天微星那小女娃兒懂得什麼？她憑什麼全權處置道中一應小事？再者，何謂大事，何謂小事？

道友們懾於大首領的威嚴，心中雖反對不服，卻一片沉寂，無人敢出聲質疑。然而裴若然心中明白，大首領這一去，自己的處境便更加艱難了。

大首領啓程前的三日中，顯得煩惱焦躁至極。他並未喚裴若然前來書房辦事，裴若然便也不敢擅自進入書房，只在大首領居室旁的外廳等候。

她正閒極無聊，滿心胡思亂想時，忽聽腳步聲響，雲娘子快步衝入外廳，見到裴若然，便直盯著她，扠腰問道：「送信給他的，眞是那人？」

裴若然一呆，連忙回答道：「啓稟雲師傅，送信給大首領的是金婆婆。」

雲娘子罵道：「廢話！這我豈會不知？我是說寫信的人！」

裴若然道：「弟子不知道寫信的人是誰。」

雲娘子哼了一聲，似笑非笑地道：「連天微星都不知道，那可眞是個天大的祕密了。」說著如風一般地闖入大首領的內室，倚著門框，故意高聲道：「終於等到那封信了，你可稱心如意了吧？」

大首領並未回答。

雲娘子伸手抓起櫃子上的一隻三彩陶馬，往地上一摔，鏘鋃聲響起，那陶馬登時摔得粉碎，陶片灑了一地。她口中罵出一串無比難聽的粗言穢語，惡狠狠地道：「你這混帳傢伙，誰不知道你心裡始終掛念著他，十多年來從沒忘記過他！你當我不知道麼？你故意霸占我，便是因爲你放不下他，隨便找個人來代替他罷了。如今他親自來找你索命了，你便乖乖地將脖子湊上去讓他砍？你也未免太有情有義了，當眞讓人感激泣零哪！」

裴若然素知雲娘子潑辣粗蠻，卻也從未見過她如此對大首領大發脾氣，只看得戰戰兢兢，不敢靠近，也不敢退出。

雲娘子站在門口，繼續高聲叫罵，顯然蓄意讓裴若然聽得清清楚楚。她又道：「你這回下山找他，誰也沒指望你能活著回來。你就打算讓那沒用的小娃兒接掌殺道麼？她哪夠斤兩，哪能鎮得住其他道友？你看著吧，殺道轉眼便要煙消雲散，便要毀在你無非的手中了！你不怕做千古罪人，留下一世罵名，就儘管去吧！」

大首領屋中仍舊毫無聲響。

雲娘子又罵了一陣，才聽腳步聲響，大首領出現在門口，面色鐵青，喝道：「給我滾出去！」沙啞的嗓子有如暴雷，裴若然從未見過大首領如此生氣，膽顫心驚，不由得退後了幾步。

大首領見到裴若然，臉色一變，望向雲娘子，冷冷地道：「妳再多說一句，我立刻殺了妳！」

雲娘子撇了撇嘴，張開口似乎想要回罵，卻又忍住了。她一轉身，扭腰走了出去，經過裴若然時，對她冷冷一笑，才舉步跨出外廳。

裴若然見大首領已轉身回入內室，也不敢多留，趕緊跟著雲娘子出了外廳。

第五十三章　密道

沒想到雲娘子並未離去，仍站在庭院之中，似乎蓄意留下來等她。雲娘子見裴若然出來，微微一笑，說道：「小丫頭，妳都聽見啦。大首領的老情人無善娘子回來了，專為取他性命而來。妳最好早早跟他訣別，他這一去，便再也不會回來啦。」

裴若然聽了，不禁一怔，心想：「老情人？無善娘子？原來剛才雲娘子那番話中，所有的『他』都是『她』！大首領的老情人，這到底是怎麼回事？雲娘子說大首領這一去是去送死，不會活著回來，是眞的麼？」

她曾聽雲娘子一口咬定，預言雲飛鶴定能殺死天猛星，然而天猛星卻輕易打敗了雲飛鶴，將他處死，因此她對雲娘子的言語並不怎麼相信。她極想詢問關於這「無善娘子」的事情，但又不願在雲娘子面前示弱，於是保持沉默，只靜靜地望過去。

雲娘子見她並不出聲詢問，似乎有些失望，自顧自地說下去：「大首領以為他可以將這個祕密永遠隱藏下去，但他忘了咱們殺道中人最不會忘記事情。往年的痛苦、怨恨、冤仇，誰能夠忘記，誰就不是人！我雲娘子一件也忘不了，其他人當然也是如此。他當年對不起別人，以為天下人都忘了。嘿，那個人畢竟沒有忘，畢竟回來啦。她這番回來，除了取他性命、報仇雪恨之外，還能為了什麼？妳等著瞧吧，大首領自己甘願去送死，殺道很快便要樹倒猢猻散，一蹶不振，就此散亡！」

她愈說愈激動，雙手相握，臉上露出詭異的笑容，眼神迷濛，似乎見到了美好的未來，內心充滿了憧憬和希望。她也不等裴若然有所回應，一擺腰，風姿萬千地走了開去。

裴若然望著雲娘子的背影，倏然明白，雲娘子剛才對大首領說的那番話滿是妒意，彷彿在跟那個所謂的「老情人」爭風吃醋。裴若然對男女情事並不十分明白，但也知道大首領和雲娘子之間的關係曖昧複雜；雲娘子對大首領又愛又恨，大首領對雲娘子則時而眷戀，時而厭煩，時而容忍，時而怒責。雲娘子年紀比大首領小得多，驕縱任性，不時發作，齟齬吵嘴，兩人的關係倒像是嚴父和嬌女，全不似夫妻。

說起夫妻，裴若然不禁想起自己的爺娘。她的童年記憶雖已十分模糊，但她記得娘親是個無可挑剔的賢妻良母，服侍阿爺時，神態總是柔和順從；每當娘親提起阿爺時，語氣總是恭敬尊重，兩人相處平和得體，相敬如賓。她也記得自己離家之時，大哥二哥都已成婚，與嫂子新婚燕爾，如膠似漆。他們裴家是書香世家，大門大戶，年輕夫妻之間即使感情甚好，舉止也定然中規中矩，說話輕聲細語，什麼夫妻間爭風吃醋、吵架互咒之事，自是聞所未聞。

這幾個月來，裴若然跟在大首領身邊隨侍，見識到了雲娘子的風騷姿態和火爆性情，令她大開眼界。這時又親見雲娘子闖入大首領的內室破口大罵，滿是嫉妒醋意，心中暗想：「我總以為她暗暗仇恨大首領，但看來她對大首領頗有情意，不然何至於嫉妒那個什麼『老情人』？」又想：「她和大首領一起，整日吵吵鬧鬧，既然如此不快活，為何不乾脆離他而去算了？」

但這等男女之事錯綜複雜，她雖身爲旁觀者，也實在摸不清個頭緒，如是莊中又沒有人可以供她請教，只能將疑問吞入肚中。

她不敢在大首領的居處外多待，正要離去，大首領忽然走了出來，手中持著一個金色瓶子，說道：「天微星，這是什麼，妳知道麼？」

裴若然趕緊鎮定下來，點點頭，說道：「這是化屍粉。」

大首領道：「不錯。我離開後，這瓶化屍粉便由妳保管。」說完便將瓶子交給她，又轉身走回寢室。

裴若然完全不知道大首領爲何要將這殺道三絕技之一的化屍粉交給自己，茫然捧著那個金色小瓶，呆了一會兒，見大首領沒有再次出來的意思，才快步離去，回到住處，將金瓶小心地收藏起來。

當日道友、弟兄和執事等都未曾來打擾她，大首領也未曾傳她去服侍或交代什麼事情。裴若然心中惴惴，感到如是莊中就將有巨大的變化，卻難以預測究竟會發生什麼樣的劇變。她雖掛念好友天猛星和天殺星，但近來已逐漸習慣在如是莊中掌握大權、呼風喚受人敬重的日子，開始覺得此地或許便是自己安身立命、能有一番天地之處。然而她也清楚知道，這一切安穩平和的假象，就將在大首領離去的那一剎那破滅消逝。

大首領離去後的次日，潘胖子便召集道友議事。他先讓裴若然到有爲堂，自己坐上平日大首領所坐的主位，說道：「天微星，妳坐在我的右方，如平日那般便是。」

裴若然心中惴惴，點頭答應了。她問道：「請問潘師傅，今日召集道友，準備商議何事？」

潘胖子擺手道：「就是談談近來的幾宗生意，並無大事。」

裴若然問道：「是新的生意麼？已收到顧客的聘書了麼？我怎地並未見到？」

潘胖子道：「收到了。」他卻不肯多說，顯然無意事先告知她生意的內容。裴若然豎起眉毛，正要開口，其餘四個道友已陸續進入有爲堂。他們向四聖像跪拜之後，便各自就座。有的瞥眼望向坐在上首的潘胖子和天微星，臉上帶著幾分嘲諷之色。

潘胖子似乎頗不自在，等道友們都坐定了，他才咳嗽了一聲，從懷中取出一封短簡，說道：「各位道友，宣武節度使派人下了聘書，請我等出手刺殺陳許節度使劉昌裔。劉昌裔勢力不大，軍營防守不嚴，這回的事情並不難辦。」

他頓了頓，向道友環望一圈，但見白骨精冷笑側頭，顯然無心接話；雲娘子橫躺在地，玩弄著地氈的流蘇，好似全未聽見潘胖子的言語，最後潘胖子的眼光落在半面人和泥腿子身上，咳嗽一聲，轉頭對裴若然道：「天微星，妳瞧該由哪位道友出手比較合適？」

裴若然心中暗罵：「你自己不主張，卻要我做壞人？」當下說道：「天微星年幼識淺，道中大事，全憑潘師傅定奪。」

潘胖子嘿了一聲，頓了頓，說道：「我瞧半面人和泥腿子兩位都十分適合。妳說呢？」

裴若然道：「兩位道友武功高強，能力超卓，任一位都能順利完成任務，令大首領萬分滿意。如今大首領人在外地，他老人家屬意哪位道友出手，潘師傅知之最深。便請潘師傅裁決，道友們想必全心支持。」

潘胖子知道天微星聰明剔透，自己難以誘她上當，嫁禍於她，於是只好說道：「那麼這樁生意，便由泥腿子接手吧。」

泥腿子臉上不動聲色，站起身，躬身說道：「領命。」上前接過短簡，坐回原位。

潘胖子又咳嗽一聲，說道：「沒有別的事了，大家散了吧。」

白骨精立即站起身，一甩袖子，大步走出堂去，神態極爲跋扈無禮。半面人和泥腿子對望一眼，先向四聖像跪拜，又向潘胖子行禮，才相偕離去，臨去前不忘對裴若然恨恨地瞪了一眼。雲娘子卻不立即離去，在地氈上緩緩舒展手腳，撐著下巴，對潘胖子媚笑，說道：「大首領去了，今夜誰來陪我呢？」

潘胖子尷尬地笑著，裝做並未聽見，站起身，快步出堂而去，只留下裴若然一人。

裴若然也想快步離開，然而雲娘子卻忽然站起身，伸手攔住了她，笑嘻嘻地道：「幹得好呀，天微星。」說著伸手拍了拍裴若然的面頰，眼神中滿是威脅之意，緩步離去。

在這次議事之後，裴若然如履薄冰，眼見道友們毫不掩飾對自己的仇意，此時大首領又不在莊中，這些道友隨時可以出手除掉自己。她爲了自保，只能繼續拉攏道中執事和下屬，確定他們對自己效忠。

這日龐五忽然來到裴若然的住處，說道：「天微娘子，小人有密情稟告。」

裴若然心中一凜，當即請他進屋，關嚴了門戶。

龐五壓低聲音，說道：「小人知道關於如是莊的一個極大祕密，想告知天微娘子。不知天微娘子有意知曉麼？」

裴若然對其他人的言語還不怎麼相信，但她知道這龐五是個極為機伶之人，大首領對他十分倚重，因此她對龐五的信任自也多了幾分。這時她被引起了興趣，便點頭道：「你有什麼可以教我的，天微星當然想知道。」

龐五道：「既然如此，小人請娘子今晚子夜時分，到有為堂外等候小人。小人將帶妳親自去看一看。」

裴若然望著他，心想：「諒他也不敢有啥奸計，企圖謀害我。」說道：「好，我今夜一定到。」

到了子夜，裴若然施展輕功，悄悄來到有為堂外。這兒是道友議事之處，平日甚少人來。大首領的居房就在左近，但此時他人不在莊中，雲娘子也不知去哪兒留宿了，因此大首領的住處也是一片黑暗沉寂。

裴若然才到不久，便聽見腳步聲，龐五出現在黑暗中，一身黑衣，腳步輕捷，並未點燈。他見到裴若然，低聲道：「娘子請跟我來。我們要去的地方，一點兒光亮都不能有，因此我未曾帶上燈籠或火燭。娘子一會兒可以伸手摸著牆壁，藉以辨別方向。」

裴若然點了點頭。龐五便當先走去，來到有為堂旁的一間側屋，這是平日僕役替道友們準備茶水之處。他來到側屋的角落，蹲下身，往地上掀了三下，角落竟然露出一個二尺見方的洞穴。龐五回頭望望裴若然，往下一指，自己當先跳了下去。

裴若然心想：「莫非這是個密室，裡面藏著什麼寶物？又或是大首領儲藏金銀寶物之處？」她對金銀財寶並無興趣，暗想：「龐五並不特別貪財，大約不會帶我去看什麼藏寶庫，不知下面究竟是什麼？」

她眼望那洞穴黑漆漆地，想起不能點起火燭，心中不禁有些發毛。她低下頭，輕聲問道：「我可以躍下去麼？」

龐五的聲音從洞穴中傳來，說道：「請躍下。」

裴若然聽他的聲音並不甚遠，這洞穴顯然不深，鼓起勇氣，躍入了洞穴，落下約莫一丈腳便已著地，眼前一片漆黑。

龐五的聲音在她身前三尺處響起，說道：「請伸出右手，摸著石壁，跟我來。」

裴若然伸出右手，果然摸到粗糙的石壁。她聽見龐五的腳步聲向前走去，便也舉步跟去，但聽龐五低聲道：「我們往東行去，就將來到大首領的臥室之下。千萬不可出聲。每當我們來到一處之前，我便會告知前方地面上是莊中的何處。當我們身處該地正下方時，切不可發出任何聲響，以防被人聽見。」

裴若然低聲答應了。龐五便又舉步走去，走出三十餘步後，他低聲道：「前面便是大首領的臥室。」又走出十餘步，腳步聲傳來輕微的迴響，似乎來到一間較為寬闊的地窖之中。

裴若然側耳傾聽，頭上一片寂靜。龐五再次往前走，轉了一個彎後，低聲道：「這兒有階梯上去，通往大首領的藏寶室。」

裴若然心想：「殺道多年來累積大量財寶，向來由大首領親自收藏保管。龐五果然要帶我去藏寶室！」她伸手在黑暗中摸索，跨出幾步，腳下感到有往上的階梯。她低聲問道：「從這兒上去，便能進入藏寶室麼？」

龐五道：「進不去的。上面設有鐵門，從內門上，只能從裡面打開進入甬道，卻無法從甬道進去。」

裴若然心想：「自該如此，否則倘若外人隨時能從甬道進入大首領的藏寶室，豈不危險？」又問道：「不知裡面藏了些什麼寶物？」

龐五道：「沒有人知道。想來應是珍貴的珠玉古董之類吧。」

裴若然點點頭，心想：「殺道收取的聘金，絕大多數是黃金銀兩。然而大首領鍾情於珠玉古董，想來在此收藏了不少奇珍異寶。」

她跟著龐五回頭走去，回到有爲堂旁邊的茶水室地下，出了地道。

裴若然甚感驚奇，說道：「我竟不知如是莊的地底有這等祕密通道！多謝你指點。」

龐五微微一笑，說道：「不需客氣。知道這地道的只有兩個人，便是大首領和我，其餘道友全不知曉。請一定要保守祕密，在地道中時必得小心謹慎，不可發出聲響，以免被人發現。」

裴若然點頭答應，又問道：「方才我摸到不少叉路，不知都通往何處？」

龐五似乎甚感驚訝她會有此一問，頓了頓，才道：「我也不知，應是通往莊中各處吧。」

裴若然一呆，說道：「通往莊中各處？莫非這莊子的地底下布滿了通道？」

龐五點頭道：「想是如此，然而我也未曾全數探索過。」

裴若然側過頭，說道：「我明晚想再去地道中探究，請你跟我一起去。」她這話雖是請求，卻更如命令，龐五不敢拒絕，只能嘆口氣，說道：「謹遵娘子吩咐。明夜子時，屬下來此恭候。」

於是裴若然每夜進入地底甬道探索，起先數日由龐五指點引領，兩人在一片漆黑之中摸索而行，愈走愈遠，有時兩人完全不知道自己身處何地，龐五開始擔憂無法循著原路回去，才催著裴若然趕緊回頭。

當龐五將自己熟悉的通道全都告訴她之後，裴若然便開始單獨進入地底甬道探索。她在黑暗中細心數著自己的腳步，記憶每條叉路的方位遠近，回去屋中後便偷偷畫出潦草的地圖，比照分辨每條甬道通往哪個廳堂廂房。她起先對黑暗頗爲戒慎恐懼，但數日過後便習慣了，身處黑暗時反而感到分外安穩舒適，聽覺觸覺都比平時更加靈敏，黑暗好似成了她的護身寶甲。

十多日後，她終於將如是莊地底甬道的分布摸得清清楚楚。這如是莊占地廣大，地下布滿密道，盤曲複雜，不但通往每個道友的住處，也通往所有弟兄和執事的居所。地道在某人的居處地下時，地板似乎藏有隱密的細孔，能夠將地上的聲響和言語聽得清清楚楚。裴若然有時在白日潛入地道，來到廚房和執事住處底下，竟能聽見每個人的每句對話，有如與發話者對面而談。

然而果如龐五所言，道友們顯然對這些地底密道一無所知，絲毫沒有防備。

裴若然細心探索之下，知道這些密道全都可以通至大首領的內屋。她原本以為密道乃為山莊主人遇險逃脫之用，但她在密道中探索數日之後，才慢慢領悟這些密道並非為了逃脫，而是為了讓莊主能夠輕易監視莊中其他人的言行。

她心想：「什麼樣的莊主如此疑神疑鬼，竟然在自己的莊園的地底挖了這許多密道，只為了監視住在莊中的自己人？他若無法信任這些人，又何必讓他們住在此地，離自己如此之近？」

第五十四章　陰謀

裴若然想不通其中緣故，但她爲求自保，不得不和當年創建如是莊的主人一般，每夜潛入密道，偷聽偷看其他道友的一言一行，一舉一動。

金婆婆不問世事，獨居藥園，裴若然相信不必擔心金婆婆會下手相害，而且藥園之下並無密道，因此她也無從監視起。

其餘五個道友之中，裴若然感覺白骨精性情孤僻陰險，對自己暗懷毒恨，最可能計畫除掉自己便是她，因此決定先窺伺白骨精。

她窺伺數日之後，發現白骨精行徑古怪，獨來獨往，許多時日人更不在莊中，也不知道去了哪兒。即使她人在莊中，也從不與人交往談話，總是獨處一室，一聲不出。裴若然在她所居地底窺伺多日，一無所得，只得放棄。

裴若然於是開始探聽半面人的舉動。半面人和泥腿子交情甚好，夜夜聚在半面人的廂房飲酒閒聊，言語毫無顧忌，裴若然輕易便偷聽到了他們的談話。兩人在一起時，大多時候都在抱怨大首領處事不公，偏心天微星等八個年輕弟兄，自己二人勞苦功高，大首領卻並不信任他們。也抱怨殺道分派的工作艱難危險，兩人分得的酬金太少，不值得賠上一條性命云云。

這日裴若然來到半面人的宅子之下，聽見半面人和泥腿子正在宴飲餞別。當時泥腿子受命出手刺殺陳許節度使劉昌裔，潘胖子與宣武節度使商談聘金，費了一番工夫才談攏價錢，是以泥腿子的行程耽擱了將近一個月，即日才要啓程。半面人因此在自己宅中設宴，替他餞行。

兩人喝到夜深，半面人按捺不住一肚子的怒火，破口罵道：「他奶奶的，那些老鬼們一個一個可悠哉得緊，大首領整日留在如是莊中，不然便出去找自己的姘頭，躲在風流窟中享樂，啥也不幹，所有危險的刺殺活兒全讓我們幾個去做！爲何這等苦差事總是落在我們頭上？幹成了酬勞也不歸我，搞砸了還得挨罵受罰！」

泥腿子較爲冷靜，只淡淡地道：「他們當年想必也幹了不少活兒，如今熬出頭了，便一心休息享樂，這也是人之常情。」

半面人絮絮叨叨地道：「別說那些老鬼了。大首領、潘胖子、白骨精，全都懶散至極，什麼活兒也不肯幹。至於新出谷的那群小羊羔子，一個個我瞧著便討厭。大首領當初要我去教他們武功，打死我也不幹！我可不像你那麼聽話，大首領叫你去教，你便乖乖去了。總有一日我要剁了那八隻小羊羔子，煮了下酒！」

泥腿子懶洋洋地道：「你若殺了那些八隻羊羔子，以後誰來接我們的活兒哪？你可不想一輩子東奔西跑，四處冒命刺殺吧？再等幾年，輪到咱們接掌殺道，就該那八隻小羊羔子去幹活兒啦！」

半面人嘿了一聲，說道：「你說得不錯，小羊羔子不能殺。但是我瞧著總有些擔憂。

大首領整日將那隻小狐狸帶在身邊，什麼大小事兒都讓她過一手，這到底是打著什麼算盤哪？」

裴若然知道「小狐狸」指的定然便是自己了，連忙豎起耳朵傾聽。

泥腿子似乎也有些擔憂，壓低了聲音，說道：「這還不清楚麼？大首領將大權慢慢轉交給小狐狸，任由她在執事下屬中收買人心，顯然想扶植她，讓她未來接掌道主之位啊。」

半面人怒道：「讓小狐狸接位？她才十幾歲年紀，見過什麼世面，憑什麼由她接位？我們這代可還沒死盡哪。就算雲娘子那隻妖精胡搞亂來，不成氣候，雲飛鶴也被他逼得叛變身死，這一代可還有你我二人哪！」

泥腿子淡淡地道：「你可別忘了，不讓下一代道友接任道主，也是有的。聽說大首領接位之時，就是跳過了前一代的道友，隔代傳位給他的。不然血居士怎會一氣之下脫離殺道，自己去創了血盟呢？」

裴若然心中暗驚，尋思：「原來血盟盟主也出身殺道，還是大首領的前輩？」

半面人奇道：「什麼？血盟盟主原來是咱們殺道的人？當初傳位時跳過了他？」

泥腿子道：「我是聽人這麼說的，也不知有幾分眞確。」

半面人的語氣顯得憂心忡忡，說道：「那麼大首領或許當眞有意跳過我們這一代，讓下一代的道友接位了。那群小羊羔子不過十多歲年紀，打死我也不願聽他們的指令，替他們辦事！」

泥腿子嘆道：「如今也只能指望潘胖子了。他若能讓大首領多聽聽咱們的，別一意孤行，那就好了。大首領要遲早要找人接位的，讓潘胖子接手，可好過那群小鬼幾千倍！」

兩人一邊喝，一邊談論，直喝得爛醉，最後談話都已口齒不清了，泥腿子才告辭離去。

裴若然心中充滿了疑問，卻不知道能向誰詢問。在魏博那時，她遇上關於田季安、藩鎮或四聖的疑問，便去向龐五請教；這時龐五雖也在如是莊中，但她知道自己聽來的這些事件太過重大，龐五在道中地位不高，多半並不知曉殺道中的種種隱密內情。

這日她鼓起勇氣，來到金婆婆的藥園。金婆婆獨自在屋中煎藥，聽見她到來，並不抬頭，只淡淡地道：「天微星，妳還活著啊。」

裴若然心中一緊，暗想：「金婆婆雖不問世事，心中卻清楚明白得很，知道我在莊中地位岌岌可危，隨時能被其他道友除掉。」只能勉強微笑，說道：「回婆婆的話，天微星還活著。」

金婆婆嘆了口氣，說道：「能在如是莊活下來，也不容易啊。」

裴若然不知能說什麼，只好單刀直入地問道：「天微星想請問婆婆，上回您交給大首領的那封信，是誰寫的？」

金婆婆抬頭望向她，臉上一片空白，搖了搖頭，說道：「大首領若未曾告訴妳，就表示妳不應知道。」

裴若然早已料到她不會回答，於是又問道：「那麼請問婆婆，那人跟大首領有仇麼？

她打算殺害大首領麼？」

金婆婆再次搖頭，低頭望向藥爐，說道：「天微星，妳當眞關心大首領的生死安危麼？」

裴若然一呆，心想：「我當眞關心大首領的生死安危麼？」口中卻說道：「我道弟子發誓效忠大首領，一世絕不違背，我自然關心大首領的生死安危。」

金婆婆冷冷一笑，說道：「在我面前，不必說這些空話。妳當然關心他的生死，因爲殺道之中只有他一個人能夠保護妳的安危，讓妳活下去。」

裴若然無言以對。

金婆婆道：「等到哪一日，妳不再關心他的生死安危了，我便告訴妳寫信的人是誰。」

裴若然知道自己無法從金婆婆處得到任何答案，只得行禮離去。

在裴若然偷聽到泥腿子和半面人對話的次日，泥腿子便離開如是莊，前往陳許。裴若然在金婆婆那兒問不出任何消息，只好繼續去半面人的住處偷聽。

這日深夜，她來到半面人住處地下的甬道，突聞頭上傳來呢喃喘息之聲，她聽得清楚，男的是半面人，女的則是雲娘子，不禁面上一紅，好生吃驚：「雲娘子當眞大膽，大首領一離開，便跟半面人混在一起，不知她有什麼事做不出來？」

過了許久，但聽窸窣聲響，雲娘子似乎起身穿上了衣衫，低聲笑道：「這事兒可絕不能讓他知道，不然你就慘啦。」

半面人倏然坐起身，拍床怒道：「說什麼胡話？我怕他個鳥？他又能把我如何了？他有本領把老八逼得出走反叛，還派白骨精和天猛星那小崽子下手殺死老八，他要有膽就將我也殺了！殺道就剩我們這幾個還活著，索性全數殺光，那才一乾二淨了！」

雲娘子見他激動發怒，一點兒也不害怕，反而嘻嘻而笑，說道：「我說半面啊，你要是不害怕，說話這麼大聲幹麼？」

半面人聲音更大了，幾乎在吼叫，高聲道：「我當然不怕！我誰也不怕！就讓他知道，看他能拿我們怎麼辦！」

雲娘子格格而笑，嬌聲說道：「你既然不怕，那就聽我的話，把握時機，該下手時便下手，切不可猶疑不決，不然才眞會招來殺身之禍呢。」

半面人靜了好一陣子，才道：「妳眞要幹？」

雲娘子膩聲道：「我們都是一塊兒從石樓谷中打滾出來的，你早該知道老八跟我是何關係。他有種拆散我們，趕走老八，硬生生地將我占爲己有，看在他道主的分上，我們也只能認命了。哼，他若放老八一條生路，我也不去跟他計較。但他竟敢不顧我的面子，派人處死老八，莫非他眞以爲我雲娘子是個手無縛雞之力的麼？我在石樓谷和如是莊混了這二十幾年，難道都在種田織布，相夫教子麼？」

半面人良久不語。過了許久，他才開口說道：「這事兒，我得找泥腿子商量。」

雲娘子冷笑了一下，說道：「泥腿子是你的至交，當然得找他商量。但是你可別忘了，你自己這半張臉是怎麼毀掉的。當初他若派人去助你一臂之力，你又怎會遭敵人圍攻，陷身火窟，一張英俊的臉就此糟蹋了？泥腿子跟他的冤仇不大，生性又膽小怕事，多半不肯犯險。你必須告訴泥腿子，你已決定跟我並肩作戰，邀他加入我們。你若去找他商量，他定然不肯出頭，只會繼續做一輩子的縮頭烏龜，甘願當人家的灰孫子、龜兒子。」

半面人哼了一聲，不再言語。

裴若然聽得心中怦怦亂跳，她並不完全明白雲娘子的言語，卻能猜知她在企圖說服半面人跟她一起謀反，計畫刺殺大首領。但她無法確定雲娘子究竟是當眞的，還是瘋言瘋語，這些道友個個古怪，說話往往顚三倒四，眞假難辨，其中更以雲娘子爲最。裴若然心中疑惑，決定繼續留心雲娘子的動靜。

次日，裴若然悄悄跟隨雲娘子，但見她逕自來到潘胖子的住處。裴若然藏身庭院假山之後，偷偷往內院瞧去。雲娘子持著一瓶酒，來到潘胖子身前，媚笑道：「潘大哥，這是西域上好的葡萄酒，我特地託人從千里之外買來的，請你嚐嚐。」

潘胖子爲人極有分寸，警覺心也強，熟知雲娘子挑逗的行徑，當下只是笑笑，說道：「那便多謝了。」他伸手去接酒壺，雲娘子卻媚笑道：「怎麼，潘大哥如此小氣，不願跟小妹分享這美酒麼？」

潘胖子尷尬地笑笑，說道：「那我就在這小院中，與娘子共飮一盅吧。」

裴若然心想：「潘師傅謹愼得很，只肯跟她在庭院中飮酒，拒絕與她入室獨處。」

雲娘子笑道：「那敢情好。」當即取出兩只酒盅，倒滿了葡萄酒，不顧一旁僕從婢女的眼光，一屁股坐在潘胖子懷中，將酒盅湊在潘胖子的口邊，說道：「潘大哥，小女子敬你一盅。你可得給小女子一點面子，將這盅酒給喝光了吧。」

潘胖子怎敢讓她餵自己飲酒，連忙伸手接過酒盅，說道：「我自己來，我自己來！」

雲娘子伸臂攬住他的頸子，笑道：「你不快喝，我便嘴對嘴餵你喝下。美酒美人當前，你不知道屬意哪個多些呢？」

潘胖子笑了笑，伸手攬住雲娘子的纖腰，說道：「大首領不在莊上，妳便張狂起來了。」

雲娘子順勢抱住了他，笑道：「不錯，我是張狂。大首領床頭金櫃的鑰匙在我手中。上回大首領出門，你偷走了三條金子。這回你想偷幾條呀？」

潘胖子臉色頓變，手一緊，低喝道：「妳胡說什麼？」

雲娘子臉上仍帶著笑，但神色冷酷，說道：「狂嫖濫賭，欠下一屁股爛債，你這惡習誰不清楚？大首領人在莊上時，你都膽敢偷竊他的錢財，偏偏全給我瞧在眼中了。你說我該不該告訴大首領呢？」

潘胖子臉色陰沉，說道：「我向大首領借錢，光明正大，他全都知道。」

雲娘子格格而笑，說道：「借錢他當然知道，但是這筆錢你拿去給哪個妓女贖身，他想必不知道吧？」

潘胖子陡然伸手，掐上雲娘子的咽喉，喝道：「妳再說下去，我立即取妳性命！」

雲娘子毫不驚懼，嬌滴滴地道：「別傻啦。你殺了我有什麼用？只有一個辦法，才能讓你一勞永逸，一世安心。」

潘胖子冷著臉，他右手扣著雲娘子的咽喉，只要略一使勁，便能捏斷雲娘子的頸子。

雲娘子仍舊毫不恐懼，續道：「你聽我說。半面和泥腿兩個，都已答應了跟我一起動手。他們對他懷有多大的仇恨恐懼，你想必清楚得很。至於金婆婆，我已去找過她了，她承諾兩不相幫，置身事外。」

潘胖子靜了一陣，問道：「白骨呢？」

雲娘子格格一笑，說道：「白骨！嘿，她只有比我更想早點動手，還主張不必等他回來，立即便出去找他，盡快下手哩。」

潘胖子沉靜許久，一聲不出，顯然在考慮衡量情勢。

雲娘子又道：「我們四個都已下定決心，放手一搏，就剩下你一個了。你想必清楚得很，這回要是站錯了邊，將會是何下場。你不妨估量一下，雙方實力如何，誰的勝算比較大？你想清楚之後，該如何決定，答案就很明白了。」

潘胖子哼了一聲，終於鬆開了手，壓低聲音，說道：「新出谷的那些小鬼，不可小覷。」

雲娘子道：「不錯。但是武功最高的天猛星已被他給送走了，他一心要毀掉那小子，咱們不必顧忌。天殺星被送去了血盟，天微星聰明機伶，但還嫩得很，我自有辦法對付她。天空星、天暴星兩個則已在我的掌握之中；至於天佑星和天異星，本事不大，不必擔心。」

潘胖子道：「天微星是他一手提拔的，對他忠心得很，妳可得好好防著她。」

雲娘子笑道：「小娃子不成氣候，我說過了，我有辦法對付她。你放心吧！這群新出谷的小娃子武功或許可以，但都嫩得很，極易掌控擺弄。」

潘胖子笑道：「妳當年剛出谷時，又何嘗不是如此？瞧瞧妳，如今可是呼風喚雨、權勢熏天的道友了，當眞世事難料啊。」

雲娘子笑道：「你不必恭維我。怎麼，你決定跟我們做一夥了，是麼？」

潘胖子喝了一大口酒，說道：「不錯，我跟妳做一夥。」

雲娘子甚是高興，摟著潘胖子啾啾親吻了幾下。

裴若然咬著嘴唇，心想：「潘胖子一副對大首領忠心耿耿的模樣，沒想到他也不可信任。不知雲娘子打算如何對付我？」

但見潘胖子和雲娘子兩人互相擁抱著，快步走入了潘胖子的房室中，關上房門，不再談話了。

裴若然驟然間聽到了這許多祕密陰謀，心中恐懼驚惶漸升。她白日在有爲堂中算數記帳、整理信札，總擔心有人會闖進來攻擊自己；夜晚獨處自己的廂房，也擔心會有人潛入暗殺，日夜不得安寧，往往被噩夢驚醒，整夜無法安睡。

然而潘胖子仍舊看來一派若無其事的模樣，不時找她商議道中大事，交代莊中雜事；裴若然也只能盡量掩藏心頭的恐懼焦慮，裝做什麼也不知道，如常處理莊中大小事務。其餘道友平日獨居鮮出，定期在有爲堂聚會議事，向潘胖子報告，對裴若然始終視如不見，聽如不聞。

雲娘子偶爾會出現在她的廂房門外，似乎有話要說，但當裴若然走出門時，雲娘子卻只媚然微笑，飄然離去。

裴若然隱約猜知雲娘子意圖恐嚇，讓自己愈來愈害怕，因心急而做出蠢事。她只能盡量忍耐，裝做一切無事，滿心期盼大首領早日歸來。

第五十五章 無家

一個月之後，大首領平安無事地回到了如是莊。誰也不知道他去了何處，他也不曾對人說起。雲娘子的預言再度失靈，大首領並未被什麼無善娘子害死，也不似受了任何傷的模樣，只是看來有些勞累。

裴若然大大地鬆了一口氣，知道自己的險境終於過去了。

當日大首領便喚她來見。她來到大首領的書房，心中猶豫，不知是否該將這些日子來偷聽偷看到的種種事情向大首領報告。但見大首領神色沉鬱，比平日更加陰鷙恐怖，開口便道：「妳明日便啓程，回到長安的裴家住下。」

裴若然大驚失色，呆在當地，張大了口，說不出話來。之前大首領命天猛星回去長安武家之時，她便想過有一日大首領很可能也會讓自己回去裴家，卻沒想到事情來得這麼快，令她措手不及。

她勉強定下神來，問道：「請問大首領，爲何突然決定讓我回家？」

大首領甚是不耐，說道：「我老早便跟妳說過此事，並非突然決定。妳已滿十五歲了，幾乎過了入宮的年紀。此時不送妳回去，何時送妳回去？」

裴若然呆然，問道：「那我……我該怎麼跟我爺娘說？」

大首領神色冷淡，說道：「妳說什麼都行。說謊話、說實話，都毫無差別，自己看著辦便是。」

裴若然還想再說，大首領已揮手道：「還待在這兒做什麼？快下去了！」

裴若然只能閉上嘴，將她偷聽到的關於雲娘子意圖叛變的消息全數吞入肚中，行禮告退。她回到自己的屋中，呆了好半晌，才著手開始整理行囊，準備「回家」。

她放眼望向自己的房室，發現自己什麼也不想帶走，什麼也不能帶走；如是莊中的一切都與「回家」格格不入，她無法將這裡的任何事物帶回家去。

「回家」，這是他們在石樓谷中時唯一全心惦記的事。每到夜晚，當她忍著眼淚入睡時，唯一盼望的就是能夠回家。她期盼能夢到父母家人，即使夢不到親人，只要能夢到家門庭院、寢室床頭、窗外老樹，什麼都好，都能讓她孤獨恐懼的心靈得到些許的慰藉。

回家，是石樓谷每個孩子心中唯一的牽掛，也是大首領掌控他們的一著殺手鐧。當天猛星幾乎撐不下去，想要自殺時，裴若然也是用「回家」來勾起他的求生意志，說服他繼續活下去。

但是當裴若然眞正回到家時，才發現原來「回家」已成了一場遙不可及的夢。

送她回家的是雲娘子。大首領命雲娘子易容裝扮成一個道姑，帶著裴若然騎馬來到長安城，入城後轉爲乘車，將她送回靖恭坊裴進士府。

這一路上，雲娘子與高采烈，顯然萬分贊成大首領將天微星送回家的決定。

裴若然心想：「雲娘子曾對潘胖子說她有辦法對付我，果然不錯。大首領一回來，她便說服大首領將我送回家。我相信這絕不是大首領的意思，一定是她蓄意說服他這麼做的。一旦我走了，他們要造反便更加容易了。」

她心中憂急，然而當她想起金婆婆問自己的那句話時，又意識到自己其實並不十分關心大首領的生死安危。她對大首領始終說不上忠心耿耿，即使她從幼年起便每日崇拜四聖，宣讀門規，發誓一輩子效忠大首領，但她心底從來不曾將這些誓言當眞。大首領乃是殺道道主，位高權重，威嚴十足，掌握著所有弟兄的生死命運，連道友都對他恐懼萬分，不敢違抗，將他當成皇帝天神一般恭敬。然而裴若然卻從不覺得他是皇帝天神，大約因爲她離大首領太過接近，清楚知道他只是個尋常的人。她並不畏懼憎恨大首領，也稱不上尊崇愛戴，更加不曾眞正關心他的生死。

在她心中，她最關心的乃是天猛星和天殺星的生死存亡，次則關心的是自己何時能夠脫離殺道，回到家中。這兩件事都與大首領的喜怒抉擇有關，因此她並不介意盡力討得大首領的歡心，以達成她的目的。如今天猛星和天殺星都已被送離如是莊，而自己也即將回家，即使道友們圖謀反叛，打算殺死大首領，取而代之；但是無論情勢如何發展，只要不危及她自己和朋友的性命，她其實可以完全不理會。

如此一想，裴若然便稍稍釋懷，對於雲娘子一路上的冷言嘲弄也當成耳邊風，不去回應。

裴若然抵達家門時，正是傍晚上燈時分，路上車馬不多。大車在裴家門外停下之時，裴若然忽然感到全身僵硬，手心滿是冷汗，比起她任何一回下山辦事更加緊張。

雲娘子望了她一眼，看出她心中充滿恐懼，撇嘴一笑，臉上滿是輕視嘲弄之色。

在三位師傅、所有道友之中，雲娘子的年紀最輕，跟裴若然的關係也最不合。兩個女子不自覺地將彼此當成競爭敵手，互相防範，彼此仇視。此時裴若然看到雲娘子的臉色，立即警覺：「我得藏好自己的恐懼，絕不能在她面前示弱。」當下一咬牙，努力收藏起一切的情緒心思，臉上不露喜怒之色，恢復一派鎮靜平和。

雲娘子見她竭力鎮定，又是一笑，這回笑容中多了一分戒懼，少了一分嘲弄，說道：「依照大首領的指示，我送妳回到家，與妳爺娘說上幾句話，之後便立即離去。未來有什麼事情，大首領將另行傳令給妳。」

裴若然道：「我理會得。」

雲娘子便掀開車帘，當先下車，來到裴家大門外，對門房說道：「小道奉家師之命，護送貴府六娘子回歸貴府。」

門房聽了，滿面狐疑之色，趕緊奔進去通報。

不多時，一個中年僕婦奔了出來，往車上一望，見到裴若然，臉色刷地全白了，低聲道：「快讓車子進來！」

門房打開大門，讓車子得以駕入，又趕緊關上了大門。

裴若然緩步下車，站在中庭，四下望望，但見庭中景物依舊，只是比記憶中狹小了許多。她心中正疑惑：「我家宅子怎地變得這麼小了？」那中年僕婦已衝上前來，一把抱住了她，哭道：「六娘子，我的好六娘子！您可回來啦！」

裴若然低頭望著那僕婦灰白的頭髮，心想：「這老婦人是誰？」

那婦人抬起頭望著她，臉上涕淚縱橫，裴若然仔細一望，這才認出：「她是葉大娘！她怎地變得如此矮小？」

她不忍心推開葉大娘，但無法壓抑心中震驚，忍不住問道：「妳……妳是葉大娘麼？」

葉大娘哭道：「是啊，是啊！我是葉大娘。六娘子，妳長高了這許多！瞧瞧妳，已經亭亭玉立了！」

裴若然這才醒悟，自己過去七八年中確實長高了許多，身形已比葉大娘還要高了。她只記得幼年時總是抬頭望向葉大娘，這時卻能低頭見到她的頭頂。裴若然陡然明白：「並非我家變小了，而是我長大了。」

她望向站在遠處的其他男丁和僕婦，將他們眼中的懷疑看得一清二楚，不禁感到一陣難言的孤獨淒涼。這兒雖是她生長的家，眼前的人雖是她家中的僕役，但她卻渾身不自在，彷彿走入了一個全然陌生的地方，身旁全是滿懷疑惑的看客。

她吸了一口氣，心想：「大首領定然清楚得很，讓我回家，比命我去辦什麼任務都更加艱難！」又想：「我千萬不能害怕退縮。我在石樓谷和如是莊中生存了這許多年，難道會害怕你們這些人的目光，擔心你們如何看我？我天微星是什麼人，如何會在意這些？」

這麼一想，心頭便穩定了一些，臉上神色恢復一片無懈可擊的冷漠平靜。

她的眼光落在家中庭院的一草一木之上，兒時的回憶隱然湧上心頭。她想起娘親，想起自己那條淡紫繡白杏花半袖襦裙，想到自己頭梳雙髻、髻上綴著新鮮的紫色小花。這許多年來，她出門時的裝扮總是一套全黑的緊身夜行衣，牛皮軟靴，頭髮紮成一束盤在頭頂，黑布包頭，一色漆黑，乾淨爽利，男女不分。她不敢想像阿爺娘親見到自己那樣的妝束，心想：「他們若見到了，絕對認不出我便是他們的女兒裴若然。」

幸而此時她穿著一般城中少女慣著的窄衫寬裙，顏色素淨，雖不顯得怪異，卻也和京城大家閨秀平日穿著的綾羅綢緞大相逕庭，難怪家中的男丁和僕婦會以古怪的眼神盯著自己了。她忍不住心想：「我還是裴若然麼？」

裴若然，她雖然仍會寫這三個字，天猛星也不時喚她「六兒」，但是這名字有如紙上漾開的墨水一般，愈來愈模糊難辨，幾乎快要從她的記憶中消失。

不多時，裴若然回家的消息便傳入了內堂，傳入了裴氏夫婦耳中。

葉大娘又哭又說，拉著裴若然的手，領她進入內堂，另一個僕婦將雲娘子假扮的道姑請入了外廳坐下。

裴若然望著既熟悉又陌生的內堂，聽見腳步聲響，一個中年婦人從屏風後快步走出，睜大眼睛望著自己，滿面驚詫，啞然無言，正是自己的娘親裴夫人。

裴若然定了定神，走上前喚道：「阿娘。」

裴夫人全身顫抖，臉色煞白，雙眼直盯著女兒，似乎不敢相信自己的眼睛，也不敢伸手去碰觸女兒，似乎害怕眼前的幻象會一觸即破，回歸幻滅。

裴若然不知該對娘親說什麼，側頭見到阿爺裴度也快步走了出來。只見阿爺瞇起眼睛向自己打量了一會兒，卻不發話。與裴夫人相較，裴度顯得十分鎮定。他轉向葉大娘，問道：「不是說有位送六兒回來的道姑麼？人在何處？」

葉大娘道：「在廳上等候。」

裴度說道：「快請進來，關上了門。」

不多時，雲娘子跟著葉大娘走了進來，向裴氏夫婦行禮。

裴度眼神中滿是懷疑，回禮說道：「請問道長，這些年將小女帶去了何處？今日又爲何將她送回？」

雲娘子淡淡一笑，說道：「當年帶走令嬡的不是我，而是家師。家師法號西山仙姑，多年前見到長安城出現仙氣，掐指一算，得知令嬡仙風道骨，乃是有緣之人，遂親自來此將令嬡帶走，將她留在山頂，授法教化。如今令嬡學道有成，家師便命我將她送回家中，令她隨緣渡眾，教化世間。」

裴度仍舊瞇著眼，對這番話顯然不盡相信，卻又不知該如何問下去。

雲娘子不等他開口多問，便已站起身行禮，說道：「小道任務達成，這便告辭了。」說著身形一閃，施展輕功從門口竄了出去，霎時不見影蹤。

裴若然看得親切，裴氏夫婦卻何曾見過這等高明的身法，只道她當眞身懷仙術，能夠隱身遁形，都發出驚噫之聲。

裴夫人眼光落在女兒身上，神情先是震驚及不可置信，跟著轉爲悲喜交集。雲娘子一走，裴夫人終於忍耐不住，衝上前抱住女兒，痛哭流涕道：「若然我兒，妳可回來了！」

裴若然見娘親頭髮半白，滿面皺紋，心想：「不過八年的工夫，娘便已蒼老了這許多！」

裴夫人抱著女兒哭泣不止，不斷撫摸她的臉頰，查看她的手腳全身，想確定她並未受到損傷。裴若然不忍心推開娘親，又不敢讓她見到自己身上的種種傷痕。她在石樓谷和如是莊中日日練武，身上傷痕累累，實在頗難遮掩。

裴若然曾聽大首領說起，知道娘親這麼多年來始終努力地瞞著所有的人，讓皇宮掖庭局、親朋好友、家僕婢女都相信女兒並未被人劫走，而是乖乖留在城外伯娘的別業中，專心學習種種女訓，做好入宮的準備。她八年來始終抱著一線希望，女兒倘若能夠活著回來，就還有入宮的機會。

如今裴若然回來了，裴夫人可終於熬出頭了，她多年來努力維持的謊言也終於有了個交代，她可以從容驕傲地將女兒展示給世人，證明她的女兒仍是即將入宮的待選嬪妃，前途一片光明。

裴若然眞不願意讓娘親的希望完全幻滅，卻不知道自己能掩藏到何時。

當天夜裡，裴度和裴夫人將她叫到內屋之中，向她盤問過去幾年的經歷。

裴若然已想過千百遍，自己該對父母說些什麼。她曾請問過大首領，大首領卻只冷淡地道：「妳說什麼都行。說謊話、說實話，都毫無差別，自己看著辦便是。」

裴若然實在不忍心讓父母知道真相，只道：「我跟著一位道姑去到深山之中，師傅每日教我念經修行，別無其他。」

裴度夫婦自然不信，不斷苦口婆心追問。於是裴若然只能狠下心腸，將一切都跟他們說了：自己被道士劫走送入石樓谷，在谷中練了半年「六小功」，通過第一關；接著練拳腳，每月小比試，一年半後參加大比試；之後學兵器一年，在谷中嚴冬、飢寒交迫中度過第二關；之後三年多在如是莊學殺人，準備過第三關；最後一年則被派去遠地辦事，以及留在莊中協助大首領處理道務。七八個年頭就這麼過去了，她也從七歲長到了十五歲。之後大首領便送她回家了，原因非常簡單：大首領仍舊希望她能夠入宮，將來好替他出手刺殺皇宮中的重要人物。

裴度和裴夫人知道真相後，臉上露出難掩的驚惶恐懼。裴若然知道他們心中對自己又是厭惡，又是害怕，心想：「這也實在怪不得阿爺阿娘。誰願意自己的女兒變成一個殺人不眨眼的殺手？誰願意跟一個恐怖血腥的刺客同住在一個屋簷下？」

當年曾出謀獻策，假作讓裴若然住在自己城外別業的伯娘得到消息，也趕入城來看望姪女。然而裴氏夫婦在聽聞女兒的經歷之後，卻不敢讓伯娘見到她，甚至不敢告訴伯娘實情。伯娘眼見如此，儘管心中好奇，卻也不好多問。她不願惹禍上身，便對裴氏夫婦說道：「如今六娘平安回到家中，過去幾年的事情，就當它未曾發生便是。我有幸照顧她一段時日，也是有緣。但盼菩薩保佑，六娘此後一切平安順遂，無災無難。」

裴氏夫婦只能向伯娘感恩拜謝，恭敬送她離去。

然而不出十天半月，裴度夫婦便開始疏遠裴若然，起初還每日跟她一起用膳，後來裴夫人實在無法忍受見到女兒的臉面，便讓她搬到後院去住，讓僕婦按時送膳食給她，自己再也不來看她。

裴若然知道自己雖然回家了，卻永遠無法回到她魂縈夢牽的那個家了。這裴家宅子已不是她的家，爺娘也已不是她的爺娘。

夜深人靜時，裴若然躺在床榻上，忍不住想：「我眞是愚蠢。爲了回到一個不存在的家，我竟心甘情願地替大首領辦事，心甘情願地拚命過三關，進入殺道，走上這條再也無法回頭的路。」

她望著窗外的月色，心中悲涼空虛至極，眞盼自己能早日回到如是莊，回到殺道，回到大首領身邊。然而她內心深處知道如是莊也不是她眞心期盼的歸所。

她已經沒有家了。

裴若然得知五個阿兄中有三個在外地任官，只有三哥和五哥留在家中等候派任。裴若然小小年紀便失蹤，兩個阿兄對這妹妹原本便頗覺陌生，見到她回來，甚感驚訝古怪，對她敬而遠之。裴若然剛回來時，家人曾聚餐數回，兄妹雖同席而坐，兩個阿兄卻始終未曾對她言語，好似她並不在那兒一般。裴若然對哥哥們的印象也很淺薄，雖隱約記得他們曾十分溺愛自己，但這時他們都已是留著鬍子、做了官的成人了，跟他們也是無話可說。

之後家人再也不一起用膳，裴若然便也很少見到阿兄們。有一回裴若然信步來到阿兄們書房外的花園中，想在園圃中找些草藥，恰好偷聽到他們的談話。裴三郎說道：「妹妹回來了，這不跟武相國家那個孽子一般麼？他離家也有七年，去年才剛剛回來。都不知去什麼地方混了如此之久，眞正不成個樣子！」

裴五郎哥嘆道：「妹妹也就罷了，外人不知道她當年是被人擄走的，只道她一直住在伯娘那兒。武家那個武小虎可是自己逃家的。他原是庶出兒子，逃走也就罷了，武相國並不指望他回去。如今既然回來了，武相國也不忍心趕走這唯一的兒子，但無法忍受時時見到他，只能刻意疏遠。」

三郎說道：「武夫人原本忌恨這個來歷不明的私生子，這時對他又多了十分恐懼，十分鄙視，只能竭力迴避。那傢伙整日飲酒，小小年紀，便已是個十足的酒鬼了。對了，他的生母呢？」

五郎道：「聽說他的親娘薛濤仍舊遠在蜀地，下落不明。」

裴若然聽了，心中一揪，暗想：「小虎子跟我一樣，成了徒有家門和家人的記憶，卻已沒有眞正的家門和家人的孤兒。」

她極想去找小虎子，卻又不敢去見他。她心底知道，自己在這世上只有天殺星和小虎子這兩個朋友，倘若連他們也失去了，她可就徹底無依無靠了。而且她此時心情沉鬱，憂傷失落，整日無精打采，也實在不願讓小虎子見到自己此刻的情狀。這麼多年以來，她始終剛強堅韌，盡心照顧幫助他，支持他，鼓勵他。如今輪到她自己需要照顧幫助、支持鼓勵之際，她卻不敢去找他，生怕透露出自己軟弱無助的一面，會讓他不知所措，甚至就此遠離她這個朋友。

第五十六章　託付

這天夜裡，裴若然正抱著腿坐在榻上，滿心煩悶愁思，正感到極度消沉頹喪之時，房外忽然來了個訪客。裴若然一聽腳步聲，便猜知來者是天富星，不禁好生驚訝：「天富星不是被大首領賣去血盟了麼？他爲何來找我？」但聽天富星的腳步聲停在自己的房外，似乎猶豫是否要伸手敲門。

裴若然悄聲來到門邊，伸手握緊峨嵋刺，上前開了門，門外站著一個瘦小猥瑣的身影，正是天富星。裴若然在黑暗中凝望著天富星，冷然道：「天富星，你來找我何事？有話直說。」

天富星嚇了一跳，連忙陪笑道：「天微大姊，妳當眞高明，一聽我的腳步聲便知道是我。什麼都瞞不過妳！大姊近來可好？小弟掛念妳得緊。」

裴若然聽他說了一串話，卻始終未曾說出究竟爲何來此找她，於是問道：「是天殺星讓你來找我麼？」

天富星點了點頭，又趕緊搖了搖頭。裴若然豎起雙眉，天富星知道她不高興，有些怕了，支支吾吾地道：「天微大姊，不是天殺星讓我來找妳的，是……是有另一件事。關於一個小孩兒。一個小女孩兒。」

裴若然側頭望向他，瞇起雙眼，試圖猜測他究竟有何意圖。他們一起在石樓谷中度過幾個年頭，天富星是什麼樣的人，裴若然自然清楚得很。他是個投機無恥的小人，誰的勢力強大便依靠誰，毫無原則。她知道天富星曾經背叛救過他性命的天猛星，是個見風轉舵、忘恩負義的壞胚子。

但是當時在石樓谷中，要面對天空星那樣的奸雄和天暴星那樣的暴君，加上似裴若然和天殺星這般怪異冷酷的高手，天富星的處境確實十分艱難。他是個小角色，小嘍囉，武功不高，只能仗著腦子機伶，投靠依附勢力較大的弟兄，藉以生存。三十多個弟兄中，他竟能成爲活過那個冬天、未曾受傷發瘋、成功度過第二關的八個弟兄之一，這小子也的確不簡單，挺有本事。

裴若然冷冷地道：「天富星，我再說一次。你有什麼話，立即直說。不然便快快給我離去！」

天富星吞了口口水，忽然噗通一聲跪倒在地，說道：「天微大姊，天微娘子！天富星求妳一件事，請妳務必要答應我！」

裴若然仍舊冷冷地望著他，說道：「你說。」這兩個字說得冰冷至極，表明了她絕對不會隨口答應他的任何要求。

天富星如此乖覺，怎會不明白她的言外之意？但他仍鼓起勇氣，跪在地上不肯起來，說道：「天微大姊，這件事情非常緊要，對我和對天殺星來說，都非常緊要。我想將一個女孩兒託付給妳，請妳……請妳收留照顧她。」

裴若然揚起眉毛，心中甚感驚訝：「天富星竟會跑來向我求助，並將一個小女孩兒託付給我？這是怎麼回事？」

她當下問道：「什麼女孩兒？」

天富星道：「您應已知曉，半年多前，我和天殺星一起被大首領賣給了血盟。」

裴若然點了點頭。

天富星續道：「但在我們進血盟之前，曾被大首領指派，接受吳少陽的請託，去淮西殺死節度使吳少誠之子吳元慶，好讓吳少陽能夠擔任節度使。」

裴若然再次點頭，此事她在如是莊時已有聽聞。

天富星舔了舔嘴唇，續道：「當時天殺星闖入吳元慶家中，輕易將他刺殺，又接著殺死了吳元慶的幾個兄弟。最後在內屋中，他找到了吳元慶的小妹子。原本他也想殺了這小女娃兒的，但卻……卻沒有下手。」

裴若然皺眉道：「你存心誆騙我麼？天殺星是什麼樣的人，我難道不清楚？天殺星豈有下不了手的時候！」

天富星忙道：「是眞的，是眞的！天微星娘子，妳和天殺星何等交情，我豈敢拿天殺星的事欺騙？這件事情，天殺星倘若有機會見到妳，想必會主動跟妳提起。哪日妳見到他，向他一問，他自會如實告知其中原因的。」

裴若然哼了一聲，不置可否。

天富星望著她，續道：「妳若見到這女孩兒，便會知道天殺星爲何無法下手了。他不但無法下手，還將她送出了吳家，藏在暗巷中，讓她逃過一劫。這女孩兒只有七歲多，她叫做吳元鶯。」

裴若然實在無法想像，天殺星殺人時怎會手軟，又怎會出手救了這個跟他毫無關係的女孩兒？

她皺著眉頭，說道：「你說下去。」

天富星見她願意傾聽，精神一振，說道：「我明白天殺星的心意，當夜便暗暗潛出，從那條暗巷中將這女孩兒救了出來，先安置在淮西地方。淮西是我老家，熟門熟路，加上我身上有錢，一切都好安排。後來我又找了機會，將她帶回血盟左近的村鎮，將她安置在一個隱密之處。」

裴若然聽了，心中懷疑萬分：「天殺星和天富星兩人，一個冷酷無情，一個投機勢利，這兩人怎會無端花這麼多工夫，去解救安置這個小女孩兒？這究竟是爲了什麼？」

她望著天富星，直接了當地問道：「你們爲什麼要救她？這女孩兒到底有什麼特別之處？」

天富星擠眉弄眼，似乎不知道該如何解釋。他支吾了一陣，才道：「天微大姊，妳見到她後，便會知道了。只是……只是這女孩兒受到太大的驚嚇，成了個啞巴，不會說話。」

裴若然更加摸不著頭腦，天殺星和天富星竟然大費周章，只爲了收留保護一個啞巴女孩兒！

天富星續道：「後來天殺星和天猛星在成德動起手來……」

裴若然揚起眉毛，插口問道：「他們在成德動過手？」

天富星連忙搖頭，說道：「我並未親眼見到，但猜想他們定然動過手。那時天殺星被血盟盟主派去刺殺王承宗，天猛星卻被田季安派去保護王承宗。這事兒，不知天微娘子可知悉？」他抬起頭，睜著一雙小眼望向裴若然，想確認她是否知道此事。

裴若然對此事知道一些，並不知全貌；當時她在魏博陪伴天猛星，自然知道田季安派他去成德保護王承宗，卻不知道血盟派出的刺客正是天殺星。她點了點頭，說道：「我知道此事。」

天富星道：「我跟著天殺星來到成德，抵達當日他便失蹤了，我著急得四處尋找，如何也找他不到，卻在成德撞見了天猛星。十五日後，天殺星忽然自己出現了，衣著骯髒破爛，臉色難看至極。我不知道發生了什麼事，他也不說。依我猜想，他一定曾跟天猛星交過手，而天殺星略輸一籌。天猛星未曾殺他，只將他困在不知何處，足足半個月無法脫身，天猛星因而盡到了保護王承宗的責任。」

裴若然心中驚詫，說道：「原來如此。」心想：「他們曾在成德惡戰，小虎子卻不曾跟我提起！幸好取勝的是小虎子，才未曾對天殺星狠下殺手。倘若換成天殺星取勝，小虎子定然早已沒命。」

天富星又道：「當時天殺星憑空消失，我在城中到處尋找，急得如熱鍋上的螞蟻一般。那時我撞見了天猛星，猜想定是他出手打敗甚至殺死了天殺星，心中又驚又怕。但天猛星對我仍舊頗為客氣，他明明知道我跟天殺星做一道，卻並未將我也一起殺了。我鼓起勇氣，帶他去見了小鶯，就是吳元鶯，那個小女孩。他見到她時，整個人也……也傻了。他說他明白為何天殺星無法對小鶯出手，也明白我們為什麼要花這麼大的工夫解救她、隱藏她，並且說他也願意幫助安頓保護她。」

裴若然揚起眉毛，心想：「原來小虎子也見過這女孩兒！這又是一件他瞞著我的事兒！」

天富星頓了頓，又道：「後來我們輾轉將小鶯送來了京城。如今我和天殺星奉血盟盟主之命去東方辦事，凶險甚大，很可能無法回來，因此……因此我擅作主張，想將小鶯託付給妳。」

裴若然望著天富星，漸漸看出了事情的輪廓。但她實在難以掩藏內心的震驚，天殺星和武小虎都瞞著她，從未跟她提起這個小女孩兒的事！為什麼？

裴若然想了想，說道：「你起來。」

天富星原本一直跪著，這時才趕緊站起身，拍拍褲子上的灰塵。裴若然留意到他衣著質料上乘，跟往年那個破破爛爛骯骯髒髒的小乞兒天富星早已不是同一個人了。她猜想天富星在血盟中混得不錯，當初離開如是莊時，多半也帶上了不少錢財。他童年時貧窮苦厄的日子過多了，如今手中有錢，便大肆裝扮起來，身上穿的戴的，無一不是最珍奇昂貴的綾羅綢緞和金銀飾品。裴若然不禁莞爾，小乞兒天窮星翻身了，這回可真成了天「富」星了。

這時渾身穿金戴銀的天富星熱切地凝視著裴若然，滿面懇求之色。

裴若然思慮了一陣，無法壓抑心中的好奇，暗自猜測這個女孩兒究竟是美如天仙，還是畸形醜怪已極，竟能讓三個殺人不眨眼的殺道弟兄，爲她做出這許多反常之事？她沉吟道：「天富星，你應當知道我此刻的情況。大首領命我留居家中，等候命令。即使我答應了你，也不知道自己能收留照顧這小女娃兒多少時候。」

天富星聽她口氣鬆動，再次跪下，懇求道：「天微大姊，未來的事情，誰也說不準。比起我和天殺星的處境，妳已算是自由之身了。我只求妳盡力便是！」

裴若然終於讓步，說道：「好吧，你帶她來，讓我見一見她再說。」

天富星轉身出屋，向著黑暗招了招手。裴若然好生驚訝，她的聽力何等靈敏，竟然未曾察覺屋外還有一個人！

那人顯然安靜無比，悄悄地站在屋外的假山之後，一聲不響。這時但見一個小小的身影從假山之後走了出來，落足無聲，緩緩走入從裴若然房間流瀉出的燈光之下，來到她的房門口。

裴若然一望清眼前這個小女孩兒後，幾乎無法呼吸。她明白了天殺星爲何無法下手殺死她，也明白爲何武小虎雖見過她，卻從未跟自己提起。這個小女娃兒長得太像，太像小時候的自己了！

裴若然吸了一口氣，良久說不出話。女孩兒小心翼翼地抬頭望向她，眼中滿是恐懼。裴若然稍稍安心了些，心想：「她畢竟不完全像我。臉容確實十分相似，但她太過柔弱，沒有我小時候那分粗野狠勁。」

她露出微笑，伸出手，對女孩兒道：「小娘子，妳過來，讓姊姊看看。」

女孩兒怯怯地走上前，伸出小手，握住了裴若然的手。裴若然感到她的手很軟很冷，心中陡然一軟，將她拉近身前，擁在懷中，說道：「瞧妳多冷！來，快進來我房裡，鑽進被子裡暖和一下。」

天富星看在眼中，鬆了一口氣，說道：「天微大姊，多謝妳！」

裴若然將那女孩兒擁在被窩裡，向天富星問清楚了女孩兒的住處安排，又問道：「天猛星知道她住在何處麼？」

天富星道：「當初便是天猛星給了我一筆錢，讓我將吳小娘子安置在長安。然而他來到長安城後，似乎受到甚大的打擊，整日閉門不出，白日跟先生讀書，晚上哭泣酗酒，似乎全忘了吳小娘子，我也沒敢去找他。」

裴若然道：「你不必去找他，也不必跟他說起小娘子的事。我會另行安排她的住宿衣食，你放心去吧。」

天富星大喜，立即跪倒在地，向裴若然磕頭。裴若然卻阻住他，也跪在當地，向他還禮，說道：「不必謝我，我自己願意承擔此事，並非因爲你求我，因此你也不必謝我。」

天富星鬆了一口氣，轉頭對吳元鶯道：「小鶯妳放心吧，這位姊姊會好好照顧妳的！」便閃身出屋而去。

裴若然關上房門，回到榻上，伸臂摟著吳元鶯，感覺好似摟著童年時的自己一般，一時彷彿一切都似假若眞，如夢似幻。她能夠看出吳元鶯有許多與自己不同之處，但又不能否認她的長相和氣質都與自己極爲相似，只是比當年的自己更加柔和溫雅。但吳元鶯遭逢劇變，目睹家人慘遭誅戮，令她的柔弱中多了一分淒慘和認命，這卻是裴若然年幼時也沒有的。

裴若然想像天殺星和武小虎如何看待吳元鶯，猜想他們定然全心全意地疼愛這個女孩兒，即使爲她赴湯蹈火也在所不惜。裴若然心中並未感到嫉妒，反而有一絲自得；她知道他們對吳元鶯的愛護，一大部分是出於他們對自己的情感。自己能有這兩個好友，實在可說非常幸運。她也對這小女孩同樣懷著發自內心的疼愛；因爲這女孩兒就是她自己，就是入谷前的六兒裴若然。

她思慮了一陣，決定將吳元鶯安置在離家不遠的安邑坊水井巷之中，請個口風緊、爲人老實的老嫗照顧她的生活，盡量不讓吳元鶯露面。她手頭有不少錢財，辦這件事並不困難，只是須得瞞著殺道中人，不能讓任何人知道吳元鶯的藏身處。

裴若然想了想，認爲應當連天殺星也瞞著。天殺星曾饒過這個小女娃兒不殺，但難以確知他未來會否傷害這個小女娃兒，或許還是別讓他知道她的所在才好。

她心中籌思著如何安置吳元鶯的種種計畫，心頭愈來愈安穩，感到自己正在做一件必須做的善事。她暗覺好笑：「誰想得到，天微星竟也會大發善心，出手幫助一個素不相識的小女娃兒！」

她又想：「這小女娃兒周旋在許多殺道殺手之間，自天殺星至天富星，以至小虎子和我，她竟能令每個殺手都不願傷害她，甚至盡心盡力照顧。」

她不知道自己可以掩藏這個小女娃兒多久，也不知道何時會被大首領召去辦事，只能暗暗祈求這個命苦的小女娃兒前輩子累積了些許福德，可以在這亂世中平安存活下去。

第五十七章　宴會

裴若然安頓好吳元鶯之後，便不時偷偷去水井巷探望她，生活頓時有了新的寄託，心神也較爲安穩了些。

不多久，便到了中秋。裴度夫婦收到武相國的請帖，邀請親朋好友赴相國府中賞月。裴度這時官至中書舍人，與武相國公務往來頻繁，過從甚密，私交極佳。裴家一家受邀去武相國府赴宴，裴度和夫人掙扎了許久，無法決定是否該帶著女兒一同前去。

後來裴若然的五哥開口了，說道：「妹妹失蹤了這許久，應當盡早在人前露面，好消除人們的疑問。這次的宴會乃是最好的時機，阿爺和阿娘可以說女兒剛滿了十五歲，做好了一切入宮的準備，因此讓她出來會見親朋好友。」

裴氏夫婦都點頭贊同。

裴度沉吟道：「就不知六兒願不願意？」

裴夫人嘆了口氣，說道：「她也是個大女孩兒了。讓我去問問她吧。」

於是裴夫人去廂房找裴若然，告知武相國府將舉辦中秋宴，問她願不願意與父母阿兄一同赴宴。

裴若然聽了，不置可否。裴夫人便將五哥的話說了一遍，算是對她的勸說。裴若然並不想赴宴，這些世俗的人事物，對她來說都已無意義。然而她卻很想知道武小虎的情況，心想：「我若去武相國府，或許能見到他。」於是便同意了。

宴會之前，裴夫人替裴若然穿上一條華貴的繡花百鳥絲綢襦裙，外罩輕羅半袖，再加上一襲淡紫薄紗披肩，頭上則梳了時下仕女最流行的雙環望仙髻，以鑲滿珠寶的金釵玉梳裝飾。

裴夫人想替裴若然臉上添脂抹粉，卻被她冷面拒絕了。

裴夫人嘆了口氣，只能好言懇求道：「乖女兒，聽阿娘的話。當今好人家的女孩兒，只要年齡過了十二歲，臉頰上都定要塗抹胭脂、黏貼花鈿的。天下間臉上不塗抹胭脂的女子，只有尼姑、道姑或寡婦。人家若見到妳素著面出門，定然感到古怪得很，倘若追問起來，阿娘卻該如何回答？」

裴若然知道自己既然已回到家中，便不能再特立獨行，引人注目，只好答應了。

於是裴夫人命葉大娘替裴若然化妝。葉大娘取了胭脂黛筆，先用小刀替裴若然剃去眉毛，用黛筆畫上當時流行的「桂葉眉」；之後在面上塗抹一層白色粉底，再在雙頰塗上大紅胭脂，嘴唇則以鮮紅絳筆畫成櫻桃小口。之後在她額中眉間貼上一朵金色火焰狀的蓮花，臉面上則以朱筆畫上細緻的鳥雀和蝴蝶。

裴家乃是官宦大家，女兒出門赴宴，定須盛裝打扮，才算合禮得宜。裴若然離開家時只有七歲，從未上過妝，此時往鏡子中一望，幾乎連自己都認不出自己，只覺十分荒唐可笑。她此時想要拒絕不去，也已太遲，只能輕輕嘆了口氣，心想：「她們將我裝扮得如同妖怪一般，全不似我本來面目，姑且當作是易容改裝吧！」

她穿著一身綾羅綢緞的華麗衣裙，畫著合乎時宜的妝，跟著父母和兩個阿兄，男子騎馬，女子乘轎，來到了武相國府。

她從未來過武相國府，但曾聽小虎子述說過無數遍，便好似曾經親身來過一般。武相國乃是皇親國戚，深受皇帝信任，宅邸宏偉壯觀，氣派無比。

裴若然跟隨父母進入大門，穿過廣大的前院，來到宴客園中。但見處處張燈結彩，裝飾精緻華貴。宴客園中搭起了三個巨大的帳幕，客席便都安排在帳幕之中，每帳設有超過兩百席。

裴度和夫人帶著兒女來到最大的帳幕主位，讓兒女拜見武相國夫婦。武氏夫婦早已聽說裴家六娘從親戚城外的別業回來了，見她前來赴宴，都十分欣喜，武夫人對著裴若然端詳了許久，嘖嘖稱讚道：「了不得，了不得！六娘在城外潛心修養數年，出落得更加清靈，舉止也更加溫雅合度了。眞是可喜可賀啊！」

裴夫人聽武夫人稱讚女兒，原本應當十分高興得意才是，這時卻只覺心虛得緊，只能連聲謙謝，說道：「城外環境清幽，就是太過冷清偏僻。前一陣子小女大病了一場，如今還未恢復過來呢。」

武夫人喔了一聲，說道：「看上去是清瘦了些。不要緊，回到家中吃好一些，很快便會豐腴起來了。」招手讓一個十四五歲的少女過來，吩咐道：「翠兒，妳領裴家娘子去東邊的客席，好生照應。」翠兒答應了。

武夫人對裴夫人道：「這是我的甥女兒翠兒，她會好好照顧六娘的。」

於是裴度夫婦留在武氏夫婦的正中帳幕中，裴若然則跟著翠兒來到東邊的帳幕。但見這帳中坐著的都是年輕的少年子弟，還有不少孩童在席間追逐奔跑，十分熱鬧。

翠兒是個恭謹的少女，應對得體，不失禮數。她領裴若然來到一席，請她坐下了，又替她介紹了同席的幾位賓客。裴若然神態自若，從容淡定，一一點頭招呼了，然而其他少年少女都感到這位裴六娘渾身帶著一股寒氣，令人不敢親近，甚至不敢逼視。

當夜賓客雲集，長安城各大家族的小郎君和小娘子齊來赴宴，熱鬧已極。裴若然雖坐在席上，心思卻全不在此；她悄悄在人群中感受小虎子的內息，搜索他的身影，卻始終未曾見到他的人。

裴若然知道其他少年少女都在偷覷自己，竊竊私議，談論這個被選入宮的準采女為何這麼多年未曾露面，這些年來都在城外學了些什麼，是否眞的已成爲一個德容言功俱全，皇帝一眼便會看中的未來嬪妃？

裴若然耳中聽著這些流言私語，臉上平靜淡漠，旁若無人。即使別人將她當成天仙或怪物，她也全不在意；在石樓谷和如是莊待了這許多年月，什麼困境沒經歷過，什麼人物沒見識過？什麼折辱沒領受過？

宴席開始之後，她終於在人群中找到了武小虎的身影。

小虎子非常好認；人叢中最引人注意、最亮眼奪目的那個人物，就是他了。他在人群中彷彿一頭受困的猛虎，一隻受傷的獵鷹，渾身散發著令人目不轉睛又恐懼靠近的氣度。

裴若然見到他和一群富貴少年同席，身旁的人離他至少三四尺，相隔甚遠，顯然對他極爲忌憚。少年們飲酒猜枚，划拳談笑，不亦樂乎，小虎子卻只埋頭喝酒，眼光停留在遠處不知什麼地方。

裴若然仔細向小虎子打量去，見他一身錦繡衫褲，身材修長結實，面目清俊秀朗，看上去當眞英氣勃勃，一表人才。但裴若然從他的眼神中看出他其實渾身不自在，滿心困惑痛苦，也看出他跟自己一樣，雖達成了「回家」的心願，卻並未能夠眞正回到家。長安武相國府顯然已不是他的家了，他無論如何也無法重拾起武家少主這個角色。

裴若然不禁感到一陣悲哀。她眼見小虎子一盅又一盅地飲酒，如同他在魏博鎮田季安身邊那時一般，完全無法自制。她心想：「他定然不知道我也來了，不知道我正望著他，不然他定會收斂一些。這些日子他過得如何？沒有我在他身邊，他還好麼？」

裴若然聽見席上一個少年郎君低聲道：「你們瞧！那個便是那武家的私生子了。聽說他從小便叛逆無道，逃家這麼多年，也不知都上哪兒鬼混去了，幹了些什麼好事！」

另一個少年接口道：「想必在外面闖出大禍，實在過不下去了，才夾著尾巴逃回家來。這小子就知道讓他爺娘出醜難堪，當眞不知羞恥！瞧他這副模樣，狂放嗜酒，落拓潦倒，哪裡像個相國之子！」

原先那少年恥笑道：「什麼相國之子，他連庶出都說不上，只是個來歷不明的私生子，自然是這副窩囊樣啦。」

裴若然耳中聽著，臉上不動聲色。這些言語傷不到小虎子，也傷不到她。她毫不在意，只在心中暗暗冷笑：「你們這些人知道什麼？在殺道之中，在刺客的世界裡，天猛星是什麼樣的人物，有著什麼樣的地位，你們這些人根本一無所知，憑什麼對他指手畫腳，說三道四？他要取你們的性命，不過是舉手之勞，誰也逃不過。」

然而裴若然留意到，同席的小娘子們望向武小虎的目光中竟帶著幾分驚艷戀慕。誰能不驚艷戀慕如此瀟灑狂傲的少年？誰能不爲他英武俊俏的外表傾倒？

裴若然嘴角露出冷笑，心想：「這些官宦之家的千金，豈能知道天猛星是什麼樣的人物！」

不多時，她見到小虎子臉色蒼白，知道他喝了太多，已經快要撐不住了，猜想他就將失態嘔吐。她心中一緊，終於站起身，緩步走近小虎子的座席，經過他身邊時，並不望向他，只低聲說道：「跟我來。」

武小虎一驚抬頭，雙眼直瞪著裴若然的背影，似乎不敢相信自己的眼睛。他隨即趴在桌上，似乎昏睡了過去。等同席的少年男女未曾注意時，他才顫巍巍地站起身，搖搖擺擺地往帳幕外走去。

裴若然等到他跨出帳幕，離開賓客的視線，才一把抓住他的手臂，拉著他快步來到後院的陰暗之處。

武小虎再也無法忍耐，跪倒在地，猛烈嘔吐起來。

裴若然站在一旁，冷眼旁觀，說道：「你自己應當知道，暴飲之後便是這個下場。在魏博那時你還喝得不夠，嘔得不夠麼？」

武小虎只是嘔個不止，更無法答話。

裴若然等他嘔完了，才冷然道：「小虎子，你這是在做什麼？」

武小虎呆了一陣，坐倒在當地，說道：「我還以為自己喝醉眼花，開始發夢了！六兒，眞的是妳！妳……妳怎會來到這兒？」

裴若然苦苦一笑，說道：「跟你一樣，大首領命我回家了。」

武小虎瞪著她，喃喃說道：「跟我一樣，妳也回家了……」

裴若然在他身邊坐下，說道：「不錯，我們都回到了家，卻並沒有眞正回到家。」

武小虎忽然激動起來，咬牙道：「不只如此，我在這兒，簡直生不如死！」伸手抱住頭，泣不成聲，哽咽說道：「我寧可自己過不了三關，被送去北方充軍一輩子，或是餓死在谷中，或是死在魏博，死在天殺星手下，都好過此刻的境況！」

裴若然聽了，心中不禁戚然有感，她明白小虎子為什麼會說出這些話。天勇星、天敗星、天魁星等弟兄臨死前的面孔在她腦中一閃而過。他們都只有十五歲，手上卻已沾染了無數血腥罪惡。當年山谷中那兩百個孩子，在一場場比鬥廝殺之下，只剩下了八個；而誰不是踩著其他人的鮮血，才能通過第二關，向著殺道邁進的？如今即使後悔，想回頭重來一次，卻早已太遲了。

裴若然靜了一陣，才低聲道：「小虎子，太遲了。過去的都已經過去了，我們別無選擇，只能繼續往下走去。」

武小虎哭道：「怎麼往下走去？前方已經沒有路了！」

裴若然一咬牙，說道：「什麼叫做沒有路？過第二關時，大雪封谷，糧食吃盡，我們前面有路麼？過第三關時，我們在魏博看盡血腥殘暴，受盡苦楚，我們前面有路麼？如今我們已走到這個地步，就算前面沒有路，我們也要自己闖出一條路來！」

武小虎抬起頭，淚眼汪汪望向她。裴若然知道他需要自己如同昔日那般，繼續扶助他、安慰他、支持他。她心中實在不忍，但不得不硬起心腸，堅定地道：「小虎子，我們都已開始過第三關，即將入道。總有一日，你得獨當一面，開始替殺道辦事。我不能永遠在你身旁照顧你、幫助你。該是你自己站起來，自己往前走的時候了！」

武小虎抱著頭，不再言語。過了良久，他抬起頭，這才注意到面前的裴若然一身錦緞，滿頭珠翠，高髻盛妝，簡直不是他所熟悉認識的六兒，不禁一片茫然，低聲道：「六兒，妳也回家了。妳當眞回家了麼？」

裴若然見他如此迷茫，不禁心中一酸，無數委屈上湧，露出悲哀之色，低聲道：「你說呢？」

武小虎茫然搖頭，但見兩行清淚滑過裴若然的臉頰，從她的下巴一滴滴地跌落在她的衣襟上。

武小虎呆在當地，他從未見過裴若然哭泣，即使在第二關時、在如是莊中，天微星永遠是那麼地冷靜淡然，鎭定逾恆。如果連她也會流淚，她的處境想必極爲淒涼。武小虎伸出手，握住了她的手，兩人的手緊緊相握，直握得都發疼了。

自此以後，武小虎便每到深夜便潛入裴家，陪伴裴若然。兩人往往相對而坐，一起吃些夜宵，有一搭沒一搭地閒聊，之後便一起躺在榻上，握著手入睡。他們都知道，只有在彼此身旁，感受著彼此的關懷和友情，才能夠安心入眠。

正如裴若然當年曾向天殺星說過的：「你沒有家，我就是你的家，我就是你的家人。」如今她和武小虎也是一般，他們都沒有家，也沒有家人，他們只有彼此。

過了寒冬臘月之後，又到了初春正月。這日晚間，裴若然聽見窗外傳來輕微的聲響，立即驚醒，抓起枕頭旁的峨嵋刺。武小虎睡在床腳，這時也已驚醒，光著腳一躍下床，右手不知何時已抓住破風刀，靠著牆壁，凝神戒備。

裴若然望向窗戶，但見一人輕輕打開窗戶，竄入房中，輕功極為高明。但他還未落地，武小虎的破風刀已架在他的頸上，那人低呼一聲，又趕緊閉上嘴。

那人身形瘦小，形貌猥瑣，看來便似個掃灑打雜的小廝，卻正是天富星。

裴若然點起床頭的油燈，冷然望向天富星，說道：「天富星，你來啦。」

天富星感到破風刀冰冰涼涼地抵在自己的喉頭，不敢點頭，只尖著嗓子道：「天微大姊！天猛大哥！小弟……小弟是來給兩位報訊的。」

裴若然對武小虎擺擺手，武小虎便收回破風刀，虎視眈眈地站在一旁。

天富星喘了口氣，一張老鼠臉上露出勉強的微笑，說道：「兩位當真機警得緊。我一出現在屋外，你們便立即警覺了，高明！高明！」

裴若然道：「你說你是來報訊的，有話便快說！」心想：「他是來問我關於小鶯的事麼？我始終未曾和小虎子提起此事，而他竟也絕口不提。」

天富星素知天微星孤高冷傲，不耐煩聽自己囉嗦，當下說道：「是，是。那些廢話我就不說了。我和天殺星一起被賣給了血盟，你們想必早已知道？」

裴若然點點頭，武小虎也點了點頭。

天富星吞了口口水，說道：「血盟盟主收了一大筆錢，目標是……是刺殺天微大姊的令尊令堂，裴度夫婦。」

裴若然心中一跳，忙問道：「他們派誰出手？」

天富星道：「血盟派出的，正是天殺星。」

裴若然感到頭腦一昏，勉強鎭定，又問道：「何時？」

天富星道：「三日之後，子丑之間。」

裴若然和武小虎互相望望，武小虎問天富星道：「你爲何來此報信？」

天富星聳聳肩，說道：「在如是莊那時，我便專門替弟兄們報信。這回事情關係天微大姊的爺娘，因此我一聽說了，就認爲應當盡快讓大姊知道此事。」

裴若然點點頭，說道：「天富星，多謝你前來報信。我該如何回報才是？」

天富星嘿嘿一笑，說道：「我若說不要回報，天微大姊一定不信。我只想請妳在大首領面前幫我美言幾句，讓我早日離開血盟，回歸殺道。」

裴若然道：「一言爲定。」

天富星跪倒拜謝，忽然又道：「還有一件事，兩位須得知曉。天殺星最近……最近得大首領傳授了『腐屍掌』。」

裴若然聽見「腐屍掌」三字，不由得一驚，脫口道：「此事當眞？」

天富星臉色有些蒼白，說道：「我親眼見到他習練這腐屍掌的功夫，委實可怖得緊。他左掌掌心煉成了腐屍毒，劇毒無比，只要被他的手掌沾上一點兒，肌膚立即開始腐爛，幾瞬間便斃命。天殺星武功原本高強，練了『腐屍掌』之後，更是……更是厲害得很了。」

裴若然想起在魏博大樂宮中，曾見到大首領對血盟派出的蒙面人使出腐屍掌，手掌一碰觸到那蒙面人的臉頰，肌膚立即潰爛，連眼珠都掉了出來，心中不由得一震。她曾將此事告知武小虎，因此武小虎雖未曾親見，卻也聽聞過這「腐屍掌」的厲害。

天富星似乎不敢多說，再次拜倒告別，閃身出屋，轉眼不見影蹤。

武小虎望向裴若然，問道：「他說天殺星即將出手刺殺妳的爺娘，妳瞧是眞的麼？」

裴若然道：「天富星通風報信，從不曾出錯。我瞧是八九不離十。」

武小虎皺眉道：「這筆生意，大首領怎會不接？」

裴若然明白他的意思。自己就在父母身邊，若要出手刺殺裴度夫婦，誰會比她更加適合？這件生意又怎會落入血盟手中？

她想了想，說道：「我留在家中，或是未來入宮，對大首領的用處想必更大。因此他不會爲了貪圖一筆酬金，便命我出手殺死自己的爺娘，他定然還有更深遠的盤算。」

武小虎凝視著她，忽道：「六兒，大首領倘若命妳刺殺自己的爺娘，妳當眞會奉命出手、達成任務麼？」

裴若然心頭忽然湧過一陣莫名的恐慌，只能盡量維持平靜，反問道：「你說呢？」

武小虎神色嚴肅，說道：「是我在問妳。妳當眞能出手麼？」

裴若然完全不敢去想這個問題，只能避開小虎子凌厲的眼神，淡淡地道：「事情並未發生，因此我不需要回答。」

武小虎十分激動，提高了聲音，說道：「六兒，在石樓谷中那時，我們說過要堅持原則。我們發誓不殺人，不吃人。如今也是一般。我們不能變得禽獸不如，連自己的爺娘都下得了手！」

裴若然聽了，不知爲何怒氣陡起，高聲道：「不要再說了！我們在石樓谷時還是小孩子，什麼也不懂。什麼不殺人，我們當眞做到不殺人了麼？當然沒有！不錯，我們沒吃過人肉，因此我們就比天暴星、天空星他們高貴了麼？」

武小虎靜默不語，過了良久，才道：「我去了。」他一聲不響地竄出窗外，轉眼消失無蹤。

第五十八章　胡證

當夜裴若然輾轉反側，無法入眠。她不斷想著三日後的晚間，天殺星就將來到自己家中，出手刺殺她的父母。她跟天殺星從小一起飲食坐臥，一起練武試招，何等熟稔，自然知道他的雙匕首有多麼快捷精準，多麼狠辣無情，而且殺人從不猶疑，下手乾淨俐落。她也知道，他曾在一夜之間殺害吳元慶闔府，血流遍地，唯獨留下吳元鶯未殺，只因爲她長得酷似她童年之時。

裴若然當然不能讓他傷害自己的父母，她必得出手阻擋。就算天殺星跟對待吳元鶯一般，留下她不殺，她又怎能獨自活下去？

她心中忽然想起一事，暗暗懷疑：「下聘之人要刺殺我阿爺，這容易理解。他是朝中高官，手握大權。但是爲何也要一併殺死我阿娘？阿娘在家相夫教子，雖也出身名門，但深居簡出，從不干預阿爺的政事，與其他高官貴婦也無深厚交情。爲何指定連阿娘也殺？」

次日清晨，她一早醒來，便見到大批武士來到家中，爲首的是個身穿紫色袍服，身材魁偉的中年人。裴若然見這人好生面熟，問葉大娘道：「那個身穿紫色袍服的，是什麼人？」

葉大娘眼見這許多手持刀劍的武士進駐府中，甚是驚慌，壓低聲音道：「那是主人的好友，胡證胡大爺。」

裴若然心想：「是了，難怪如此面熟，我小時候見過這位胡伯伯的。他曾出頭替阿爺解圍，是個英雄豪傑。」仔細打量去，見那胡證約莫五十來歲，留著一把大鬍子，形貌粗獷，腰繫大刀，看來便是個武官。

她問葉大娘道：「他爲何帶了這許多武士來到家中？」

葉大娘更加壓低了聲音，說道：「聽說是來保護阿郎和夫人的。」

裴若然嗯了一聲，心想：「胡伯伯消息靈通，血盟要出手之事，他想必也已聽聞了消息。然而他此時帶著一群人來保衛我家，只怕適得其反，讓天殺星更容易下手。」

她想了想，心中已有計較。

三日後的傍晚，武小虎悄無聲息地來到了裴若然房中，什麼話也沒有說。裴若然見他到來，心中極爲感激；她知道小虎子特意來此相助阻擋天殺星，全是爲了自己。

武小虎早已見到胡證和他的手下分散在裴府中守衛，問道：「那些人來做什麼？」

裴若然道：「是我阿爺的朋友，也得到了消息，來此保護。」

武小虎皺眉道：「多了這些人，只會礙手礙腳。」

裴若然道：「我也這麼認爲。傍晚時我出手點倒他，那群手下就勞煩你了。」

武小虎點了點頭，忽道：「天富星說天殺星得傳腐屍掌，妳認爲是眞的麼？」

裴若然道：「天富星這些時日都跟在天殺星身邊，知道得自然最清楚。『腐屍掌』乃是殺道中祕而不傳的陰毒武功，想不到大首領雖將天殺星賣去了血盟，仍對天殺星如此信任，竟將如此珍祕的武功傳了給他。」她心中一動：「大首領將『化屍粉』給了我，又將『腐屍掌』傳給天殺星。不知他是否也將『殭屍散』傳給了哪個弟子？他將這三項只有道主得傳的祕傳絕技傳給了不同的弟子，究竟有何意圖？」

武小虎側頭凝思，微微搖頭，說道：「我不知道能如何對付這腐屍掌。就算我試圖以破風刀和金剛袖將他阻隔在一丈之外，但他輕功超卓，激鬥之中，很難避免近身而搏。」

裴若然皺起眉頭，說道：「我們二人聯手，應能和他一鬥。」

武小虎再次搖頭，說道：「六兒，妳無法對他下殺手，他卻可以毫不猶疑地以腐屍掌殺死我。我死了之後，他要出手制住妳，便再容易不過了。」

裴若然無言以對，咬著嘴唇，心中又是沉重，又是恐懼。

亥時剛過，濃濃黑夜籠罩著裴府，只有天上星辰兀自閃爍不斷。

胡證忙著指揮手下武士在裴府四周布置守衛，忽聽腳步聲響，胡證轉頭一望，但見黑暗中一個人影緩緩向著自己走來。

仔細一看，卻是個十來歲的少女，一手提著一盞油燈，一手托著一只托盤，一身淡紫衣裙，身形纖瘦，腳步輕盈。

胡證一呆，見這少女衣飾雖不華麗，但全身上下貴氣難掩，心中好生驚詫，知道她絕不是裴家僕婦丫鬟，定是親族女兒，心念一轉，頓時想起：「是了，我十多年前曾見過這個女孩兒。她是裴老弟唯一的女兒，因出身官宦世家，面容秀麗，七歲便中選為後宮儲秀，如今已到了可以入宮的年齡了。」

他知道裴夫人接連生了五個兒子，第六個終於生了個女兒，夫婦倆對這女兒疼愛非常，當成心頭肉一般。自從這女兒入選儲秀後，她娘親便將她送到城外親戚的別業中，足不出戶，不讓見客，嚴加保護，並令她嫻習德容言功，務求女兒能順利入宮，早日得到聖上的青睞。

這時胡證望著裴六娘婀娜的身形，心中動念：「小女孩兒看來已有十五六歲了，怎地尚未入宮？」開口問道：「請問是……是六娘吧？」

裴若然抬頭凝望著胡證，微笑說道：「不想伯伯還記得姪女。伯伯率領手下壯士守衛敝舍，好讓阿爺阿娘不受刺客侵擾。伯伯一番心意，姪女感激不盡。」

胡證滿心驚詫，結結巴巴地道：「六娘怎會知道此事？是……是令堂告訴妳的麼？」

裴若然淡淡一笑，說道：「阿娘不曾跟我提起此事。請問胡伯伯卻是如何得知刺客之事？」

胡證見眼前這少女面容嬌美，清麗脫俗，乃是個絕色佳人；然而她雙眼中透露著一股難言的沉穩冷峭，卻又令人不寒而慄，心中動念：「這眼神，渾不似一個小女娃兒該有的眼神！而且她說話成熟老練，哪裡像個尚未出閣的高門千金？」

他吞了口口水，在這少女面前，竟然不敢隱瞞，如實說道：「我……我聽江湖上朋友傳言，說平盧節度使李師道以重金聘請了殺手，打算刺殺令尊。我聽他們說得煞有介事，言之鑿鑿，不能不信。」

裴若然道：「原來如此。」

胡證又道：「我和令尊乃是同年進士，數十年的交情了；就算沒有這層關係，就憑著令尊今日在朝廷中舉足輕重的地位，我也不能坐視他被李師道那亂臣賊子給害了。因此我自告奮勇，率領手下壯士來到貴府，徹夜守護。」

裴若然睜著一雙清冷的眼睛，凝望著胡證，說道：「胡伯伯高義，姪女感激不盡。今夜天寒地凍，姪女特地給伯伯送壺燒酒來，好暖暖身子。」說著遞上酒壺，酒壺在寒夜中微微冒著煙。

胡證不好拒絕，連忙道謝，伸手接過那壺暖酒，拔開瓶塞，啜了一口，一股暖意透過全身，極爲舒暢，不禁讚道：「好酒！」

裴若然嘴角露出微笑，仍舊一手提著油燈，一手托著那只空托盤，站在當地等候，毫無離去之意。

胡證感到她寒峭的眼光在自己面上遊走，四周又靜得令他渾身不自在，只好開口說道：「六娘……是否還有其他指教？」

裴若然點點頭，說道：「姪女今夜來此，是想請伯伯暫且迴避。刺客今夜丑時前必到，我須得在此攔住，遲些動起手來，只怕誤傷了伯伯。」

胡證聽了她這番話，全身一震，幾乎將手中的酒壺摔跌在地。

他睜大眼直瞪著裴若然，說道：「妳……妳說什麼？妳……知道些什麼？莫非妳知道來行刺的是何人？」

裴若然神色自若，眼中寒氣更重，緩緩說道：「對頭派出來的刺客，正是姪女的同門。姪女一人足夠應付，只是不願誤傷旁人。」

胡證呆呆地望著她，心想搞不好這少女淘氣頑皮，故意說這些胡話來跟自己開玩笑。他乾笑一聲，正要開口，不料就在此時，一陣寒風吹過，四周陡然暗了下來。胡證一抬頭，但見一片烏雲不知何時飄來遮住了天空，方才閃爍的星空早已消失無蹤。

裴若然轉頭往屋頂望去，好似不經意地向胡證跨近了一步。胡證只道她心中害怕，因此向他靠來，不自覺伸出手臂，攔在她身前。然而他完全料錯了；他的肩頭忽然一痛，接著全身麻痺，不由自主地靠在院牆之上，慢慢坐倒在地，再也無法動彈。原來方才裴若然向胡證走近一步並非因爲害怕，而是爲了向他出手。她飛快地伸手點了他的肩井穴，令他癱倒在地，再難移動。

裴若然並未望向他，只低聲道：「別作聲。」她的語氣緊急而嚴厲。胡證癱坐在牆角之下，連一根手指也無法移動，只驚詫得說不出話來。

裴若然抬頭仰望，低聲問道：「來者何人？天殺星呢？」

胡證這才看發現屋頂之上伏了一團暗紅色的黑影，不聲不響，有若鬼魅。

黑影並未出聲回答。

裴若然道：「我與閣下素不相識，自不會手下留情。要想活命，便快快離去，你不是我的對手。」

那黑影嘿嘿冷笑，尖聲說道：「妳有種便試試，看看殺不殺得了我！」

裴若然雙手從袖中伸出，兩隻手掌中陡然閃出一片銀光。

胡證心中一驚，暗想：「這是什麼妖法？」定睛看清楚了，才發現她手中的銀光並非妖法，卻是一對快速旋轉的峨嵋刺。

裴若然身影一晃，陡然拔空而起，快捷無比地向屋頂上的黑影撲去。接著屋頂上叮噹亂響，兩個人影又倏地分開，一個落在屋脊左首，一個落在屋脊右首。

裴若然站在左首，冷然道：「血盟有你這等角色，也算不錯了。可惜今日要死於我手中！」

右首的黑影嘿然道：「阻擋血盟，死路一條！」

語音方落，兩條黑影忽然同時向對方撲去，在屋脊正中相遇，但聽噹噹連響，有若爆竹。胡證只看得眼花撩亂，一顆心怦怦狂跳。接著兩團人影飛到了樹梢之上，一追一逃，奔過院牆，繼而落在偏廳的屋頂之上，始終未曾落地。三道銀光在半空中閃動游移，兵刃相交之聲不絕於耳，一轉眼間，忽地一個黑影啪一聲跌落在庭院當中，再也不動了。

胡證望向地上那團黑影，心中驚懼難已，生怕受傷落地的乃是裴家六娘。就在此時，一個淡紫色的身影從半空中飄下，落在那黑影之旁，口中橫咬著一柄銀光閃閃的短劍，神色肅然，正是裴若然。

胡證見她平安無事，大大地鬆了一口氣。

裴若然伸手從口中取下短劍，噹一聲扔在黑影之旁，說道：「劍亡人亡！」只見她從懷中取出小金瓶，打開瓶蓋，在那團黑影上傾倒了一些粉末。那團黑影頓時發出嗤嗤之聲，冒出縷縷白煙，漸漸縮小，最後化成了一灘血水。

這時烏雲散開，夜空中出現一輪明月。裴若然將小金瓶收回懷中，月光下但見她神色平靜如常，既無喜怒，也無哀懼，只有一片無邊無際的淡漠和沉穩，完全無法看出她方才經歷一場激戰，解決了一個江湖中人人聞而色變的血盟刺客。

裴若然輕拂衣袖，轉過身，緩緩向胡證走去。

胡證怔然望著她，萬難相信眼前這如仙似鬼的少女，便是自己十多年前曾在裴家大宅中見過，那個天真無邪的裴家小女兒。

裴若然來到胡證身前，蹲下身，伸出纖纖素手，在他胸口點了幾下，解開了他的穴道，臉上略現歉意，說道：「姪女多有得罪，胡伯伯萬請見諒。」

胡證張大了口，更說不出話來。裴若然扶他站起身，又道：「胡伯伯請來後廳稍坐歇息，喝幾盅酒，吃些下酒菜吧。」

胡證猜想她是想替自己壓驚，他胸中也懷有無數疑問，於是勉強舒活了一下手腳，感到四肢仍有些僵硬，但勉強能夠走動，便跟著她來到後進的一間小廳中。

裴若然請胡證就座，親自點火溫了一壺酒，取出幾碟下酒菜，備下兩盅杯盞，在胡證對面坐下。

值此夤夜之際，胡證在好友裴度家與他的妙齡女兒對坐飲酒，不但不合禮法，更是十分詭異。但裴六娘落落大方，他方才又親眼見到她出神入化的身手，心想絕不能將她與等閒深閨女子一般看待，只能勉強鎮定，正想伸手去取面前的酒盅，才發現自己手中仍握著她之前送來的那壺燒酒，尚未飲盡。

胡證舉起酒壺喝了一口，餘溫猶存，這才意識到方才那場打鬥雖激烈險狠，卻十分短暫，不過一轉眼便結束了，這陶壺中的燒酒都還溫著呢。

胡證又想起激鬥所發出的聲響著實不小，自己手下壯士卻一個也未曾出現，心中暗暗擔憂，生怕他們都已遭了毒手。他吞了口口水，試探著問道：「請問姪女，不知愚伯的手下都在何處？」

裴若然微笑道：「胡伯伯請莫擔憂，他們只是穴道被封，躺在後堂的迴廊之下，性命無虞。」

胡證略略放心，但仍無法壓下心中的驚詫疑惑，不知該從何問起，只道：「愚伯第一次見到姪女，已是好多年前的事了，不知姪女記得否？」

裴若然微微笑著，說道：「姪女自然記得。當時阿爺在軍中被幾個士兵欺負，情勢危窘。他想起好友胡伯伯是位英雄豪傑，便趕緊派了個手下去向您求救。伯伯得知後，立即趕來軍營。我記得那時伯伯身著黑色貂衣，腰繫金帶，猛然推門闖入。那些士兵見到伯伯威武的模樣，全都駭然失色。伯伯說自己晚到了，一舉便飲了三盅酒，一滴不剩。當時已近黃昏，我阿爺讓人點上燈燭。伯伯忽然站起身，取過一支鐵燈臺，將枝枝節節都摘去了，只剩下燈臺的鐵桿兒，橫放在膝頭，對大家說道：『我請求更改酒令，從此刻開始，咱們一次喝三盅，連喝三回，酒必須喝得乾乾淨淨，一滴也不許剩下。犯令者，吃我一鐵桿！』說著自己又連飲三盅。之後一個士兵也試著連飲三盅，卻沒能將酒喝完，還灑得滿桌都是。伯伯舉起鐵桿要打他，那些可惡的士兵全嚇得跳起身，向伯伯跪拜，稱伯伯爲神人，叩頭求饒。伯伯那時大聲喝道：『你們這些鼠輩竟敢欺負我裴兄弟，莫非嫌自己活得太長了麼？今日暫且饒了你們的狗命，通通給我滾出去！』那些惡人嚇得肝膽俱裂，全都夾著尾巴，慌忙逃跑啦。」

她一邊說，一邊咯咯笑了起來。

胡證不禁一呆，沒想到她提起的竟是這件往事。那是十多年前的事了，他爲了替裴度助威，故意現身狂飲，嚇走那幾個蠻橫的士兵，自己早將這事兒忘了，也全不記得這小女娃兒當時在場，目睹了這一幕；沒想到她不但記得清清楚楚，更敘述得歷歷在目。

胡證臉上發窘，連忙擺手道：「嚇走幾個粗魯之徒，算得什麼？」一邊說，一邊又飲了一口酒，卻不小心嗆到了，咳嗽不已。

裴若然掩口而笑，一臉調皮促狹之色。胡證望著她言笑晏晏的模樣，一派小女兒的天眞可喜，彷彿霎時之間，她又變回了老友裴度的稚齡愛女，大官之家的千金，入選采女的候任嬪妃，坐在這兒跟他這世交伯父談笑敘舊。胡證心中恍惚，幾乎懷疑自己方才在院中見到的那場激鬥乃是夢境幻覺。

裴若然止了笑，舉起酒盅，說道：「胡伯伯眞豪傑也！姪女敬伯伯一杯。」

胡證見她舉盅欲飲，趕忙伸手攔阻，說道：「莫，莫！此酒太烈，六娘實不宜飲。」

裴若然聽他這麼說，挑起眉毛，停盅不飲，微笑說道：「伯伯既這麼說，姪女恭敬不如從命。我原不善飲，善飲者另有其人。」忽然往後招招手，說道：「出來吧。」

黑暗之中陡然冒出了一個少年，他一身耀眼的紅綢衣褲，腳穿麂皮靴子，看上去不過十五六歲，和裴六娘差不多年紀，面目俊朗出奇，英氣逼人。他一言不發，伸手接過裴六娘手中酒盅，一飲而盡，接著伸手取過酒壺，再倒滿一盅，又是一飲而盡。

胡證不禁暗暗驚詫，心想：「這少年又是什麼人？怎會半夜出現在裴家？」他對這陌生少年的直爽善飲心生好感，說道：「小英雄請坐。若不嫌棄，便請與胡某共飲數盅。」

那少年也不客氣，對胡證一拱手，挨著裴六娘身旁坐下，身子離她甚近，卻並無半分狎暱之意。胡證見他兩人間顯然極爲親近熟稔，彷若兄妹，心中不禁懷疑：「莫非這少年是裴老弟的五個兒郎之一，裴六娘的兄長？」

但見那少年相貌堂堂，舉止狂放，顯非尋常人物。胡證實在難以想像老友裴度除了一個身負絕藝的女兒之外，還有個兒子也這般特異出奇。然而他又想起：「裴老弟的幾個兒子我全見過，都已擔任官職，這少年面目陌生得緊，應當不是裴家子弟。」

裴若然看出他的疑慮，說道：「胡伯伯，這位是武家郎君。」

胡證忍不住啊了一聲，脫口道：「莫非是武相國府少主？」

那少年抬眼望向胡證，眼神銳利，眉目間陡然霸氣凌人。他沒有出聲承認，也沒有否認，只淡淡一笑，仰起頭，又喝盡了一盅酒。

胡證心中驚詫難已，想起往年曾聽過傳言，武相國多年之前赴蜀地任西川節度使時，曾與豔名遠播的女詩人薛濤交往甚頻，甚至生了個私生兒子，並將他送回長安讓武夫人撫養。聽說那孩子桀驁不馴，叛逆乖誕，甚至私自離家出走、再無音訊。那該是八九年前的事了，這武家郎君怎會突然出現在長安？又怎會與裴六娘如此熟稔？

胡證望著眼前這兩個少年男女，少女文靜嫻雅，氣質出眾，天眞爛漫，望上去便是位嬌柔高貴的世家千金；少年衣著講究，好酒狂蕩，只看外表，宛然是個未經世事、放浪不羈的富貴紈褲子弟。然而他卻知道他們並非如外表那般單純無辜。不，那少女方才不但出手點了他的穴道，更隨手殺死了一個殺道刺客，並且瞬間毀屍滅跡！

胡證忍不住問道：「武郎君，六娘，你們……你們過去這幾年身在何處？」

裴若然和武小虎對望一眼，兩人臉上神色都甚是特異，似乎有些淒然，也有些得意，有些悲哀，也有些痛苦。

胡證不明白他們臉上神色是何意義，但他確切知道，過去這八九年中，裴六娘絕非如裴夫人所稱，因獲選爲後宮儲秀而嚴禁出門，在城外別業嫻習種種德容言功等女訓。這幾年來她應該根本不在長安，她過了一段不爲人知的隱密生活，練就了一身出神入化的武功；她說血盟殺手是她「同門」，莫非她也是刺客一流？而她身邊那武家郎君，也不是叛逆逃家，而是與裴六娘有著相同的遭遇的人。

想到此處，胡證額頭冒出冷汗，頓時明白了兩件事：第一，與自己對坐飲酒的兩個少年男女皆是形蹤隱密、行事狠辣的刺客；第二，自己命不長久，他今夜見到裴六娘出手殺人，識破了他們的身分，這兩人可能正準備殺他滅口。

他正思索自己該如何逃脫，卻覺腦中一昏，眼前發黑，裴六娘和武家郎君的身形逐漸扭曲模糊。胡證心中只想：「酒中有毒！」便仰天倒下，不省人事。

（未完待續）

國家圖書館出版品預行編目資料

生死谷・卷二／鄭丰作, -初版-台北市：奇幻基地出版；家庭傳媒城邦分公司發行；2015. 07
（民104. 07）
面：公分. -（境外之城）

ISBN 978-986-91831-2-3（卷2：平裝）

857.9 104011589

ISBN 978-986-91831-2-3
EAN 471-770-209-087-6
Printed in Taiwan.

奇幻基地官網及臉書粉絲團
http://www.ffoundation.com.tw/
http://www.facebook.com/ffoundation

鄭丰臉書專頁
http://www.facebook.com/zhengfengwuxia

生死谷・卷二（特別版）

作　　者／鄭丰
企劃選書人／楊秀眞
責任編輯／王雪莉
業務主任／范光杰
行銷企劃／周丹蘋
行銷業務經理／李振東
總　編　輯／楊秀眞
發　行　人／何飛鵬
法律顧問／元禾法律事務所　王子文律師
出版／奇幻基地出版
城邦文化事業股份有限公司
台北市 104 民生東路二段 141 號 8 樓
電話：(02)25007008　傳眞：(02)25027676
網址：www.ffoundation.com.tw
e-mail：ffoundation@cite.com.tw
發行／英屬蓋曼群島商家庭傳媒股份有限公司城邦分公司
台北市 104 民生東路二段 141 號 11 樓
書虫客服服務專線：(02)25007718・(02)25007719
24 小時傳眞服務：(02)25170999・(02)25001991
服務時間：週一至週五09:30-12:00・13:30-17:00
郵撥帳號：19863813　戶名：書虫股份有限公司
讀者服務信箱 E-mail：service@readingclub.com.tw
歡迎光臨城邦讀書花園 網址：www.cite.com.tw
香港發行所／城邦（香港）出版集團有限公司
香港灣仔駱克道 193 號東超商業中心 1 樓
電話：(852) 2508-6231 傳眞：(852) 2578-9337
e-mail : hkcite@biznetvigator.com
馬新發行所／城邦（馬新）出版集團
【Cite (M) Sdn Bhd】
41, Jalan Radin Anum, Bandar Baru Sri Petaling,
57000 Kuala Lumpur, Malaysia.
Tel: (603) 90578822　Fax:(603) 90576622
email:cite@cite.com.my

封面設計／陳文德
特約編輯／廖雅雯
排　版／極翔企業有限公司
印　刷／高典印刷有限公司
■2015 年（民 104）7 月 30 日初版一刷
■2021 年（民 110）1 月 19 日初版 5.5 刷
售價／300元

廣 告 回 函
北區郵政管理登記證
台北廣字第000791號
郵資已付，免貼郵票

104台北市民生東路二段141號11樓

英屬蓋曼群島商家庭傳媒股份有限公司城邦分公司 收

請沿虛線對摺，謝謝

奇幻基地

每個人都有一本奇幻文學的啓蒙書

奇幻基地官網：http://www.ffoundation.com.tw
奇幻基地粉絲團：http://www.facebook.com/ffoundation

書號：1HO053X　　書名：生死谷．卷二（特別版）

請於此處用膠水黏貼

奇幻基地

讀者回函卡

謝謝您購買我們出版的書籍！請費心填寫此回函卡，我們將不定期寄上城邦集團最新的出版訊息。

供訂購、行銷、客戶管理或其他合於營業登記項目或章程所定業務之目的，英屬蓋曼群島商家庭傳媒(股)公司城邦分公司本集團之營運期間及地區內，將以電郵、傳真、電話、簡訊、郵寄或其他公告方式利用您提供之資料（資料類別：C001、、C003、C011等）。 利用對象除本集團外，亦可能包括相關服務的協力機構。如您有依個資法第三條或其他需服務之處，電本公司客服中心電話(02)25007718請 求協助。相關資料如為非必要項目，不提供亦不影響您的權益。

姓名：________________ 性別：□男 □女

生日：西元________年________月________日

地址：________________

聯絡電話：________________傳真：________________

E-mail ：________________

學歷：□1.小學 □2.國中 □3.高中 □4.大專 □5.研究所以上

職業：□1.學生 □2.軍公教 □3.服務 □4.金融 □5.製造 □6.資訊

□7.傳播 □8.自由業 □9.農漁牧 □10.家管 □11.退休

□12.其他________________

您從何種方式得知本書消息？

□1.書店 □2.網路 □3.報紙 □4.雜誌 □5.廣播 □6.電視

□7.親友推薦 □8.其他________________

您通常以何種方式購書？

□1.書店 □2.網路 □3.傳真訂購 □4.郵局劃撥 □5.其他

您購買本書的原因是（單選）

□1.封面吸引人 □2.內容豐富 □3.價格合理

您喜歡以下哪一種類型的書籍？（可複選）

□1.科幻 □2.魔法奇幻 □3.恐怖 □4.偵探推理

□5.實用類型工具書籍

您是否為奇幻基地網站會員？

□1.是□2.否（若您非奇幻基地會員，歡迎您上網免費加入 http://www.ffoundation.com.tw/）

對我們的建議：________________

____

____

請於此處用膠水黏貼